CW01024108

L'HISTOIRE DE FRANCE
POUR CEUX QUI N'AIMENT PAS ÇA

Catherine Dufour est née en 1966. Elle a commencé à écrire des poèmes à l'âge de sept ans. Cinq ans plus tard, elle apprend que les poètes finissent tous trafiquants d'armes : elle jette ses poèmes et commence à écrire des nouvelles. Vingt ans et quelques prix plus tard, elle découvre Terry Pratchett, et décide de tout recommencer à zéro. Ainsi naîtra son cycle *Quand les dieux buvaient* (prix Merlin), qui l'a imposée, avec son roman de science-fiction *Le Goût de l'immortalité* (prix Bob-Morane, Rosny aîné, prix du Lundi et Grand Prix de l'Imaginaire), comme une figure centrale de l'imaginaire actuel français.

CATHERINE DUFOUR

L'Histoire de France pour ceux qui n'aiment pas ça

MILLE ET UNE NUITS

ISBN : 978-2-253-17536-0 – 1re publication LGF

« L'histoire de France, quel ennui… »

C'est votre opinion ? Alors ce livre a été écrit pour vous. Car l'histoire de France, en réalité, c'est mille ans de film d'action et je vais vous le prouver.

La scène ? Elle est grande comme l'Europe. Le décor ? Des palais, des gibets, des bals masqués, des bûchers et des champs de bataille encore fumants. Le pitch ? Des rois fastueux chevauchent de défaite en victoire, escortés par des chevaliers sanguinaires, des ministres sournois, des moines déments et des reines étranglées.

Avec, en *guest stars* : une princesse qui collectionne dans des boîtes d'argent les cœurs de ses amants, un pape qui boit du sang de petit garçon, un vieux souverain qui gagne une guerre en saoulant toute l'armée ennemie, un jeune despote qui fait payer un sac d'or le droit de le regarder assis sur sa chaise percée et un fier guerrier bouilli dans un chaudron, comme un vulgaire pot-au-feu.

(Notez bien : le livre que vous avez entre les mains n'est pas l'œuvre d'une historienne, c'est celle d'une amateur de livres d'histoire. Il a été relu et approuvé par un véritable historien.)

Tous les tableaux, bâtiments et paysages dont il est question dans ce livre sont sur catherinedufour.net

Lu et approuvé par Clément Pieyre,
archiviste paléographe, conservateur au département
des Manuscrits de la BNF.

I

Au port

Accastillage

Au premier abord, l'histoire de France n'est pas facile à raconter. Et pour cause : c'est toujours la même chose. Des rois, encore des rois, une bonne centaine de rois qui s'appellent presque tous Louis.

Alors, plutôt que de prendre cette histoire comme un pensum, prenons-la comme un voyage. Embarquons sur un beau trois-mâts fin comme un oiseau, et descendons le fleuve du temps en braquant nos jumelles sur les rives des siècles.

Une croisière demande un peu de préparation. Commencez par dérouler sur la table cette carte IGN au 1/100 000e : « Histoire de France : de l'an zéro à l'an 2000 ». Cherchez un petit port nommé « An zéro », tout en haut de la carte. C'est notre point de départ. Suivez du doigt le long fleuve qui le relie à une métropole nommée « An 2000 », en bas de la carte. C'est notre arrivée.

Voici notre itinéraire : nous larguerons les amarres à « An zéro » et le fleuve nous mènera rapidement à « An 500 ». Autant vous prévenir tout de suite : la côte est extrêmement brumeuse, nous ne verrons pas grand-chose. N'espérez pas entrevoir les rives de la France avec vos jumelles, elle n'existe pas encore.

À « An 500 », nous saluerons de loin le premier roi des Francs. Vous le connaissez, il s'appelle Clovis. Nous commencerons alors à sortir de la purée de pois. Mais lentement.

Avis : entre « An 500 » et « An 1000 », il est fortement déconseillé de se baigner. L'eau est pleine de sang.

À hauteur de « An 800 », nous verrons briller un phare rouge : c'est Charlemagne, drapé dans la pourpre impériale. Une fois passé ce phare, il faudra nous attendre à quelques attaques vikings. Puis nous atteindrons les rapides de l'an Mil. Un roi de France habite dans le coin, mais nous n'apercevrons qu'une silhouette perdue dans le brouillard.

L'an Mil passé, la brume se lèvera encore un peu. Nous verrons, sur la côte, fleurir mille clochers blancs.

Un peu plus loin, vers 1350, la rive verdoyante s'assombrira comme sous l'effet d'un incendie. Le mouillage y est fortement déconseillé : le pays est ravagé par la Grande Peste Noire.

À 1500, nous passerons l'écluse de la Renaissance. Laissant derrière nous les méandres du Moyen Âge, nous naviguerons enfin par temps clair, entre des berges bien maçonnées.

À hauteur de 1800, nous croiserons un second phare rouge : c'est l'empereur Napoléon Ier. Notre port d'arrivée, l'an 2000, ne sera alors plus très loin. D'ailleurs, à partir de 1900, je vous laisserai le gouvernail. Ce sera à vous de barrer.

Prêt à embarquer ? Avez-vous votre chapeau et vos jumelles ? Alors allons-y !

L'an zéro

Que se passe-t-il en France, en l'an zéro ? À vrai dire, tout le monde s'en moque. La France s'appelle encore la Gaule et n'est qu'une des innombrables conquêtes du grand Empire romain. L'empereur Octave règne sur la France comme il règne sur toute l'Europe : de loin.

De Rome.

Octave a une bonne soixantaine d'années. C'est un petit homme chauve et pudique qui aime bien, de temps en temps, coucher avec la bonne. Il est arrivé sur le trône impérial très jeune, porté par un flot de sang : celui de Cicéron et de Brutus, de Marc-Antoine et de Cléopâtre et surtout, celui de César – oui, Jules César, l'homme qui a conquis la Gaule.

Flash-back

Pendant que l'équipage déplie les voiles, venez avec moi. Nous allons jeter un coup d'œil sur le paysage en amont de l'an zéro.

La conquête de la Gaule par Jules César, une cinquantaine d'années avant l'an zéro, n'est pas une partie de plaisir. Car un chef gaulois met des bâtons dans les jambes des légionnaires romains : j'ai nommé Vercingétorix.

Vercingétorix est un jeune homme de bonne famille formé dans l'armée romaine. Une fois adulte, il retourne sa cuirasse et prend la tête de la résistance face à l'envahisseur romain. Sortez vos jumelles et regardez-le, là-bas, qui caracole triomphalement à la tête de son énorme armée : il bat les Romains à Gergovie.

Hélas, un peu plus tard, il est encerclé par les Romains et se retrouve enfermé dans le camp fortifié d'Alésia. Là, la taille de son armée se retourne contre lui : ses fiers guerriers n'ont emporté avec eux que trente jours de vivres.

Nous voilà quarante jours après le début du siège d'Alésia. Tournez vos jumelles par là : voyez-vous ce guerrier qui traverse le camp romain ? C'est encore Vercingétorix. Avec un certain panache, il se rend à César contre la promesse que les survivants d'Alésia seront épargnés.

César, qui a le sens de l'honneur mais pas du tout celui du panache, tient parole. Il épargne les cinquante mille rescapés d'Alésia, mais c'est pour mieux les réduire en esclavage. Quant à Vercingétorix, il le fait jeter dans le *Tullianum*.

Le Tullianum

À l'époque, cette geôle romaine a déjà sept siècles. Appelée ensuite *prison Mamertine*[1], elle existe encore. Nous pouvons même la visiter.

Elle est composée d'une salle souterraine et sinistre dont le sol est percé d'un trou. Ce trou donne sur une pièce encore plus souterraine et sinistre, en forme de bol renversé. C'est dans ce trou que les prisonniers sont jetés, par ce trou qu'on fait descendre leurs repas. Autant dire que Vercingétorix est enterré vivant. Il n'a pas trente ans.

Il pourrit là-dedans pendant six années, le temps que César achève la conquête de la Gaule. Revenu à Rome, César organise son *triomphe*, un immense

---

1. Pour la visiter, allez sur catherinedufour.net

défilé où il exhibe prises de guerre, butin et prisonniers fameux. Vercingétorix est du nombre.

Mais six ans dans un cul-de-basse-fosse ont sûrement eu raison de la raison du chef gaulois, et César ne peut montrer à la foule romaine qu'un vieillard fou et aveugle. Ensuite, Vercingétorix est reconduit au Tullianum et étranglé. Ou peut-être est-il égorgé en public ? Son corps est probablement jeté aux *Gémonies*. C'est un immense escalier dans lequel les Romains abandonnent aux rats les cadavres des suppliciés.

Retournons sur notre bateau.

Ruines

Aidez-moi à tirer la passerelle, s'il vous plaît. Nous quitterons bientôt l'an zéro, le début de l'histoire de France. Ce début se perd dans la fin de l'histoire de l'Empire romain. En fait, tous les pays d'Europe ont été construits sur les ruines de l'Empire romain. Il va bien falloir, avant d'appareiller, que nous regardions un peu ces ruines qui nous entourent.

L'Empire romain

Pour décrire brièvement l'Empire romain, disons que pendant mille ans, de - 500 à + 500, ses légionnaires en jupette ont conquis l'Europe, le nord de l'Afrique et le Proche-Orient.

Leur tactique de conquête est toujours la même : ils déferlent sur une région, crucifient les rois locaux et installent leurs propres dirigeants. Ils épargnent la population pourvu qu'elle paie l'impôt et partent faire main basse sur la région voisine.

Derrière eux, les Romains laissent des routes, des aqueducs, des relais de poste, une administration et surtout, la paix. La paix romaine, la *pax romana*. Mille ans de paix, on n'avait jamais vu ça en Europe. On ne l'a pas revu depuis.

Mais en l'an zéro, l'Empire romain est devenu énorme. Il commence lentement à étouffer sous son propre poids, comme une baleine échouée sur une plage. Une armée de petits crabes se précipite alors du fin fond de l'Europe pour achever la baleine : les « barbares ». Il faut savoir que les Romains appellent « barbares » tous ceux qui ne sont pas romains, ce qui fait beaucoup de monde.

On se souvient de certains de ces peuples barbares, le plus souvent parce que leur nom est devenu une injure : Vandales ! Ostrogoths !

On se souvient aussi des guerriers huns menés jusqu'au pied des murs de Paris par Attila. Celui-ci clame fièrement : « Là où mon cheval passe, l'herbe ne repousse pas ! » Sur ces grandes paroles, il meurt d'un petit saignement de nez.

On se souvient surtout des guerriers francs menés par Clovis.

Les Francs

Un peu avant l'an 500, le peuple Franc commence à émerger des brumes épaisses de l'histoire.

Cette tribu est restée longtemps soumise aux Romains, ce qui lui a permis de prospérer au lieu de se faire inutilement massacrer. À la chute de l'Empire romain, les Francs sont en bonne position pour s'emparer des terres qui leur plaisent et ils en profitent.

En l'an 500, un certain Clovis est sur le trône franc. Le grand-père de ce Clovis s'appelait Mérovée, ce qui permet à Clovis d'appartenir à la lignée des rois dits *mérovingiens*. Là s'arrête tout l'intérêt de ce Mérovée, dont on ne sait absolument rien. Mais grâce à lui, je vais pouvoir introduire une notion fondamentale : pour les hommes de ce temps, appartenir à une lignée est extrêmement important. Toute la valeur d'un homme vient de sa famille. Cette importance du sang restera inchangée pendant plus de mille ans.

L'an 500, c'est aussi le moment où une nouvelle religion prend de l'ampleur. Elle se nomme *christianisme*. Elle a été lancée au Ier siècle par Paul de Tarse, un citoyen romain de petite santé mais de grande ardeur.

En quelques siècles, le christianisme est devenu la religion officielle des puissants. Voilà encore une notion capitale : l'histoire des rois de France se confond avec celle de la religion chrétienne. Les rois de France seront tous extrêmement pieux, passant une bonne partie de leur existence à la messe. Vous ne comprendrez rien à leur comportement si vous oubliez ce détail. Et maintenant, hissez haut !

II

Début de croisière

500, Clovis

Nous avons largué les amarres. Les côtes de France commencent à défiler sous nos yeux. Regardez la rive en l'an 500 : voilà Clovis, assis sur le trône franc. Il y est monté à l'âge de quinze ans. C'est un roi conquérant. C'est aussi un homme peu commode, si on en croit le chroniqueur Grégoire de Tours.

Tournez vos jumelles dans la direction que nous indique Grégoire le chroniqueur : c'est celle d'une ville nommée Soissons. Clovis et ses hommes viennent de gagner une bataille. Nous sommes au moment du partage du butin. Chaque combattant, Clovis compris, a droit à une part tirée au sort. Mais Clovis demande qu'on lui donne, en plus, un beau vase. Un soldat crie à l'injustice. Et même, ivre de rage, il brise le vase d'un coup de hache ! Clovis ne dit rien. Après tout, le soldat est dans son droit.

Un an après, alors qu'il passe ses troupes en revue, Clovis se retrouve face à face avec le soldat. Il lui arrache ses armes et les jette à terre en prétextant qu'elles sont mal entretenues. Le soldat se penche pour les ramasser. Alors Clovis lui fracasse la tête d'un coup de hache en hurlant : « Souviens-toi du vase de Soissons ! » Après tout, il est dans son droit. Punir les mauvais soldats en leur enfonçant une hache dans la tête est le devoir de tout bon chef de guerre.

Rancunier jusqu'au bout, Clovis ordonne qu'on laisse le corps pourrir sur place.

On en viendrait à plaindre l'épouse d'un homme pareil. Mais celle-ci, Clotilde, est issue d'une famille un peu particulière...

Clotilde

L'oncle de Clotilde a assassiné le père de Clotilde, puis il a jeté la mère de Clotilde dans un fleuve avec une grosse pierre autour du cou. Ensuite, il a adopté Clotilde. La jeune femme a donc pris très tôt l'habitude de vivre avec des hommes mal embouchés.

Clotilde est de religion chrétienne. Elle incite son mari à se convertir. La chronique dit que Clovis commence par accepter, puis revient sur sa décision le jour où son fils Ingomer meurt dans sa robe de baptême. Mais il accepte pour de bon le jour où, perdu au milieu d'une bataille mal engagée, il invoque le dieu de Clotilde et gagne. En ce temps, perdre un enfant est beaucoup moins grave que perdre une bataille.

Clovis se fait baptiser par l'évêque de Reims, Rémi, à qui ce bon tour vaudra de devenir saint Rémi. Mais chut ! Écoutons la cérémonie. Tout en répandant de l'eau sur le front de Clovis, l'évêque prononce la célèbre phrase :

« Adore ce que tu as brûlé, brûle ce que tu as adoré. »

Puis, comme il est sur place, il baptise trois mille guerriers francs.

Mais tâchons d'apercevoir, au-delà des jolies légendes de la chronique, la réalité politique : il est probable que, en se convertissant, Clovis veuille s'allier à la nouvelle puissance romaine. Avec le déclin de l'autorité impériale, l'autorité ecclésiastique demeure la seule à laquelle se raccrocher.

Clovis passe le reste de son existence, qui n'excède pas quarante-cinq ans, à faire la guerre et à assassiner sa famille, ce qui n'a rien d'exotique pour un Mérovingien.

Après Clovis

Clovis finit sa vie à la tête d'un royaume qui n'épouse que de très loin les frontières de la France actuelle. Si vous voulez vous faire une idée, saisissez l'Hexagone à deux mains et ôtez-lui la Bretagne. Puis rabotez son flanc est jusqu'à Narbonne, Lyon, Dijon et Strasbourg. Enfin, prolongez-le au nord jusqu'à Cologne et Bonn. Vous y êtes. La France de Clovis a davantage l'allure d'une banane allemande que d'un hexagone.

Clovis lègue son royaume à ses quatre fils. L'après-Clovis est donc un inconcevable défilé de Caribert, de Childebert, de Childéric et de Chilpéric. Ils épousent chacun un nombre considérable de femmes prénommées Marcatrude, Gondioque ou Sprote. Il en résulte une horde de petits rois mérovingiens qui s'entr'assassinent avec ardeur pendant trois siècles sur les frontières de pays dont nous n'avons plus idée.

Regardez par là ! La pauvre Clotilde elle-même voit deux de ses fils sur le point d'exécuter deux de ses petits-fils. Entendez-vous ce que ses fils lui disent ? Ils lui demandent son avis. Préfère-t-elle que ces enfants soient scalpés ou égorgés ? Le pire est qu'elle le donne, son avis. Les deux petits de sept et dix ans sont égorgés.

L'un de ces égorgeurs finit par mettre le feu à son propre fils. (Lequel s'appelle Cramm, ça ne s'invente pas.) Pour faire bonne mesure, il ajoute ses petits-enfants au bûcher.

Et que font leurs épouses, pendant ce temps ? Peu ou prou la même chose. Car les Mérovingiennes sont de grosses brutes. Voulez-vous un exemple ? Laissez-moi vous présenter Frédégonde.

Frédégonde

La chronique raconte que Frédégonde est la servante d'une reine mérovingienne. C'est une femme splendide. Elle séduit l'époux de sa patronne, le roi Chilpéric, et le pousse à répudier sa femme.

Hélas, une fois le divorce prononcé, Chilpéric en profite pour épouser une autre jeune fille. Très vite, on retrouve celle-ci étranglée dans son lit. Assurément peu contrarié, Chilpéric se remarie, avec Frédégonde cette fois.

Devenue reine, Frédégonde fait assassiner les fils que Chilpéric a eus avec son épouse répudiée, puis l'épouse répudiée et enfin, Chilpéric lui-même. Elle règne à sa place, au nom de leur fils âgé de quatre mois.

Mais Frédégonde et Chilpéric n'ont pas eu que des garçons : ils ont aussi engendré une fille. À la mort de Chilpéric, elle a quinze ans et elle est en route pour l'Espagne, où elle doit se marier. Son escorte est nombreuse et transporte les cadeaux de mariage.

Regardez tout là-bas : l'escorte vient d'apprendre la mort du roi Chilpéric. Que se passe-t-il ? Tous les membres de l'escorte prennent la poudre d'escampette avec les cadeaux sous le bras, laissant la princesse seule au milieu du chemin. Elle retourne chez sa mère dans l'humeur qu'on imagine. Avec un sens de la famille très mérovingien, Frédégonde essaye de lui écraser la tête sous le couvercle d'un coffre.

La pauvre fille s'en remettra, puisqu'elle ne mourra qu'à l'âge de vingt ans. L'abominable Frédégonde fêtera ses cinquante-quatre ans, ce qui n'est pas très moral. Quant à son fils, il deviendra roi. Son plus beau titre de gloire sera d'engendrer le bon roi Dagobert, qui n'a *a priori* jamais mis sa culotte à l'envers. Nous voilà en l'an 600.

Brunehaut

Mais attardons-nous encore dans les parages de Frédégonde. On ne peut pas parler d'elle sans dire quelques mots de Brunehaut, tant ces deux femmes se sont entredéchirées.

Brunehaut est, elle aussi, l'épouse d'un roi mérovingien. Et c'est la sœur de l'épouse étranglée de Chilpéric.

Ulcérée par le meurtre de sa sœur, Brunehaut lance une vendetta contre Frédégonde. Vexée, Frédégonde fait assassiner le mari de Brunehaut. Aussitôt, Brunehaut épouse un des fils de Chilpéric et l'envoie se battre contre son père. De rage, Chilpéric fait exécuter son fils. Suivent quarante années de péripéties sanglantes où vous pouvez voir Brunehaut monter ses propres petits-fils les uns contre les autres.

Le fils de Frédégonde se dépêtre finalement de ce nœud de vipères. Il capture Brunehaut, l'accuse d'une bonne dizaine d'assassinats et l'exécute sauvagement. Regardez ça : la vieille dame est attachée par les pieds à la queue d'un cheval. On fouette l'animal, qui part au galop. Le corps de la reine, désarticulé par les coups de sabots, est réduit en pièces.

Encore une fois se dessine sous nos yeux le portrait d'une femme brutale dans un monde de brutes. Mais ce portrait n'est-il pas un peu trop noir pour être honnête ?

Chroniques

Les portraits de Frédégonde et de Brunehaut me semblaient trop laids pour être vrais. Alors, il y a quelque temps, je suis descendue sur la rive pour chercher la vérité dans les brumes épaisses du haut Moyen Âge. Et au lieu de trouver la vérité, j'ai déniché quelques faits, beaucoup de ragots et surtout, des cendres.

Certaines des anecdotes que je viens de vous raconter au sujet de Frédégonde et de Brunehaut sont extraites d'une chronique nommée *Liber Historiae Francorum*. Or l'historien Bruno Dumézil, un fin connaisseur, considère cette chronique comme un tissu d'âneries « un peu aviné ». Écrit, de plus, un siècle après la mort de Brunehaut et de Frédégonde.

Alors j'ai cherché une chronique plus sérieuse, si possible d'époque, et j'en ai trouvé une. Une seule. Écrite par un homme qui doit son poste à un ennemi de Frédégonde.

Alors j'ai cherché un texte qui soit à la fois impartial et d'époque : je n'en ai pas trouvé.

À partir de ce moment-là, je me suis demandé : que croire ? Et j'ai décidé que, au lieu de croire tout et son contraire, j'allais me méfier de tout. L'histoire est écrite par les vainqueurs, puis réécrite de siècle en siècle, au gré des besoins de la propagande. Non seulement les sources manquent mais, en plus, les sources mentent. Il ne faut jamais perdre de vue cette irréparable obscurité.

Les rares chroniques mérovingiennes sont rédigées par des clercs qui ont reçu des ordres. Et ces ordres sont très éloignés de la recherche de la vérité historique. Ces braves moines sont payés pour démontrer que l'arrière-grand-mère du chef était une femme remarquable ou, au contraire, qu'il n'y a rien de pire qu'une femme au pouvoir. Ou encore, pour distraire leur auditoire avec des anecdotes croustillantes. Il faut bien occuper la Cour les jours de pluie.

Le murmure des sources

Les chroniques ont longtemps fondé l'histoire officielle. Mais au XXe siècle, les historiens ont décidé de les abandonner. À la place, ils sont allés écouter les témoignages d'époque.

C'est un murmure ténu : il ne reste, des années 500, que quelques documents officiels, de type charte ou pierre tombale. Mais si nous les écoutons bien, ces voix lointaines nous parlent différemment de Brunehaut. Elles chuchotent que cette reine était cultivée, et qu'elle avait un sens aigu de l'État. (Son royaume s'étendant de la mer du Nord à la mer Méditerranée, elle avait intérêt.) En tout cas, sa rare intelligence politique lui a permis de se maintenir quarante ans sur le trône. De là, elle a fait preuve d'une tolérance religieuse que la société allait mettre plus de mille ans à accepter.

D'après les travaux historiques récents, il semble que Frédégonde et Brunehaut étaient *probablement* de dignes matrones habiles à gouverner. Elles n'ont *probablement* pas pratiqué l'assassinat plus que les autres dirigeants de l'époque. Ni moins. Et la mort de Brunehaut, digne d'un roi, a *probablement* été un honneur.

Oui, tout ça fait beaucoup de *probablement*. Mais l'historien moderne est prudent. Dans son monde, on ne naît pas : on apparaît dans les sources. On ne meurt pas non plus : on sort des textes.

Nous n'en savons pas plus sur Frédégonde et Brunehaut et nous n'en saurons jamais plus. Vous pouvez toujours essuyer les verres de vos jumelles : là-bas, sur la côte, le brouillard est impénétrable.

C'est pour cette raison, peut-être, que nous avons inventé tant d'histoires au sujet de ces deux femmes. Le moyen, sinon, de raconter l'Histoire ? Sans un peu d'imagination, comment faire de ces existences enfuies quelque chose de tangible ? Imaginez que je me contente de vous dire : « Voyez-vous cette silhouette de femme dans la purée de pois ? Il s'agit de Frédégonde, née vers 545, morte aux alentours de 597, épouse ou concubine de Chilpéric Ier. » Ne trouveriez-vous pas que je fais un bien mauvais guide ?

Les injures du temps

Même les injures que Frédégonde lançait à Brunehaut sont devenues inaudibles : on ne sait pas quel était le prénom exact de cette dernière. Frédégonde hurlait-elle : « Brunehilde, assassine ! » ? « Brunehaut, j'aurai ta peau ! » ? ou « Brouniakhildis, tu sens la pisse ! » ? Nous en sommes à ce point de ténèbres.

La tombe de Frédégonde est encore visible dans la basilique Saint-Denis. Cette stèle illustre bien la fonte du souvenir, le retour inexorable des plus belles architectures humaines à la ruine informe de l'oubli. Si vous braquez vos jumelles dans cette direction, vous verrez un entrelacs de cuivre toujours brillant où plus aucun détail ne subsiste. Le temps a effacé le visage de la reine[1]...

Une histoire à hygrométrie variable

L'histoire est très injuste. Ou plutôt, c'est une terre de contraste.

Là, voyez, elle est désertique. Aucune source n'y coule. De toutes les moissons qu'elle a portées, il ne reste rien. Navré, l'historien traverse cette steppe sans s'arrêter.

Mais là-bas, les sources abondent ! Elles jaillissent, écumeuses, et abreuvent d'immenses champs de souvenirs. Les historiens y gambadent par centaines. Leurs épaules ploient sous les gerbes des hauts faits, et leur hotte déborde de détails pittoresques.

Si vous allez vous promener du côté de Rome en - 41, vous pourrez y cueillir toutes les fleurs de la politique. Vous saurez qui gouverne, qui complote et qui vole dans la caisse. Idem en - 32. Vous préférez - 26 ? Vous pouvez. Par contre, si vous marchez jusqu'en France un demi-millénaire plus tard, vous ne trouverez qu'une lande desséchée.

Comme le disait Alexandre le Grand, le vrai génie d'Achille n'est pas d'avoir été un grand guerrier : c'est d'être tombé sur Homère.

---

1. Vous pouvez le voir sur catherinedufour.net

Une histoire de luxe

Ne rien savoir ne veut pas dire qu'il ne s'est rien passé entre deux sources. Voici encore une notion primordiale : ce que nous ignorons représente la majorité de ce qui a existé. Il est faux de dire que l'Histoire est pleine de trous : elle n'est qu'un petit trou dans la nappe immense de notre ignorance. Voyez-vous cette faible bougie qui flotte sur un océan de ténèbres ? C'est elle.

Mais pourquoi tant d'obscurité ? Parce que l'Histoire, c'est ce qui est écrit. Ceux qui savent écrire, ce sont les clercs. Et les clercs écrivent pour ceux qui les nourrissent. L'Histoire ne s'intéresse donc qu'aux clercs et aux élites. Elle y est bien obligée.

Le reste de l'humanité a sombré dans le néant sans laisser ne serait-ce qu'un mot d'excuse. Et ce reste, c'est quand même quatre-vingt-dix-neuf pour cent de la population.

Une ombre énorme

L'histoire de quatre-vingt-dix-neuf pour cent de la population, la vraie vie de nos ancêtres, est perdue à jamais. Paysans, artistes et commerçants, voyageurs, pèlerins et mercenaires, étudiants, jongleurs et acteurs, vendeurs de rubans ou fabricants de navires, ils ont pourtant tous eu une vie aussi remplie que la nôtre. Les années 60 du XIIIe siècle ont sûrement eu leur explosion musicale et leur révolte populaire. En 1001, l'attaque brutale d'une grande ville a dû émouvoir l'opinion. Pas sous la même forme qu'à notre époque, mais l'intensité des événements y était.

Hélas, les jeunes gens fougueux de ces années 60 ou 00 n'ont pas, ou si peu, laissé de traces écrites. Les refrains qu'ils chantaient, les jeux auxquels ils jouaient, les rêves qu'ils faisaient, les savoirs qu'ils maîtrisaient, les convictions qu'ils partageaient, leur façon de se coiffer, de faire la cuisine ou de frapper à une porte, tout a basculé dans l'ombre.

Ce qui reste, ce sont des livres de messe, des livres de comptes et des rapports de police.

Coups de gomme

Osons le dire : l'oubli historique n'est pas toujours un hasard.

Parfois, au cours de notre voyage, vous entendrez le brouhaha de révoltes populaires. À chaque fois, vous verrez se dresser des héros, des Guy Môquet courageux, des Boris Vian éloquents, des Geneviève de Gaulle-Anthonioz tenaces, des Simone Veil inébranlables. Car, sans ce genre de personnages, les rébellions n'existent pas.

Mais hélas, la plupart de ces mouvements populaires sont matés dans le sang et effacés des mémoires. Les meneurs sont exécutés et les chroniqueurs, rageusement, passent la gomme sur leur visage. Tous ces morts héroïques n'ont plus de noms.

Il arrive qu'un témoin note, au bas d'une lettre, que les soldats du roi ont mis « un petit enfant à la broche » pour terroriser les paysans révoltés. Il ajoute que cela lui semble « un bel exemple ». C'est tout.

Mais reprenez vite vos jumelles. Tandis que nous discutons, le courant nous entraîne. Nous sommes en train de virer au large du bon roi Dagobert.

600, Dagobert

Ce roi, né vers 600, est sacré à vingt ans. Il meurt avant trente-huit ans. Il a comme principal mérite de réussir à maintenir unis les royaumes francs. Pour y parvenir, il est contraint d'assassiner un peu sa famille, comme d'habitude. L'union des royaumes ne lui survit pas.

La chanson de la culotte à l'envers, elle, a été composée plus de mille ans après la mort de Dagobert et n'a rien à voir avec lui.

Dagobert est le premier roi à se faire enterrer dans la basilique Saint-Denis. Tous les rois de France suivent son exemple jusqu'à la Révolution française. Hélas, en 1793, les révolutionnaires donnent l'ordre de déterrer les cadavres royaux pour récupérer le plomb de leur cercueil : la République naissante a besoin de balles.

Ces ignares jettent dans une fosse commune les restes embaumés de ce qui formait le plus fabuleux témoignage funéraire du Moyen Âge européen. Même Dagobert finit dans la fosse, nom d'une momie ! D'y penser, j'en ai des brûlures d'estomac.

D'après un témoin de ces profanations, Dom Poirier, on retrouve Dagobert dans un tombeau de pierre de « plus de six pieds de long : la pierre était creusée pour recevoir la tête qui était séparée du corps'».

Après la mort de Dagobert, la chronique affirme que les rois mérovingiens ne donnent plus rien de bon. Pour cette raison, ils sont appelés *rois fainéants*. Ce qui signifie *sans pouvoir* plutôt que *feignant*.

Bien sûr, il est possible que cette fainéantise royale ne soit une fois de plus que vulgaire propagande, lancée par celui qui finira par voler la couronne des Mérovingiens : Charlemagne.

Les rois fainéants

Dans cette nouvelle déferlante de Clotaire et de Sigebert qui dure cent cinquante ans entre Dagobert et Charlemagne, il est très difficile d'en trouver un qui vive plus de vingt-cinq ans.

Le dernier roi mérovingien s'appelle Childéric III. On ne sait pas qui est son père, on ne sait pas qui est sa mère, on ne sait même pas quand il est né et, de toute façon, il s'appelait peut-être Childéric II. Place à Charlemagne ! Place à l'an 800. Voyez-vous, sur la côte, son phare rouge percer le brouillard ?

Charles Martel

C'est aller un peu vite que commencer la nouvelle lignée, dite carolingienne, par l'empereur Charlemagne. Intéressons-nous d'abord à son grand-père, Charles Martel. Et à son père, Pépin le Bref. On n'accède pas à la dignité impériale sans une forte ambition familiale.

Charles Martel est *maire du palais* des rois fainéants. Autrement dit, il est roi en fait sinon en titre. Il passe la moitié de son existence à la guerre, et l'autre moitié à fouiller les abbayes pour dénicher un descendant mérovingien et en garnir le trône.

Sa plus belle gloire est d'arrêter les Arabes à Poitiers en 732.

Les soldats arabo-musulmans remontaient en effet de l'Espagne vers le nord depuis vingt ans. En réalité, ils ne seront vaincus que sept ans après et poussés hors de France que deux cent cinquante ans plus tard, mais « 732 Charles Martel arrête les Arabes à Poitiers », c'est comme « 1515 Marignan » ou « 2001 Tours jumelles » : ça se retient facilement.

Quant au terme « Martel », il ne s'agit pas d'un patronyme. C'est un surnom qui signifie « marteau ». Ce surnom fait-il allusion à la puissance physique de Charles, ou à sa subtilité intellectuelle ? Je ne sais pas.

Pépin le Bref

Le fils de Charles Martel, Pépin dit le Bref, épouse une Berthe dite Au grand pied. Est-ce le mariage d'un nain et d'une boiteuse ? Bonne question, dont je n'ai pas la réponse.

Pépin a un frère. Par miracle, il n'a même pas besoin de l'assassiner : celui-ci se retire au couvent en lui laissant tout le pouvoir. Enthousiasmé, Pépin chasse l'ultime Mérovingien qui décorait le trône franc et y monte à sa place.

Mais comment faire pour passer du statut d'usurpateur à celui de roi ? Pépin a une idée de génie : il invente le sacre.

Être sacré, c'est bien mieux qu'être couronné. Être sacré, c'est être frotté avec une huile très sainte par un prêtre très chrétien avant de ceindre la couronne. Le sacre fait de Pépin un homme sacré, intouchable. Il donne aussi à l'Église chrétienne une importance fabuleuse. Désormais, la légitimité du roi dépend d'elle. Et les rois de France le paieront très cher...

800 : Charlemagne, l'homme

Nous voilà au large de ce phare qui éclaire le haut Moyen Âge de sa lumière pourpre.

Regardez bien ! Charles est là-bas, à côté de son frère. Bien sûr, ce frère meurt gentiment peu après leur père Pépin. Charles envoie les héritiers de son frère siffler sur la colline et s'empare de tout l'héritage. Puis il annexe le reste de l'Europe et se fait sacrer empereur en l'an 800, ce qui est commode pour les écoliers. Il devient alors *magnus*, le *grand*.

Jetons un œil à la cérémonie du sacre. Surprise ! Le pape vient de poser la couronne sur la tête de Charles sans crier gare. Il veut montrer par ce geste que c'est lui, le pape, qui fabrique les empereurs. Charlemagne est furieux. Mille ans plus tard, pour éviter que pareille humiliation se reproduise, Napoléon arrachera la couronne des mains du pape, le *facile-à-retenir* Pie VII, et se couronnera lui-même. Les empereurs ont la mémoire longue.

Charlemagne est réputé grand homme de guerre, grand administrateur, grand protecteur des arts et grand fornicateur. Il a au moins cinq épouses, on ne compte plus les concubines. D'ailleurs, la canonisation qu'on envisage pour lui achoppe sur son goût pour la bagatelle. Un saint ne couche pas. En tout cas, pas avec cet enthousiasme.

Charlemagne, la légende

Les jolies légendes abondent au sujet de Charlemagne. On dit qu'il a une barbe fleurie, ce qui est une mauvaise traduction pour *barbe blanche*. On chante qu'il a inventé l'école, mais elle existait déjà bien avant lui. On chante moins qu'il sait à peine écrire. Quant à la fameuse *Chanson de Roland*, l'histoire de Roland à Roncevaux, elle est romancée, bien sûr.

Un certain Roland mène réellement l'arrière-garde de l'armée de Charlemagne dans les Pyrénées, mais il n'est pas le neveu préféré de Charlemagne. Il se fait réellement massacrer au col de Roncevaux, mais ce n'est pas par les Sarrasins : c'est par les Basques. Il n'empêche que la *Chanson de Roland* sera un des premiers best-sellers européens. Ce récit, qui montre Roland agonisant interminablement à Roncevaux, enchantera tout le Moyen Âge, période friande de vaillants chevaliers et de morts horribles.

Juste avant son décès, Charlemagne règne sur la France + la Suisse + l'Allemagne + les Pays-Bas + l'Autriche + la moitié de l'Italie, ce qui fait beaucoup. Mais toujours pas sur la Bretagne.

À son décès, comme d'habitude, l'empire éclate. Suivent deux siècles de zizanie entre rois *carolingiens*.

Les rois carolingiens s'appellent plutôt Charles et Louis que Clotaire et Chilpéric mais, à trop s'entr'assassiner, leur lignée connaîtra le même sort que la lignée précédente.

Les Carolingiens

Deux malheurs accablent la lignée carolingienne : les Vikings et les chevaux. Regardons ça de plus près.

En ce qui concerne les Vikings, vous pouvez lâcher vos jumelles : ils viennent à notre rencontre ! Ces fiers guerriers scandinaves remontent les fleuves français sur leurs bateaux à fond plat et pillent tout ce qu'ils trouvent. De guerre lasse, un roi carolingien finit par leur offrir un beau territoire en échange d'un peu de calme. Le tour réussit puisque les descendants des Vikings vivent encore là-bas : « nor-man » signifie « homme du nord ».

Menacés à la fois par les raids vikings et par les traditionnelles tendances homicides de leurs parents, les Carolingiens ne trouvent rien de mieux à faire que de se tuer en tombant de cheval (Carloman II, Louis IV, Louis V). Voire en galopant, toujours à cheval, sous une porte basse à la poursuite d'une jeune fille (Louis III).

Notez que le dernier roi carolingien tombe de son cheval lors d'une partie de chasse sur les terres d'un certain Hugues Capet. Cet Hugues Capet s'empresse de ramasser la couronne par terre et devient le premier roi d'une nouvelle lignée : les Capétiens. Nous pouvons légitimement mettre en doute la culpabilité du cheval.

III

Les rapides de l'an Mil

1000, Hugues Capet

Nous voilà en l'an 1000. Dans les brumes de l'histoire, la silhouette d'Hugues Capet est à peine visible. Aucun de ses contemporains n'a pris la peine de rédiger sa biographie. D'ailleurs, personne ne connaît sa date de naissance. En fait, il ne semble devenir roi que parce qu'il n'inquiète pas grand monde. Et il ne règne que sur trois ou quatre villes, cernées par des duchés et des comtés dix fois plus importants.

Il n'empêche que de son règne date une nouveauté qui deviendra une habitude : la transmission automatique de la couronne au fils aîné du roi. Ce qui signifie qu'à l'avenir, à la mort du roi, son royaume ne sera plus découpé entre ses quatre ou cinq fils, mais donné tout entier à un seul.

Pour bien enfoncer le principe du droit d'aînesse dans le crâne de ses sujets, Hugues fait sacrer son fils aîné presque en même temps que lui. Ce fils aîné, Robert, fera de même avec son propre fils aîné et ainsi de suite. Ça y est : la lignée capétienne est sur le trône. Elle y restera huit cents ans…

Son destin accompli, Hugues Capet meurt. Toujours d'après les profanateurs de Saint-Denis, il est enterré sans grand tintouin, « dans un simple cercueil de pierre ». En l'ouvrant, « on n'a trouvé que ses os presque en poussière ».

Mais avant d'aller plus loin, attardons-nous un peu dans les eaux tumultueuses de l'an 1000. L'an mille, l'an Mil, année de toutes les suppositions.

L'an Mil : une tranche de vie

On a longtemps pensé que l'an Mil avait été une période de terreur mystique. Pourquoi ? Parce que, d'après la Bible, la fin du monde est censée arriver mille ans après la naissance du Christ. Aussi a-t-on longtemps cru que les hommes de l'an Mil, terrifiés par l'approche du cataclysme, avaient sombré dans la sauvagerie et la superstition.

Des recherches récentes ont démontré que non, pas du tout. Les hommes de l'an Mil ne savent ni compter les années, ni lire la Bible. Donc, ils ne sont pas au courant que l'an Mil approche, ni qu'il est plein de menaces. Et, de toute façon, ils n'ont pas besoin d'avoir peur de l'Apocalypse pour se conduire comme des sauvages et baigner dans la superstition.

Puisque nous avons jeté l'ancre, profitons-en pour débarquer. Prenez cette chemise, cette paire de sabots, et allez vous mêler à la population. Glissez-vous cinq minutes dans la peau d'un homme de l'an Mil. Vous verrez : ça fait du bien quand ça s'arrête.

Vous emménagez dans une chaumière en bois : il n'y a pas encore de constructions en pierre. Les fenêtres laissent passer le vent et la pluie : il n'y a pas de vitres. Mais vous ne pouvez pas garder vos volets fermés : la seule source de lumière est le soleil. Les chandelles coûtent très cher, le bois aussi. Au cœur de l'hiver, de cinq heures du soir à neuf heures du matin, pendant seize heures, vous vivez comme un aveugle.

Vous ne vous lavez pas beaucoup. Vous ne changez pas beaucoup de vêtements, non plus. Car chaque morceau de tissu est un trésor.

Pour fabriquer votre chemise, j'ai dû planter du chanvre, attendre qu'il pousse, le cueillir et le mettre à rouir, c'est-à-dire à pourrir, pendant dix jours. Ensuite, j'ai séparé la fibre de la pourriture et je l'ai filée. Je me suis retrouvée avec une belle pelote de fil de chanvre : il ne me restait plus qu'à la tisser, puis à coudre le tissu. Votre chemise est le fruit d'innombrables heures de travail alors, comme tout le monde, vous n'en avez qu'une seule. Par conséquent, vous êtes couvert de vermine. Poux, puces, punaises, morpions et tiques s'en donnent à cœur joie. Votre bouche, elle, est pleine de caries. Et votre cœur est plein de chagrin : hier, votre femme est morte en couches. Son sixième enfant est mort avec elle. Des cinq précédents, un seul a survécu. Il va falloir que vous achetiez une autre femme. Il n'y aura pas de mariage, cette cérémonie est réservée aux riches. Et quand un homme riche se marie, aucun prêtre n'a l'idée saugrenue de venir à la cérémonie. Les gens seraient très choqués de voir un homme de Dieu s'occuper d'histoires de fesses !

Assis sur le seuil de votre cahute, vous mangez une bouillie de seigle. Ce que vous ne savez pas, c'est que cette soupe aura votre peau. Elle contient un parasite nommé ergot. Pour l'instant, vous ne sentez que des brûlures dans les bras. Mais d'ici quelques semaines, votre main droite deviendra noire et desséchée ; elle finira par tomber de votre poignet. Franchement, même si vous étiez au courant, vous avaleriez votre brouet. Car nous sommes à la fin de l'hiver, les provisions de l'année dernière sont épuisées et les récoltes de cette année sont encore à venir. C'est ce qu'on appelle *la soudure*, un terrible moment où tout le monde meurt de faim et mange n'importe quoi.

En dehors du village règnent la boue et la peur. Les troupes d'Eudes de Blois rôdent, avides de pillage. À moins que ce ne soit celles de Foulque Nerra ? En ce moment, Foulque est d'humeur batailleuse : il a trouvé sa femme avec un amant. De rage, il l'a jetée au feu et il est parti en guerre. Enfin bref, des troupes rôdent. Car la guerre est permanente entre les Grands du royaume, c'est-à-dire la haute noblesse, les quelques familles qui ont la main sur tout. Leurs soldats sont aussi affamés que vous, mais mieux armés.

Vous n'êtes pas esclave, mais vous êtes serf. Ce n'est pas beaucoup plus amusant. Et vous êtes paysan, comme quatre-vingt-dix-neuf pour cent de la population.

Autour de vous, le silence est immense. La France ne compte encore que six millions d'habitants. On entend seulement le zonzonnement grave des mouches.

Vous achevez rapidement votre repas, car le travail vous attend. Il est écrasant. En contrepartie, votre seigneur est censé vous protéger. Hélas, il a déjà du mal à se protéger lui-même.

Deuil, maladie, peur, disette, tous ces soucis font beaucoup pour un seul homme. Vous vous sentez accablé de tristesse. Heureusement, dans la dureté de votre existence, il existe un point de rassemblement : l'Église. C'est votre seul appui. Les promesses des prêtres au sujet d'un monde meilleur sont votre seul espoir. Et les fêtes religieuses sont vos seuls jours de repos. D'après l'historien Brown, les églises, « grands sanctuaires » parfumés et illuminés « dans un monde mal éclairé et malodorant », apparaissent comme autant de « fragments de Paradis ».

Votre seigneur est travaillé par les mêmes angoisses que vous face à la mort, la grêle et les rages de dents. Alors, pour se concilier les bonnes grâces de l'Église et de Dieu, il verse à pleines mains le fruit de votre travail à l'abbaye la plus proche. Sur votre misère, le pouvoir de l'Église croît fantastiquement.

L'an Mil : une tranche de vérité

L'honnêteté me pousse ici à paraphraser l'historien Georges Duby : tout ce que je viens de dire concernant vos chagrins de serf de l'an Mil n'est que pure illusion.

Oh, il est certain que les habitants du haut Moyen Âge sont majoritairement des serfs. Qu'ils vivent au milieu des pupes de mouche, qu'ils ont parfois des problèmes d'ergotisme et que Foulque Nerra n'est pas un mari commode. Mais ce que personne ne sait, c'est ce qu'un vrai serf de l'an Mil en pense. Peut-être est-il heureux de son sort ? Certains historiens affirment que son époque est plutôt agréable à vivre. Et peut-être que la notion même de bonheur lui échappe complètement...

Et peut-être nous est-il impossible de comprendre à quel point nous ne comprenons rien à cet homme-là ? Peut-être cet homme est-il si loin de nous qu'aucune rencontre n'est possible ? L'historien Le Goff, spécialiste du haut Moyen Âge, affirme que même notre notion du temps lui est inconnue. L'historien Baschet renchérit : « La plupart des paysans ignorent sans doute quel jour ils vivent... Ni le moment de la journée, ni l'année ne sont mieux connus. » Bloch ajoute : « Les hommes de cette époque ne pensaient pas communément par chiffres d'années. » Le Roy Ladurie parle joliment de gens « désheurés ». Le temps des agendas et des horloges, celui qui nous pousse à nous lever chaque matin et à fêter notre anniversaire chaque année, cette notion du temps qui nous paraît à la fois si évidente et si indispensable, n'apparaîtra que bien plus tard.

En résumé, nous ne savons pas du tout comment un serf de l'an Mil pense, parle et agit. Nous ne savons pas quelles sont ses façons de voir. Nous ne savons pas quels rêves il fait, comment il se représente lui-même ni le monde qui l'entoure. La petite scène d'immersion totale que nous venons de vivre n'est que tourisme chronologique. Vous pouvez enlever votre chemise pleine de puces et regagner le bateau.

Pensée magique

Vous paraissez mécontent de votre escale. Vous avez l'impression d'être passé à côté de l'an Mil ? Vous voudriez comprendre, si peu que ce soit, les habitants de ce temps-là ? Vous voudriez jeter au moins un coup d'œil à l'intérieur de leur tête ? Eh bien, disons que vous y trouveriez sûrement des *pensées magiques*. Alors, parlons de la *pensée magique*.

La pensée magique consiste à superposer au monde matériel un autre monde, magique celui-là. Ce monde parallèle correspond par analogies avec le premier. Par exemple, comme le vin et le sang sont deux liquides rouges, un penseur magique qui a perdu du sang boira du vin pour le remplacer. De là vient l'illusion que le vin est reconstituant et fortifiant. Elle est encore à la mode, d'ailleurs.

La pensée magique se manifeste par un amoncellement de superstitions qui expliquent le monde alentour. Elles le compliquent, aussi. Des exemples ? Il faut se couper les cheveux à la lune montante et étendre son linge à la lune descendante, éviter de balayer le sol au crépuscule et ne jamais toucher le lit conjugal avec son balai. Ni avec son chapeau. Pendant un accouchement, il faut dénouer tous les nœuds dans la maison pour ne pas étrangler l'âme qui vient et, pendant une agonie, couvrir tous les pots pour que l'âme qui s'en va ne se noie pas. Il faut aussi éviter de poser le pain à l'envers sur la table, renverser le sel et croiser les couverts, bref, un penseur magique ne peut pas faire un geste sans que mille malédictions ne dégringolent des cieux irrités. Il vit dans la crainte et cette crainte, hélas, est toujours plus forte que sa raison. Aucune observation sensée, aucune catastrophe ne peut vaincre la pensée magique.

Holà ! Vous vous êtes blessé une main en remontant la passerelle. Regardons votre plaie. Elle n'est pas très grave, c'est une simple écorchure. Que dites-vous ? « Cornedebique, ça va s'infecter ! » Et vous allez vous laver les mains.

Mais à votre place, que dirait un penseur magique ? « Ventrebleu, un démon va être attiré par le sang ! » Et il appliquerait sur la plaie une bonne tranche de viande, dans l'espoir que le démon dévore la viande plutôt que sa chair. Les conséquences de ce pansement sont faciles à imaginer. Elles n'empêchent pas le cataplasme à la viande moisie de sévir pendant des siècles. Et je parie un bistouri qu'il n'a pas fait autant de morts que la saignée.

Ah ! La saignée. La saignée est basée sur la certitude que toute maladie est due à un pourrissement du sang. Pour guérir, il suffit de tirer le sang pourri du corps, exactement comme on tire l'eau croupie d'un puits.

Cette logique magique coûtera la vie à énormément de gens. Pendant des siècles, les malades seront vidés de leur sang par des charlatans sans que personne ne s'en émeuve. Il faudra attendre le XVIIIe siècle pour qu'un médecin admette la stupidité de ce remède et renonce à tuer ses patients.

Les descendants d'Hugues Capet

Avez-vous mis un pansement ? Alors finissons de larguer les amarres. Les rapides de l'an Mil sont derrière nous et le temps se lève. Essuyez vos jumelles, elles sont couvertes de buée.

Hugues Capet est mort, mais voici ses descendants. Robert, Henri, Philippe *& Fils*, nous sommes en face d'une nouvelle déferlante royale. Elle durera deux cents ans. En 1200 apparaîtra un Philippe dit Auguste qui méritera que nous jetions à nouveau l'ancre.

Que font nos bons rois, pendant ces deux cents ans ? La même chose que leurs prédécesseurs : se battre contre leurs cousins pour garder leur couronne.

Par rapport aux Clotaire et aux Sigebert du millénaire précédent, nous pouvons quand même noter des différences. D'abord, les rois capétiens ont tendance à vivre plus vieux. Ils se chicorent aussi davantage avec le pape, notamment au sujet de leur vie sexuelle. Enfin, ce ne sont plus des chefs de guerre qui caracolent à la tête du peuple franc. Ce sont des rois sacrés qui règnent sur la terre de France. Ils assistent, du haut de leur trône, aux bouleversements du nouveau millénaire. Prenons la peine de braquer nos jumelles sur ces silhouettes lointaines.

Robert le Pieux

Fils d'Hugues Capet, ce roi se fait surtout remarquer par ses déboires conjugaux. Voyons ça de plus près.

Version classique :

Robert le Pieux est marié tout jeune à une femme nommée Rozala. Tombé fou amoureux de sa cousine Berthe, il répudie Rozala, enlève Berthe à son mari et l'épouse. « Bigamie ! Inceste ! » L'Église est horrifiée. Elle sermonne le roi, qui s'en moque. Le sermon dure sept ans, mais Robert le Pieux s'entête. Finalement, à bout de patience, le pape menace le roi de France d'excommunication, c'est-à-dire d'être purement et simplement mis à la porte de la communauté des croyants et son royaume avec. Robert le Pieux cède : il renvoie sa bien-aimée Berthe. Rozala étant morte entre-temps, il épouse une Constance. Cette soumission au pape lui vaut son surnom de Pieux.

L'événement est d'importance ! C'est la première fois que l'Église ose mettre le nez dans la culotte d'un roi. C'est surtout la première fois qu'elle réussit à interdire ce qui, jusque-là, semblait tout simple à tout le monde : jongler avec les femmes. Nous assistons à une véritable révolution des mœurs.

Version moderne :

Elle est moins romantique. Rozala est épousée pour son bel héritage et répudiée parce qu'elle n'arrive pas à avoir de fils. Berthe est épousée et répudiée pour les mêmes raisons que Rozala. Constance, elle, ayant réussi à mettre au monde des fils, ne sera pas répudiée.

Dans le triomphe de Constance sur Berthe, l'Église veut voir une image de la Piété religieuse triomphant de l'Amour charnel. Mais nous pouvons y apercevoir des motivations assez éloignées de la piété, et plus encore de l'amour.

Lors de vos voyages dans l'Histoire, sitôt que vous croisez une belle romance, grattez un peu. Vous verrez souvent apparaître, sous la croûte d'amour, une affaire de gros sous.

Mobilier

L'historien Georges Duby, qui connaît l'époque comme sa poche, est à peu près certain que Robert le Pieux n'a pas arraché Berthe à son époux. Au contraire, il affirme que le roi et le mari de Berthe se sont tranquillement mis d'accord pour faire passer cette pauvre femme d'un lit à l'autre. Et sans lui demander son avis, bien sûr. Voici encore une notion importante : à l'époque, les femmes sont des biens meubles. Exactement comme les enfants, les paysans, les chevaux et les tabourets. On les vend, on les offre, on les vole ou on s'en sert comme bois de chauffe avec un grand naturel. Pour les hommes du temps, demander son avis à un de ces meubles serait aussi bizarre que si nous demandions à notre chaise l'autorisation de nous asseoir dessus.

D'ailleurs, dans les documents officiels, les femmes n'ont en général pas de nom. Elles sont seulement « fille de » ou « femme de ». Dans la vie courante, elles changent de prénom au gré des désirs de leur maître. C'est aussi le cas des serviteurs. Quant aux enfants, beaucoup meurent sans qu'on ait pris la peine de leur donner un prénom. Pendant longtemps, les seules personnes clairement nommées seront les mâles adultes de bonne famille. Tout le reste est de la marchandise.

Après l'an Mil

Nous voici, avec Robert le Pieux, après l'an Mil. Que se passe-t-il, en France, à ce moment-là ? On dirait que le temps se lève. La situation s'améliore, on parle même de *Renaissance de l'an Mil*.

Les grandes invasions, vikings ou autres, cessent enfin. De son côté, l'Église essaye de pousser les chevaliers à être un peu moins violents. On appelle ce mouvement de pacification la *paix de Dieu*.

La *paix de Dieu* pose comme principe qu'il est mal d'assassiner son prochain, que ce soit pour lui voler sa vache ou son duché. C'est novateur.

Ne rêvons cependant pas trop sur l'adoucissement des mœurs. Tenez, jetez un œil à l'année 1120. Là-bas, vous voyez la très sage Héloïse passer un sale moment. Cette charmante jeune fille est en train de se faire battre comme plâtre par son amant, Abélard. Pourtant, ils sont follement amoureux l'un de l'autre. Mais il a une soudaine envie de forniquer et elle ne se sent pas d'humeur. Alors il la roue de coups jusqu'à ce qu'elle accepte de se faire trousser sur un coin de table de cantine.

Zoomez ensuite sur l'année 1170. Le soir, au coin du feu, on lit à voix haute le *Roman de Tristan*. C'est le best-seller du siècle. J'espère que vos jumelles ont le son : montez-le et écoutez ce passage.

L'héroïne du livre se nomme Iseult, « la douce Iseult ». Cette amante tendre et éplorée se retrouve face à un « conseiller perfide ». Elle ne le lui envoie pas dire : elle lui casse les dents d'un bon coup de poing. C'est l'usage envers la valetaille récalcitrante.

La délicatesse est une idée neuve en Occident.

Dans le même temps, l'agriculture s'améliore, la population s'accroît et les villes se développent. Les premiers clochers en pierre sont construits, dans ce style trapu qu'on appelle *roman*. Regardez là-bas, le long des côtes : la France se couvre « d'une blanche robe d'églises ». L'expression est de Raoul Glaber, un moine chauve. Elle date de 1047 et elle est très élégante à replacer.

Philippe l'excommunié

Entendez-vous sonner le glas ? Robert le Pieux est mort. Son fils Henri lui succède, avant de laisser la place à son propre fils, Philippe Ier.

Philippe Ier s'attire lui aussi les foudres du pape. À nouveau, il s'agit d'une histoire d'épouse répudiée. À nouveau, les chroniqueurs nous servent l'image de la belle femme fourbe séduisant un pauvre roi faible. Celui-ci répudie sa légitime épouse et vit dans le péché avec la séductrice. Mais soudain, Dieu illumine l'âme de cette dernière : elle court se réfugier au fond d'un couvent.

Une fois de plus, si vous ajustez vos jumelles, vous observerez que la légitime épouse, au moment de sa répudiation, n'a pas fourni de bébé depuis des années. Et que la fourbe séductrice, au moment de son illumination, n'a rien enfanté non plus depuis sept ans.

Il n'empêche que ce pauvre Philippe Ier subit l'excommunication. Et l'excommunication d'un roi, ce n'est pas rien. Elle est accompagnée d'un *interdit* qui frappe tout son royaume. L'interdit signifie : pas de baptême pour les enfants, pas de derniers sacrements pour les mourants, pas de sépulture en terre consacrée, pas de célébrations pour Noël, Pâques ni aucune fête. L'interdit, c'est la misère spirituelle et sociale. À travers l'interdit, c'est toute la vie commune qui est abolie. Écoutez ce terrible silence ! C'est celui des cloches qu'on ne sonne plus, des hymnes qu'on ne chante plus, des fêtes qu'on ne donne plus.

Philippe Ier l'excommunié meurt peu après 1100. Il laisse la place à son propre fils. Celui-ci connaîtra le même règne que les rois précédents : guerroyer, encore guerroyer, contre ses frères souvent et ses cousins toujours, tout en se disputant avec le pape.

Mais 1100, c'est surtout le début d'une nouvelle ère : les croisades.

1100, les croisades

Pendant deux cents ans, de 1100 à 1300, les gens d'Europe du Nord poursuivent un rêve étrange. Ils veulent arracher la *Terre sainte*, c'est-à-dire la ville de Jérusalem et ses alentours, des mains des musulmans. À l'appel du pape, des hordes de pèlerins armés de leur seule foi partent vers ces terres lointaines. Ils sont suivis par des hordes de soldats, ceux-là lourdement enfouraillés. Peu en reviennent.

Les croisés réussissent à prendre pied en Terre sainte. Ils mangent du musulman rôti (authentique). Puis ils mettent Jérusalem à sac, au point qu'on y marche dans le sang jusqu'aux chevilles (peut-être un peu exagéré). La population musulmane de l'époque garde un très mauvais souvenir des chrétiens. Certains témoignages sont au-delà de l'horreur et nagent dans les eaux plus calmes de la stupéfaction. Regardez ce médecin musulman qui s'apprête à soigner une migraine avec un peu d'aspirine. Il voit soudain surgir un prêtre chrétien. Celui-ci déclare que la migraine est l'œuvre du démon, sort un marteau de sa poche et troue le crâne du malade. Puis il saupoudre le cerveau de sel bénit. Admirez maintenant la tête que fait le médecin…

En deux cents ans, neuf croisades officielles se succèdent, sans compter diverses croisades dites « des enfants » ou « des pastoureaux », mauvaises traductions du terme « des pauvres ».

Regardez-les, ces miséreux. Ils partent à trente ou cinquante mille, rançonnent les régions qu'ils traversent, tuent les juifs qu'ils rencontrent et meurent eux-mêmes de faim, de froid et de maladie. Quand ils arrivent devant la mer Méditerranée, ils sont moins de dix mille. Là, ils attendent placidement que la mer s'ouvre pour leur livrer passage. Mais la Méditerranée ne veut rien entendre. Réduits à faire du bateau-stop, les survivants sont vendus comme esclaves sur les marchés orientaux. N'est pas Moïse qui veut.

À la fin des croisades, vers 1300, la Terre sainte retombe aux mains des musulmans.

Il y aura bien une autre croisade, vers 1450. Mais elle opposera les Polonais et les Turcs, ce qui n'est pas exactement la porte à côté de la France. Je vous la signale seulement à cause de la présence pittoresque, au côté des Polonais, d'un certain Vlad Dracul.

C'est Byzance !

La croisade la plus bizarre est celle de 1200. Les croisés partent pour la Terre sainte et puis non, finalement : ils changent d'itinéraire et vont piller Byzance. Vous connaissez cette ville. Elle s'est appelée Constantinople, elle s'appelle aujourd'hui Istanbul.

« Mais enfin, Byzance est une ville chrétienne », me direz-vous. À l'époque, oui. Mais elle est plus près que Jérusalem. Elle est plus facile d'accès. Et elle est plus riche. Bref, les croisés trouvent plus amusant de dévaliser Byzance que d'aller mourir de soif dans le désert. Après cet épisode lamentable, la crédibilité des croisades faiblit à vue d'œil.

Une des raisons officieuses de ce pillage est que Byzantins et croisés ne peuvent pas se supporter. Écoutez-les s'insulter : les Byzantins trouvent les croisés « sales, malodorants et brutaux ». Les croisés, eux, trouvent les Byzantins « efféminés et schismatiques ». Mais qu'est-ce que c'est, *schismatique* ?

Filioque

Figurez-vous que, avant l'an 700, les chrétiens priaient « au nom du Père et de l'Esprit saint ». Vers 700, quelqu'un a eu l'idée de prier « au nom du Père *et du Fils* et de l'Esprit saint ». Ce *et du Fils*, en latin *filioque*, fait couler le sang pendant trois cents ans. Finalement, il entraîne le Grand Schisme entre l'Église romaine (Europe de l'Ouest) et l'Église orthodoxe (Europe de l'Est) qui dure encore. Rien que ça.

Dans l'esprit d'un croisé de l'Église romaine, avoir l'air *schismatique*, c'est avoir l'air hérétique. Et Dieu déteste les hérétiques. Dieu est certainement content qu'on les pille.

On a les excuses qu'on peut.

La putain d'Aquitaine

Voilà qu'après Robert, Henri, Philippe *and co* arrive sur le trône un Louis. C'est le septième.

Ce Louis VII est encore un brave homme marié à une fourbe séductrice, Aliénor d'Aquitaine. Celle-ci trompe son mari. Louis VII la répudie, elle court flirter avec le roi d'Angleterre. Ce rustre s'empresse d'empocher Aliénor et son magnifique héritage : l'Aquitaine.

Par la faute d'une femme, les Anglais mettent le pied sur la terre de France. Il faudra de longs siècles pour les flanquer dehors. « La France, perdue par une putain, sera sauvée par une vierge » est un proverbe médiéval. La vierge s'appellera Jeanne d'Arc. La putain, vous l'avez compris, c'est Aliénor.

Comme vous l'avez sûrement deviné, le véritable problème est ailleurs que dans le tempérament d'Aliénor. Il est dans ses ovaires. En quinze ans de mariage, Aliénor n'a donné que deux filles à Louis VII. Il faut qu'il la répudie. Pour quelle raison ? Il n'y a pas dix raisons admises par l'Église, il n'y en a que deux : l'inceste et l'adultère. Par « inceste », entendez simplement « cousinage plus ou moins éloigné ».

N'ayant pas envie de passer pour cocu, Louis VII choisit la répudiation pour inceste.

Défaut de consentement

La vérité est qu'il existe une troisième façon de se démarier : le défaut de consentement.

Un mariage n'est valable que s'il y a consentement des deux fiancés. Quand les fiancés ont deux ans au moment de leur mariage, il est facile de prouver, après coup, qu'il y a eu défaut de consentement. Mais s'ils ont été mariés plus tard, à l'adolescence, comme c'est le cas d'Aliénor et de Louis VII ? Eh bien, il faut des témoins de défaut de consentement, ce qui revient à appeler à la barre des gens un peu bizarres. Mais écoutons-les plutôt :

« Monsieur le juge, je vous jure qu'à quinze ans, le marié était incapable de donner son consentement. Parce qu'il était bête comme une oie ! Bête à manger du foin, à tondre un œuf, à ne pas trouver son cul avec ses mains. »

Le pire est que ça fonctionne. Certains mariages sont dénoués de cette façon. Je me demande si Louis VII a envisagé un instant cette possibilité.

Petite parenthèse drolatique : il arrive que ce soit madame qui accuse son mari de ne pas être capable de faire des enfants. S'il ne souhaite pas que son mariage soit annulé, monsieur doit alors prouver, *manu militari* et devant témoins, qu'il en est capable. On appelle cette curieuse épreuve un *congrès*.

La prochaine fois que vous vous ennuierez à un congrès, vous aurez quelque chose d'amusant à raconter.

Des comtes aux trousses

Donc, quinze ans après le mariage d'Aliénor et de Louis VII, tout le monde découvre avec de petits cris de stupéfaction qu'ils sont cousins. Le divorce est prononcé et Aliénor se remarie six semaines plus tard. Mais pourquoi se remarie-t-elle aussi rapidement ? Parce qu'elle n'a pas couru assez vite, semble-t-il.

Dans les jours qui suivent son divorce, Aliénor échappe à deux tentatives d'enlèvement, le premier par le comte de Blois, le second par le comte du

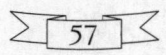

Maine. La tactique est simple : on enlève, on engrosse, on épouse et on s'empare de l'héritage.

Alors Aliénor court, la noblesse aux basques. Et c'est un troisième comte qui gagne la course : le comte d'Anjou. Qui, patatras ! devient bientôt roi d'Angleterre. À ce Henri d'Angleterre, Aliénor donne courageusement huit enfants, dont Richard Cœur de Lion et Jean sans Terre. Elle élève aussi les innombrables bâtards de son mari. Parmi ceux-ci figure le bébé que Henri fait à la fiancée de son propre fils Richard. L'Angleterre n'a pas encore inventé le fair-play.

Dégoûtée, Aliénor se rebelle contre son mari et finit en geôle. Pendant ce temps Louis VII, son ex-époux, se remarie et réussit enfin à fabriquer un fils légitime : Philippe Auguste.

Un dernier mot sur Louis VII, ou plutôt sur son ami Suger. Suger commande la rénovation de la vieille basilique Saint-Denis construite par Dagobert. Si vous le pouvez, allez voir un jour les vitraux de Suger. Choisissez un jour de printemps, et marchez jusqu'au fond de la nef. En passant à travers les vitraux, le soleil fait naître sur les dalles des fleurs magnifiques. Elles ont huit cents ans.

1200, Philippe Auguste

Nous voilà au large de 1200. Ce qui représente bien du chemin depuis l'an zéro. Soyons honnête : la France telle que nous la connaissons ne date pas de l'ectoplasmique Hugues Capet, encore moins de tous les rois carolingiens ou mérovingiens qui se battaient sur les frontières défuntes de pays qui ne nous évoquent plus rien comme la Neustrie et l'Austrasie, mais bien du roi de ces années-là : Philippe Auguste. Jetons l'ancre un instant pour observer à la jumelle ce Philippe Auguste et ses amours compliquées.

L'Auguste de Philippe n'est qu'un surnom, synonyme d'empereur. C'est un titre antique qui date d'Octave. Philippe a visiblement l'art de s'entourer de flatteurs.

Philippe Auguste est sacré à quatorze ans et couronné à quinze. Aussitôt, il expulse les juifs de France, ce qui plaît à l'Église. Puis il confisque leurs biens, ce qui renfloue les caisses du royaume. Depuis longtemps, la persécution des juifs est, pour les rois de France, un moyen commode d'être à la fois pieux et riche. La recette traversera les siècles.

La grande affaire du règne de Philippe Auguste est sa lutte contre Richard Cœur de Lion, roi d'Angleterre. Est-ce une affaire de cœur ? Le prince Richard a été élevé en France. Il a croisé très jeune le prince Philippe. Il s'avoue ému aux larmes par les tendres sentiments qu'il éprouve pour lui. Peut-on parler d'amour ? D'amitié ? Il est vrai que, dès le berceau, on fait téter à ces beaux chevaliers le mépris de la femme et la séduction de la force virile. Alors, si quelques érections se mêlent à leurs émotions chevaleresques, ça ne doit pas gêner grand monde.

Mais il est aussi possible que les grandes phrases humides de Richard dissimulent diplomatiquement une inimitié complète. Comment savoir ?

Les croisades de Richard

Regardez Philippe Auguste et Richard Cœur de Lion partir ensemble pour la croisade. Leurs tribulations sont impayables.

D'abord, ils se disputent comme des chiffonniers au sujet du mariage de Richard. Celui-ci devait épouser une sœur de Philippe Auguste, qu'on a envoyée à cette fin à la cour d'Angleterre. Subitement, fou de rage, Richard rompt ses fiançailles ! Il faut dire à sa décharge que son propre père vient de dépuceler sa fiancée. Laquelle lui a obligeamment fabriqué un demi-frère. On romprait à moins.

Cette rupture ne plaît pas du tout à Philippe Auguste. Peine perdue : Richard n'épousera jamais la demoiselle. C'est dommage. Si ce mariage s'était fait, la fille aurait été à la fois l'épouse de son beau-fils et la belle-mère de son mari, en même temps que la belle-sœur de son fils, la belle-fille du père de son enfant et enfin, sa propre belle-mère. Tout cela de la main gauche, certes, mais enfin, c'eût été cocasse.

Une fois leur courroux apaisé, Richard Cœur de Lion et Philippe Auguste ravagent ensemble la Sicile. Ils gagnent la ville d'Acre, qui est aux mains des Sarrasins, et y attrapent la même maladie. Leurs ongles et leurs cheveux tombent en pluie. Philippe Auguste voit un de ses yeux suivre le même chemin. Dégoûté, il rentre en France. Là, il commence à comploter contre Richard avec son frère Jean sans Terre, régent du royaume d'Angleterre. La légende de Robin des Bois prend place durant cette régence.

Richard, lui, ravage Acre avec une férocité extraordinaire. Au point que le petit Sarrasin qui refuse de manger sa soupe se voit menacé non du père Fouettard, mais du père Richard. Cela accompli, il retourne en Europe. En chemin, il est capturé par un duc autrichien à qui il avait parlé de travers au début de la croisade. La rançon coûte un œil à sa mère, la belle Aliénor.

Richard regagne enfin l'Angleterre et reprend la couronne des mains de son frère Jean. Puis il retourne sur le continent, en Normandie, et recommence sa longue lutte contre Philippe Auguste.

Voyez cet idiot : il est tout près de l'emporter sur Philippe Auguste. Mais au cours d'un siège, il est blessé. C'est une blessure bête : il a oublié de mettre toute son armure. Persuadé que sa blessure est bénigne, il convoque l'homme qui l'a blessé, lui pardonne et même, le récompense. Pendant qu'il joue au magnanime, on lui fait un pansement au lard. Quelques jours plus tard, une infection emporte le roi d'Angleterre. Immédiatement, l'homme qui l'a blessé est écorché vif parce que quand même.

En apprenant la nouvelle, Philippe Auguste pousse sûrement un soupir de soulagement. Voyez-vous, avec vos jumelles, s'il verse aussi une larme ?

Ingeburge

Le pauvre Philippe Auguste n'échappe pas au souci taraudant de tous les rois de France : il lui faut des fils. Or il n'en a qu'un seul, un bébé maladif. Et sa femme vient de mourir en mettant au monde deux jumeaux mort-nés. Alors il cherche fébrilement une nouvelle épouse. Ce sera Ingeburge de Danemark, qu'on dit très belle, mais de quelle reine ne le dit-on pas ? Aucun chroniqueur sain d'esprit n'a jamais osé écrire :

« L'on vit arriver neuve royne,
Qui estoit moche comme un cuveau. »

Nous sommes au soir de la nuit de noces. La belle Ingeburge est au lit. Philippe Auguste la rejoint. Regardez bien ! Avez-vous vos jumelles infrarouges ?

Avez-vous monté le son ? Entendez-vous quelque chose dans la chambre nuptiale ? Voyez-vous ce qui se passe sous les draps ? Non ? Hélas. Personne ne sait ce qui se passe, cette nuit-là, entre Philippe Auguste et Ingeburge. S'agit-il d'impuissance subite, de sorcellerie, de mauvaises odeurs ? Toujours est-il que Philippe Auguste sort du lit absolument furieux. Et il n'y reviendra plus. Jamais. Il ne voudra *jamais* remettre Ingeburge dans son lit. Et nous ne saurons, hélas, jamais pourquoi.

C'est un cas rare de détestation. D'ordinaire, même mariés à une grosse caisse, même homosexuels jusqu'à la moelle des os, les rois font l'effort d'engrosser leur épouse.

La suite est classique : divorce pour inceste, protestations consécutives du pape, remariage du roi malgré les protestations du pape, *interdit*, négociations avec le pape. Le tout dure vingt ans. Car, épargnée par les dangers de la maternité, cette carne d'Ingeburge s'obstine à vivre tandis que la troisième épouse de Philippe Auguste meurt en couches.

Au bout de ces vingt ans, l'unique fils maladif de Philippe Auguste est devenu un adulte solide et prolifique. Alors Philippe Auguste abandonne. Ingeburge lui fermera les yeux. Ce sera sa seule occasion de toucher son mari.

Le reste du temps, Philippe Auguste se bat sans cesse et agrandit considérablement son royaume. Devant ce succès, l'Europe se coalise et l'attaque. C'est la bataille de Bouvines, première grande victoire française. Et là, il faut parler un peu de ce qu'est la guerre en ce temps-là.

Guerres et tournois

Là, voyez-vous, c'est une guerre : deux hordes de chevaliers se tapent dessus avec l'intention de voler à ceux d'en face leurs chevaux, leurs armures et leurs armes. Ensuite, les vainqueurs enchaînent les vaincus et demandent une rançon à leur famille.

Là, voyez, c'est un tournoi. Le tournoi ? Ce sont deux hordes de chevaliers qui se tapent dessus avec l'intention de voler à ceux d'en face leurs chevaux, leurs armures, etc.

Vous ne voyez pas de différence ? C'est bien vu. La guerre et le tournoi, c'est quasiment la même chose. Le tournoi est pure répétition de la guerre. Et la guerre n'a qu'un but : voler puis rançonner.

D'après l'historien Duby, vers 1100 en Île-de-France, la guerre ne fait que trois morts en trente ans. Et encore ! L'une des trois victimes est tuée par le couvercle d'un coffre qui se rabat sur sa nuque alors qu'elle se livre au pillage. La perte est affligeante : un chevalier tué, c'est une rançon perdue.

Les tournois font davantage de morts que la guerre. Ils n'ont encore rien à voir avec ces duels en champ clos dont nous gardons l'image et qui mettent en scène deux cavaliers armés d'une lance en bois et une dame qui donne son écharpe.

Bouvines est la première vraie bataille de France, entendez par là : la première bataille où les Français viennent pour détruire l'ennemi, non pour le rançonner. Philippe Auguste ne demandera pas rançon des prisonniers faits à Bouvines. Ils mourront en geôle. C'est une grande nouveauté.

Chevalerie

Évidemment, chez des chevaliers, ce goût du pillage semble assez peu chevaleresque. Mais qu'est-ce que c'est, un chevalier, à l'époque ? Prenons l'un des plus grands. Il s'appelle Guillaume le Maréchal, on dit de lui qu'il est « le meilleur chevalier du monde ». C'est un vieil ami du père de Richard Cœur de Lion. Il est maréchal d'Angleterre, c'est-à-dire chef des armées du roi d'Angleterre. Et quel salaire touche-t-il ? Des palefrois comme s'il en pleuvait ? Des pourpoints de velours brodés d'or, des épées incrustées de pierreries ? Non. Quelque chose comme une miche de pain, un demi-kilo de viande et six chandelles par semaine. Tout le reste, il faut qu'il le vole.

Nous sommes à une époque où le moindre bout de fer est un trésor, la moindre nourriture est une aubaine et, au vu de la mortalité due à la colique, la moindre nourriture saine, une rareté. Toute une vie de labeur paysan ne suffit pas à se payer un cheval et, quand une dame réussit à s'offrir une écharpe, elle la garde.

Les grossesses de Blanche

À son couronnement, Philippe Auguste est, globalement, roi de l'Île-de-France. À sa mort, il est roi de France. D'une France un peu maigre sur son flanc oriental, mais le principe y est.

Cinq cents ans plus tard, quand on profanera sa tombe, on ne retrouvera rien de lui. « Le corps de Philippe Auguste était entièrement consommé. » *Sic transit gloria mundi.* Nous pouvons lever l'ancre.

L'héritier de Philippe Auguste, Louis VIII, épouse Blanche de Castille. Ils font douze enfants. Voyons un peu ça.

Le premier enfant de Blanche de Castille et de Louis VIII meurt à neuf ans, les deux suivants meurent à un an, le quatrième atteint l'âge adulte et devient saint Louis. Le cinquième atteint l'âge adulte, le suivant meurt à treize ans, le suivant atteint l'âge adulte, le suivant meurt à dix ans, le suivant atteint l'âge adulte, le suivant meurt à douze ans, et le suivant à deux ans. Le dernier atteint l'âge adulte. Blanche de Castille enterre donc sept de ses douze enfants avant de mourir elle-même. Si elle avait appartenu à une classe sociale moins bien nourrie, elle en aurait enterré dix.

Il s'agit là de chiffres banals pour l'époque. Mais quelle est, à chaque décès, la douleur des parents ? Nous n'en savons pas grand-chose. Imaginez seulement que, sur dix de vos amis d'enfance, trois seulement aient atteint l'âge adulte. C'est la norme de l'époque. Ça le restera jusqu'au XXe siècle. L'hygiène et les antibiotiques nous ont sortis de ce cauchemar il y a tout juste soixante ans.

Saint Louis

Louis pas encore saint monte sur le trône après que son père est mort d'une colique. Saint Louis, c'est le roi des années 1250. C'est aussi le roi des croisades. Il y passe sa vie.

Certaines mauvaises langues prétendent que c'est pour fuir sa mère, qui l'empêche de coucher tranquillement avec sa femme.

D'autres disent que ce roi médiocre aurait mieux

fait de rester régner chez lui sans bourse délier. Que c'eût été plus intelligent que d'aller mourir au loin et à grands frais.

Enfin, certains esprits retors soupçonnent que saint Louis est un fin renard, et qu'il trouve bien commode le principe des croisades : la plupart des nobles y meurent, les autres en reviennent ruinés. C'est autant de gagné pour la paix du royaume.

Saint Louis meurt lui-même à la croisade, toujours de la colique. On le fait bouillir dans un grand chaudron pour ramener ses os en France. Le restant du pot-au-feu est enterré sur place. La lignée capétienne, avide de respectabilité, fait des pieds et des mains pour obtenir sa canonisation. Avoir un saint parmi ses ancêtres, voilà qui pose une famille.

Son fils meurt lui aussi de la colique, lui aussi en croisade. Et c'en est fini des croisades. Car nous arrivons près de 1300 et sur le trône vient de s'asseoir un roi de glace. « Ni un homme, ni une bête : c'est une statue. » Il se nomme Philippe le Bel.

Ce n'est pas le genre d'homme à avoir la colique.

1300, Philippe le Bel

Si vous voulez voir son visage, son vrai visage, allez à la basilique Saint-Denis. Son gisant a été sculpté d'après nature.

Vous risquez d'être déçu par cette large figure au nez pincé, fendue d'une petite bouche tout aussi pincée. De toute façon, si cet homme est beau, il n'en a pas l'utilité. Il ne connaît qu'une femme, la sienne. Et il préfère les prières à la gaudriole. Tout ce dont nous sommes certains, c'est qu'il est d'une froideur impressionnante.

La grande affaire du règne de Philippe le Bel est de contrer la papauté. Comme nous l'avons constaté, celle-ci a pris au fil des siècles une importance considérable. Elle intervient de plus en plus dans la politique des royaumes chrétiens, notamment dans les affaires matrimoniales. Elle ne saura pas s'arrêter à temps.

Un pape furibond

Un peu avant 1300, la ville d'Acre, dernière possession chrétienne en Terre sainte, tombe aux mains des musulmans. Les croisades prennent fin. Voilà la papauté privée des guerres saintes qu'elle organisait. Son autorité spirituelle s'effondre. Mais elle ne s'en rend pas compte tout de suite…

Tournons nos jumelles vers Rome. Boniface VIII, avant d'être un pape furibond, est un évêque sournois. Regardez-le : il fulmine. C'est qu'il rêve de la tiare papale. Or celle-ci vient d'échouer, par mégarde, sur la tête d'un brave homme sans malice. Alors, en grand secret, Boniface embauche des danseurs et des musiciens. Il les envoie, de nuit, dans la chambre du brave homme où ces gais lurons mènent des charivaris épouvantables, avec trompettes du Jugement dernier et masques de bouc ! Persuadé d'avoir affaire au diable, le brave homme jette la tiare et s'enfuit. Boniface ramasse la tiare par terre et s'en coiffe triomphalement.

Il monte sur le trône papal et commence immédiatement à cracher des *bulles* sur toute l'Europe. Il faut savoir qu'une *bulle* est un ordre du pape enrobé dans beaucoup de latin. Boniface excommunie et *interdit* à tout-va.

Quand, ivre de pouvoir, il bulle que le pape est placé au-dessus des rois, il franchit la ligne rouge. Philippe le Bel porte plainte contre lui. Si.

Papes et antipapes

Le roi de France réunit une assemblée de notables pour juger le pape. Il remet à cette assemblée la dernière bulle papale un peu falsifiée. Quelque chose comme « le pouvoir spirituel est supérieur au pouvoir temporel » transformé en « le pouvoir spirituel est supérieur au pouvoir temporel et Philippe de France est un gros bâtard ». Soutenu par l'assemblée scandalisée, Philippe le Bel envoie ses hommes arrêter le pape.

Ajustez vos jumelles, la scène est poignante. Les hommes d'armes du roi de France entrent dans le palais de Boniface. Tremblant sur son trône, Boniface les attend. Hors lui, le palais est vide. Tous ses serviteurs, tous ses proches ont pris la poudre d'escampette. Alors le vieil homme tend son cou, résigné à se faire égorger. Mais les envoyés de Philippe le Bel ne lui font pas cet honneur. D'une seule gifle, ils le jettent à bas de son trône ! Boniface en mourra de vexation.

Après cet épisode, plus personne n'ose chercher des poux dans la belle tête de Philippe. Il en profite pour installer sur le trône papal un homme à lui. Il fait aussi transporter ledit trône depuis Rome jusqu'en Avignon. Il y restera un siècle.

Par ce coup de force, Philippe le Bel désorganise la puissance papale. Elle mettra du temps à se reconstituer, écartelée entre mille papes et antipapes qui s'entr'excommunient furieusement de Rome à Avignon.

Tous les royaumes de la chrétienté y gagnent un peu de souplesse matrimoniale. Je me permets d'imaginer que, pendant cet épisode tragique, leur chagrin est assez mince.

La fin du Temple

Porté par son élan, Philippe le Bel décide d'en finir aussi avec l'ordre du Temple. Cet ordre de chevaliers a pour unique mission de défendre les conquêtes chrétiennes en Terre sainte. En 1300, il ne sert plus à rien. Sinon à être un gros créancier du roi de France.

Un vendredi 13 au matin, Philippe le Bel fait arrêter tous les chevaliers du Temple. Torturés, les templiers avouent ce qu'on veut : hérésie, sodomie, blasphème et « baisers immoraux ». Si les chiffres sur la torture vous intéressent, en voici : sur cent trente-huit chevaliers arrêtés à Paris, seuls trois n'avouent rien. Les cent trente-cinq autres racontent n'importe quoi.

Sept ans plus tard, au terme d'un abominable procès, le dernier grand maître du Temple est brûlé à Paris, sous le nez de Philippe le Bel. Vous pouvez aller voir l'emplacement du bûcher, square du Vert-Galant. Dans ce petit jardin niché au bout d'une île et baigné par la Seine, une plaque rappelle l'événement.

Il paraît que Philippe le Bel regarde le bûcher depuis le balcon de la tour Bonbec. Elle existe toujours, elle aussi, dans les murs épais de la Conciergerie. Si c'est exact, la distance entre les deux sites ne permet sûrement pas au roi de voir grand-chose. Ni d'entendre les cris des suppliciés.

Car la légende veut qu'avant de mourir le grand maître maudisse bruyamment « le roi Philippe, le pape Clément et le chevalier Guillaume », un ministre du roi, avec tous leurs descendants. Et il est vrai que Philippe le Bel et le pape Clément meurent peu après. Mais ils ont l'âge pour ça et, le jour du bûcher, le chevalier Guillaume est mort depuis déjà un an.

Regardez plutôt la scène telle qu'elle s'est réellement déroulée. Le grand maître Jacques de Molay, ravagé par sept ans de geôle et de torture, se tord au milieu des flammes. Dans son agonie, il hurle : « Le malheur s'abattra sur ceux qui nous ont condamnés à tort ! » C'est moins joli.

Il n'empêche qu'un mois plus tard on trouve les brus du roi de France vautrées avec leurs amants. La malédiction commence...

Le mépris

J'ai enquêté autant que j'ai pu sur la fin des templiers. Et j'avoue que je ne comprends toujours rien à cette histoire.

Les templiers ont le défaut d'être des créanciers du roi, et de ne plus servir à rien, certes. Mais pourquoi une telle boucherie ? Une créance, ça se déchire. Un ordre militaire, ça se dissout. Et des soldats, ça s'embauche. Un roi chrétien n'est pas censé envoyer au bûcher, par paquets de cent, des moines guerriers de bonne famille. Philippe le Bel peut être brutal, mais c'est avant tout un homme habile. Or, dans cette histoire, l'habileté ne brille nulle part.

Vous me demandez quelle est la raison officielle de ce massacre ? L'argent, tout simplement. Le Temple est riche. Or Philippe le Bel est en train de créer un

État centralisé. Ça coûte cher. Alors il prend l'argent où il le trouve : il massacre successivement les juifs et les templiers.

C'est une explication qui se tient.

Mais il existe peut-être une autre raison à la fin des templiers. Peut-être que les templiers ont trop mal vieilli. Et que Philippe le Bel est trop bigot.

Idéalement, les templiers incarnent une certaine vertu chrétienne. Ils sont censés vivre dans la foi la plus pure. Mais, au contact de la civilisation orientale, ils ont réfléchi à leurs croyances. De ces horizons lointains, ils ont rapporté des interrogations. Pour un bon chrétien qui n'a jamais quitté sa paroisse, tout ceci n'a qu'un nom : hérésie.

De son côté, Philippe le Bel fonde dès monastères sans se poser de questions. Le jour où il apprend les déviances spirituelles des templiers, il est possible qu'il soit réellement choqué. Qu'il ne voie pas là uniquement un prétexte pour les dévaliser.

Essayez, avec vos jumelles, de voir par-delà la brume des siècles. Peut-être apercevrez-vous, sur le beau visage de Philippe regardant brûler le dernier grand maître du Temple, autre chose que de la cupidité. Peut-être y verrez-vous une expression de mépris sincère.

Vous ne l'entendrez sûrement pas l'exprimer à haute voix. Cet homme ne parle jamais.

Les enfants du roi

Philippe le Bel obtient de son épouse sept enfants. Trois seulement meurent jeunes. Champagne !

Ils sont tous bien mariés. Les trois garçons épousent trois filles de Bourgogne, la fille épouse le roi d'Angleterre.

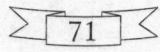

On dit que celui-ci est homosexuel. Mais qu'il a le sens du devoir et engrosse régulièrement son épouse. Après quoi, il retourne près de son amant, qui fut aussi celui de son père...

Soyons honnêtes : nous n'en savons pas plus sur ces coucheries-là que sur toutes les autres. Quand même, il semble que ce roi-ci ait eu un peu trop d'enfants illégitimes pour un homosexuel affirmé. À l'époque, le soupçon d'homosexualité est toujours émis dans le but de dégrader la mémoire d'un homme. Exactement comme le soupçon de sexualité hors mariage chez une femme. La seule chose qu'on puisse déduire de ces ragots, c'est qu'aux yeux de l'Histoire ce roi d'Angleterre est dans le camp des perdants.

Les brus du roi

En 1314, peu après la mort cuisante du dernier grand maître de l'ordre du Temple, coup de tonnerre dans un ciel chrétien : à la tour de Nesle, les trois brus du roi sont arrêtées pour adultère.

Sur les trois, deux seulement sont coupables d'avoir eu une liaison extraconjugale. Elles s'appellent Marguerite et Blanche. La troisième, Jeanne, est simple complice.

Marguerite est l'épouse de l'héritier du trône et la future reine de France. Elle est enfermée dans la chambre haute de Château-Gaillard, une forteresse en Normandie. Elle y meurt vite. On dit qu'elle a été étranglée avec ses cheveux, ou étouffée entre deux matelas. Mais jetez un œil sur Château-Gaillard : vous comprendrez immédiatement que personne ne peut survivre à un hiver sans chauffage en haut de ce promontoire glacial.

Blanche est enfermée dans le sous-sol de Château-Gaillard. Elle ne mourra que plus tard, au fond d'un couvent, après un classique divorce pour inceste. Car le temps a passé sur les mœurs, et l'adultère n'est plus considéré comme une raison suffisante pour répudier une femme. Seul l'inceste, c'est-à-dire le cousinage, demeure une excuse valable.

Jeanne, elle, est envoyée dans un couvent correctement chauffé. Elle sera rendue à son mari.

On arrête aussi les amants. Regardez-les : ce sont deux chevaliers, les frères d'Aunay. Ils sont émasculés, écorchés, décapités et le reste. Les corps du délit sont jetés aux chiens.

Il existe toute une littérature sur le double adultère de la tour de Nesle. L'histoire a enflammé les imaginations jusqu'à la fin du XXe siècle. L'image de la sinistre tour résonnant de halètements voluptueux est encore dans les esprits. Ce bâtiment n'existe plus, hélas. Sur son emplacement, on a construit l'Académie française.

Panier de crabes

Cette histoire vous intéresse ? Moi aussi, quand j'étais jeune, je l'ai trouvée terriblement romantique et merveilleusement tragique. Ah ! Le beau visage de Marguerite en pleine jouissance tandis que, au bas de la tour de Nesle, les derniers templiers brûlent ! Oh, les grands cris de Blanche tandis qu'on châtre son bel amant ! Et Jeanne qui défaille de joie quand son époux lui pardonne d'un baiser sur la bouche !

Mais, en vieillissant, j'ai compris certaines choses. Et d'abord, qu'une cour royale est un panier de crabes soucieux de sa crabitude. Quand une princesse s'isole pour faire pipi, c'est forcément avec deux dames d'honneur, trois dames d'atour, quatre dames de compagnie, cinq duègnes, six cousines, sept chaperons et huit servantes. Tout ça épiant et calomniant.

Intégration de données

Une fois ces données digérées, j'ai repris ma lecture du scandale de la tour de Nesle. J'en ai tiré mes propres conclusions. Voulez-vous les connaître ? Les voilà : qu'une future reine de France entretienne une liaison adultère sans que ça se sache est complètement impossible. Ce scénario ne tient pas debout. Alors, quelle est la véritable histoire ? Car il y a eu une histoire, avec scandale et procès, torture et forteresse, et crise dynastique.

Les chroniqueurs du temps s'en tiennent à la version officielle, celle de la liaison adultère. Mais nous, qui sommes des touristes, nous pouvons braquer nos jumelles où ça nous chante. Alors tournons-les vers les faire-part de naissance en 1314.

Taux de fécondité

En 1314, l'année du scandale, Marguerite a vingt-cinq ans. Elle est mariée à Louis, l'héritier du trône, depuis neuf ans. En neuf ans, elle n'a eu qu'une fille. Nous, nous savons qu'elle est condamnée. Je parie qu'elle aussi, elle le sait. Je doute que l'ambiance, dans la tour de Nesle, soit à la gaieté et à l'insouciance.

Blanche, elle, a dix-huit ans. Elle est mariée depuis six ans à Charles. Elle n'a pas d'enfants, mais elle doit être moins inquiète que Marguerite. Elle est encore jeune, et son mari est troisième dans l'ordre de suc-

cession. Il n'a aucune raison de régner un jour. La pression est moindre.

Jeanne, enfin, est mariée depuis sept ans à Philippe. À vingt-trois ans, elle a déjà mis au monde quatre enfants. Quatre filles, hélas. Ce n'est pas rien, mais ce n'est pas suffisant. Au moins, elle fait ce qu'on attend d'elle.

Il est frappant de constater que le sort des trois brus est lié à leur fécondité. La plus sévèrement punie est celle qui ne peut plus avoir d'enfants. La suivante est celle qui n'en a pas encore eu. La dernière est celle qui en fait.

Attaque

Philippe le Bel, avant même le scandale, est au bord de la mort. Il sera bientôt frappé d'une attaque. Le sait-il ? Cette maladie présente parfois des signes avant-coureurs. Est-ce cela qui précipite le sort de Marguerite ? Que se passe-t-il vraiment, au printemps 1314 ? Trouve-t-on Marguerite avec un amant ? Avec tout un corps de garde ? Ou dans le sang de son énième fausse couche ? Philippe le Bel se réveille-t-il avec une main paralysée ?

Vos jumelles ont déjà le son. Avec un petit effort, elles peuvent avoir aussi un lecteur de pensées intégré. Allumez-le et essayez d'écouter les pensées de Philippe le Bel, chef de lignée vieillissant :

« Il n'est pas question de laisser plus longtemps Marguerite dans le lit de mon fils aîné. Cette femme est stérile, il faut s'en débarrasser. Mais la répudiation est une procédure longue. Alors, mieux vaut discréditer Marguerite. L'éloigner de la Cour. Et là, loin des regards, terminer le travail... Mais elle est très proche de ses deux belles-sœurs, qui risquent de crier au scandale. Et derrière ces femmes, il y a des familles puissantes. Il y a la Bourgogne. Alors, qu'on les jette toutes les trois dans le même bain ! Ça fait près de dix ans que j'attends en vain un petit-fils de ces trois incapables. »

Il est possible que Philippe le Bel fasse torturer la première paire de chevaliers venue. Il leur fait avouer un adultère imaginaire qui envoie Marguerite dans une de ces forteresses où l'on meurt rapidement.

Il est aussi possible que ce tour soit manigancé par un autre membre de la famille. Et que Philippe le Bel se contente de mordre à l'hameçon, avec plus ou moins d'aveuglement. Un romancier a parlé de la sœur, la reine d'Angleterre. Après tout, le rôle de délateur est plus confortable quand on habite loin.

Dans cette hypothèse, on peut supposer que Jeanne et Blanche ne sont que des dommages collatéraux.

La bâtarde

Cette histoire est fascinante, n'est-ce pas ? Regardez là-bas : c'est Dourdan, où Jeanne est enfermée. Il paraît qu'elle est enceinte... Mais asseyons-nous sur le gaillard arrière. C'est l'heure de l'apéritif, le temps est beau, nous pouvons prendre cinq minutes pour divaguer sur les histoires de cœur de la famille Capet.

Pour ma part, je pense qu'il y a une autre façon d'envisager la situation. Marguerite est stérile, d'accord. Il faut s'en débarrasser, bien sûr. Jamais une femme stérile n'est restée très longtemps sur le trône de France. Mais Marguerite a eu une fille, quatre ans plus tôt. Qui héritera de sa mère si celle-ci meurt. Répudier Marguerite, c'est se priver de l'héritage. La faire mourir en geôle est plus rentable.

Évidemment, accuser Marguerite d'adultère, c'est aussi accuser sa fille d'être une bâtarde. Mais l'a-t-on eu une seule seconde, ce soupçon ?

Quatorze ans plus tard, la fille de Marguerite sera mariée à un roi de Navarre comme une princesse du sang sans tache. Les stratégies matrimoniales fonctionneront avec elle comme si jamais le moindre soupçon de bâtardise ne l'avait effleurée. N'est-ce pas bizarre, dans cette société où le sang du père est primordial ?

Et non seulement la fille de Marguerite sera bien mariée, mais ses propres enfants seront aussi très bien mariés. L'une épousera un roi d'Aragon, l'autre un roi de France, tant et si bien que la quasi-totalité des rois de France descendront de la fille de Marguerite. Nos célèbres Louis XIII, XIV, XV et suivants sont-ils les descendants d'un chevalier d'Aunay ?

Et Blanche ? me direz-vous. Oh, elle n'a pas d'enfants. Elle peut bien n'avoir jamais existé, et son mariage non plus. Pour elle, le divorce suffit.

Quant à Jeanne, c'est un ventre fécond. Rapidement, son mari la récupère. Bien lui en prend, car Jeanne accouche d'un garçon. Et peut-être d'un autre, un an plus tard. Rien n'est clair. Il est même possible que, au moment de son incarcération, elle soit enceinte. Est-ce que la naissance de son fils correspond à la date de sa libération ? Je n'en sais rien. Mais j'ai l'impression qu'elle a eu beaucoup de chance. Pas vous ?

Avez-vous fini votre verre ? Il va être temps de reprendre la barre.

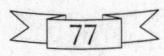

Le signe extérieur du péché

Au fond, tout ça est affaire de mentalité. Il est possible que, pour les hommes de ce temps, il n'y ait pas beaucoup de différence entre l'adultère et la stérilité.

L'état normal d'une femme mariée est la grossesse. La mère de saint Louis, Blanche de Castille, commence à enfanter à vingt ans. Elle arrête à quarante, après avoir mené douze grossesses à terme. Ce qui fait neuf années toutes rondes le ventre plein ! L'épouse de saint Louis fera la même chose.

Une femme mariée qui n'est pas enceinte est maudite. C'est forcément une pécheresse, puisque Dieu la punit en la privant d'enfants. Adultère ou stérile, Marguerite est coupable.

Philippe le Bel meurt avant la fin de cette terrible année 1314. Il est enterré à Saint-Denis, dans un cercueil de pierre « recouvert d'une large dalle ». On lui met au doigt « un anneau d'or » et entre les mains « un sceptre de cuivre doré, de cinq pieds de long, terminé par une touffe de feuillage, sur laquelle était représenté un oiseau aussi de cuivre doré ».

Moins de quinze ans plus tard, tous ses fils et petits-fils reposeront près de lui. Fin d'une lignée.

La loi salique

Le nouveau roi, Louis X, meurt subitement. D'une colique, bien sûr. Sa nouvelle épouse est enceinte. Pourvu que ce soit un garçon !

En attendant, qui prend la régence ? Ce devrait être la future mère. Blanche de Castille l'a exercée en son temps. Mais la future mère vient d'arriver en France. Elle n'y connaît rien, je ne sais même pas si elle parle la langue. La régence passe donc dans les mains du deuxième fils de Philippe le Bel. C'est Philippe, l'époux de Jeanne.

Quelques mois plus tard, hosanna ! Entendez-vous les cloches ? La reine vient d'accoucher d'un fils, Jean Ier. Mais celui-ci meurt vite. D'une colique ?

Gasp. Que faire ? Depuis trois cents ans, les rois se succèdent sans accroc de père en fils. C'est un petit miracle nommé *miracle capétien*. Et voilà la France en manque de garçon royal. Faut-il mettre sur le trône la fille royale ? La fille de Marguerite et de Louis X ? Une enfant de six ans ? Et une *femme,* en plus ? Alors que le régent règne si bien ? Et qu'il a des fils ?

Regardez la noblesse tourner en rond. Elle se tord les doigts de désespoir. De vieux misogynes se lamentent : « La France est trop noble pour tomber en quenouille ! » Et soudain, l'un d'entre eux a une idée de génie. Ou plutôt, un souvenir de génie.

Longtemps, les rois ont été élus. C'est-à-dire qu'une assemblée désignait « le plus apte ». Comme le choix tombait toujours sur le fils du roi précédent, on a renoncé à cette mascarade depuis un siècle. On la dépoussière pour l'occasion. Le régent est désigné comme étant « le plus apte » et couronné sous le nom de Philippe V.

Certains disent qu'une vieille loi franque, la *loi salique,* a été sortie de la naphtaline pour écarter du trône la fille de Marguerite. C'est faux. On n'a pas eu besoin de se donner tant de mal, ni de remonter si loin.

Fébrilité

Sitôt couronné, Philippe V meurt. D'une colique. Les fils qu'il a eus avec Jeanne meurent aussi. Le dernier fils de Philippe le Bel est Charles le Bel, dont on dit qu'il ne brille pas bien haut dans le ciel de l'esprit.

Charles est débarrassé par divorce de Blanche, son épouse adultère. Fébrilement, il se remarie et se remarie. Hélas, il engendre des tombereaux de filles avant de mourir à son tour. D'une colique ?

Et là, le problème est grave. Car le dernier enfant de Philippe le Bel est la reine d'Angleterre. Autant dire que la France vient de tomber toute crue entre les mains du roi d'Angleterre.

En toute hâte, la noblesse française jette la couronne à Valois, le frère de Philippe le Bel. Ou plutôt à son fils, car ce frère vient de mourir. Le roi d'Angleterre pousse des petits cris outragés : c'est la guerre de Cent Ans.

Réunion de famille

En 1793, on retrouvera tous les membres de cette famille pugnace dormant paisiblement côte à côte.

Jeanne, la supposée bâtarde, est « enterrée au pied de son père » (non, pas le chevalier d'Aunay : Louis X) « sans caveau : une pierre creuse, tapissée de plomb intérieurement, et couverte d'une autre pierre toute plate, renfermait ses ossements ; on n'a trouvé dans son cercueil qu'une couronne de cuivre doré ».

Louis X « n'avait pas non plus de cercueil de plomb, ni de caveau : une pierre creuse, en forme d'auge, tapissée en dedans de lames de plomb, renfermait ses os desséchés, avec un reste de sceptre et de couronne de cuivre rongé par la rouille ».

Son fils posthume, le nourrisson Jean Ier, « était à côté de son père, dans une petite tombe ou auge de pierre ».

Philippe V, son frère, est plus cossu : « Son squelette était bien conservé, avec une couronne d'argent
doré, enrichie de pierreries, une agrafe de son manteau en losange, avec une autre plus petite, aussi
d'argent, partie de sa ceinture d'étoffe satinée, avec
une boucle d'argent doré, et un sceptre de cuivre
doré. Au pied de son cercueil était un petit caveau où
était le cœur » de sa femme Jeanne.

Dans la tombe de Charles le Bel, le troisième frère,
on découvre « une couronne d'argent doré, un
sceptre de cuivre doré, haut de près de sept pieds, un
anneau d'argent, un reste de main de justice, un
bâton de bois d'ébène, un oreiller de plomb pour
reposer la tête : le corps était desséché ».

Ossements, étoffes, sceptres et cœur, tout finit
dans la fosse commune.

IV

Virement de bord

1330, Philippe VI le malencontreux

Premier virement de bord ! Nous passons de la lignée capétienne directe à la lignée Valois.

Si vous le voulez bien, retournons à l'intérieur de la basilique Saint-Denis pour comparer les gisants des Capétiens directs à ceux des Valois. Vous constatez que, d'une lignée à l'autre, le glamour royal perd au change. Philippe le Bel n'est pas un Adonis et ses fils non plus, mais son frère Valois est franchement laid, il a engendré un fils qui est pire, et le petit-fils est hideux.

Le nouveau roi, le fils Valois, s'appelle Philippe VI. Il commence son règne par une victoire malencontreuse : Cassel.

Regardez-le caracoler à la tête d'une armée de cavaliers en lourde armure. Au cri de « Qui m'aime me suive ! », Philippe VI remporte un franc succès. Ce qui lui inspire un mépris souverain pour les nouvelles méthodes de guerre anglaises, fondées sur les archers et les fantassins.

Vingt ans plus tard, à Crécy, les Français attaquent de front les archers du roi d'Angleterre. Admirez ce massacre : les fiers cavaliers français sont jetés à terre par leurs chevaux transformés en pelotes d'épingles. Incapables de se relever dans toute leur ferraille, ils finissent découpés comme des homards par les fantassins anglais.

Entre ces deux batailles, Cassel et Crécy, Philippe VI ne fait guère qu'asticoter le roi d'Angleterre. Celui-ci a débarqué en France pour réclamer la couronne. Mais d'esquive en dérobade, de siège raté en chevauchée inutile, les deux armées royales se débrouillent pour ne pas trop se rencontrer. Les deux rois passent davantage de temps à fuir leurs créanciers qu'à courir après la victoire.

Après Crécy

Après la défaite de Crécy, la ville de Calais doit se rendre aux Anglais. C'est là que se situe l'épisode des « Bourgeois de Calais » immortalisé dans le bronze par Rodin.

Six habitants de Calais se présentent devant la cour d'Angleterre. Ils ont la corde au cou et les clefs de la ville à la main. Regardez-les : pieds nus, tremblants, amaigris par un an de siège, ils forment un spectacle pitoyable. Impassible, le roi d'Angleterre ordonne qu'on les pende. Mais la reine d'Angleterre, attendrie, fond en larmes. Le roi d'Angleterre, ému à son tour, a un beau geste : il épargne les bourgeois de Calais, qui n'en croient pas leurs yeux. Tout ça est touchant, et Calais ne redeviendra française que deux cents ans plus tard. Dégoûté, Philippe VI passe la couronne à son fils Jean.

Que dire d'autre sur son règne ? On peut parler de l'achat du Dauphiné. Cette région est vendue à Philippe VI par un Humbert qui a besoin d'argent frais pour partir en croisade. Philippe VI la donne à son fils aîné, qui fera la même chose. C'est la raison pour laquelle les héritiers de la couronne sont surnommés *dauphin*.

On peut aussi parler de la belle Blanche. C'est la fille de Jeanne, la petite soupçonnée de bâtardise.

À l'âge de seize ans, Blanche est expédiée à la cour de France pour épouser le dauphin Jean. Et là, patatras ! Le vieux Philippe VI (quarante ans de plus qu'elle) en tombe fou amoureux. Il l'épouse, l'engrosse et meurt de fatigue.

Blanche refusera toujours catégoriquement de se remarier. Quant à sa fille unique, « Jeanne dite Blanche » (on mesure la souffrance du généalogiste royal), elle meurt à vingt ans, la veille de son propre mariage. Il y a de ces allergies familiales.

En 1793, on constatera que sa tête a été « vraisemblablement dérobée, il y a quelques années, lors d'une réparation faite à l'ouverture du caveau ». Je me demande qui peut bien encore conserver, sur le coin de son bureau, la tête embaumée de « Jeanne dite Blanche ». Voleur !

Une vie de famille

Je ne résiste pas à un petit aparté sur le fiancé de « Jeanne dite Blanche ». Il s'appelle Jean d'Aragon. Si j'attire votre attention sur lui, c'est que sa vie conjugale me semble parfaitement représentative de son époque.

Quand sa fiancée l'abandonne pour le tombeau, la veille de leur mariage, il a vingt et un ans. Deux ans plus tard, il épouse une Marthe d'Armagnac et l'engrosse tout de go. Elle pond un petit Jacques qui meurt. Un an plus tard, elle pond une petite Jeanne qui atteindra l'âge respectable de trente-deux ans avant de mourir en couches. Un an plus tard, elle pond un petit Jean qui meurt vite, un an plus tard un petit Alphonse qui meurt vite et, encore un an plus tard, une petite Éléonore qui meurt vite. En emportant sa mère avec elle. Cinq ans de mariage, cinq bébés, cinq morts.

Avec obstination, Jean se remarie. Sa nouvelle épouse se nomme Yolande de Bar. Celle-ci fait un autre petit Jacques, qui réussit à atteindre l'âge de six ans avant de mourir à son tour. Puis elle fait une petite Yolande qui survivra seule à toute sa famille, un petit Ferdinand qui meurt vite, une petite Antonie qui meurt vite, une petite Éléonore qui meurt vite, un petit Pierre qui meurt vite et une petite Jeanne qui meurt vite. Ce que voyant, Jean d'Aragon meurt à son tour, probablement de dépit.

Son épouse Yolande l'enterre au milieu de ses dix bébés. Sauvée par le veuvage, elle aborde à trente ans un célibat rigoureux qui durera trente-six ans. « Elle se consacra exclusivement à l'éducation de sa fille », dit-on. On la comprend.

Cette énumération de décès est extrêmement banale. Elle est aussi ennuyeuse à lire qu'à écrire. Mais je parie qu'elle était plutôt étrange à vivre. Et je me demande quel état d'esprit une semblable vie de famille pouvait engendrer.

Y aura-t-il un jour une résurrection générale des corps, comme le promet la religion chrétienne ? Si ce jour-là arrive, alors nous verrons sortir de terre une foule incroyable de gamins ! Des millions de nouveau-nés, de nourrissons et de marmots titubants commenceront immédiatement à brailler à pleine gueule. J'espère que Dieu a prévu, pour ses anges, une solide formation à la petite enfance.

Revenons à Philippe VI le malencontreux. Au bout de votre lunette, la rive s'assombrit. Car la grande affaire du règne de Philippe VI ne s'appelle ni Jeanne ni Blanche. Son nom est Noire. Peste Noire.

1350, la peste noire

Elle n'avait pas frappé depuis six cents ans. Pourquoi revient-elle ? Mystère. En 1333, elle dévaste la Chine. Il lui faut quinze ans pour gagner l'Europe du Nord à bord de bateaux génois. En 1347, elle débarque à Marseille.

À l'époque, l'Europe compte cinquante millions d'habitants. En cinq ans, la peste en tue la moitié. Vingt-cinq millions de corps allongés par terre. Une mortalité quotidienne deux fois supérieure à celle de la Première Guerre mondiale, qui fera quand même six mille morts par jour. Essayez d'imaginer ça.

Si vous voulez comprendre ce qui se passe, remplacez vos jumelles par un microscope. Car la peste noire est transportée par un animal minuscule : la puce du rat. La puce pique le rat, qui meurt de la peste. Une fois le rat mort, la puce cherche un nouvel hôte. Or les rats de l'époque, les petits rats noirs dits *rattus rattus*, aiment vivre près des hommes. Le nouvel hôte est tout trouvé…

Il paraît que *rattus rattus* a été depuis mis à la porte de l'Europe par le gros *rattus norvegicus*, le surmulot. Que c'est pour cette raison que la peste a disparu de ce continent. Non, le surmulot n'est pas moins porteur de puces que le rat noir. Mais sa puce est moins contagieuse et lui est moins *commensal*, c'est-à-dire qu'il préfère vivre loin des hommes. C'est une bonne idée.

Histoires de chat

Pourtant, me direz-vous, il n'y a rien de plus simple que de se débarrasser des rats : il suffit de leur envoyer des chats. Oui, mais, à l'époque, des superstitions idiotes présentant le chat comme un animal maléfique ont mené à leur quasi-disparition.

Pour commencer, en 1233, une bulle papale affirme que les chats noirs sont des créatures du Diable. Un siècle plus tard, un autre pape exige qu'on persécute les chats. Pendant l'épidémie même, le maire de Londres ordonne le massacre de tous les chats. Et la dernière épidémie de peste de Londres, en 1665, se déclenche carrément après une campagne de destruction des chats.

Au vu de la mortalité due à la peste, disons que les chats ont été bien vengés.

Charbon ou bubon

Une fois la puce pesteuse réfugiée sur la peau d'un homme, elle le pique. Car elle a faim. Plus exactement : elle crève de faim. Le virus de la peste bloque son système digestif. Alors elle pique, contamine, vomit ce qu'elle vient de boire, se retrouve encore plus affamée qu'avant et pique de nouveau.

Une grosseur apparaît à proximité de la piqûre. On l'appelle *charbon* ou *bubon*. Celui-ci est situé derrière le genou, à l'aine, sous le bras ou au cou. Évidemment, si vous êtes couvert de puces, vous serez piqué partout et affligé de bubons des pieds au menton.

Le bubon noircit, la maladie se répand dans le sang. Le malade met une semaine à se sentir mal et une autre semaine à mourir d'une fièvre carabinée.

Du moins, dans sept cas sur dix. C'est la peste bubonique.

Mais, avant de mourir, le malade tousse. Ceux qui l'entourent respirent sa toux. Ils développent une forme encore plus fulgurante de la maladie : la peste pulmonaire. Mortalité : cent pour cent. Durée d'incubation : trois jours. Durée de l'agonie : idem. Sauf s'ils développent la forme dite *septicémique*, qui les exterminera en quarante-huit heures. Ne quittez surtout pas le navire ! Si vous attrapez la peste bubonique, il sera possible de vous soigner. Mais les deux autres formes de peste donnent lieu à ce qu'on appelle pudiquement « un pronostic extrêmement réservé, même avec les moyens thérapeutiques actuels de réanimation ».

Sang de vipère et bave de crapaud

À l'époque, le médicament le plus efficace est le fameux « *cito, longe, tarde* » : « pars vite, va loin et restes-y. » À défaut de partir, la population se soigne avec des processions qui favorisent la contagion, des saignées qui ont pour mérite d'abréger les souffrances des malades, des prières à saint Roch et des massacres de boucs émissaires : Roms, chats et juifs. À Strasbourg, deux mille juifs sont brûlés en une seule journée.

À ces remèdes s'ajoutent le sang de vipère, la bave de crapaud, le fouet, la fumée de trognon de chou et l'abstinence.

L'impact de la peste est colossal au niveau démographique. Il l'est aussi au niveau mental. Car la peste noire ne se résume pas à quelques malheureux grelottant de fièvre au fond d'un lit. Regardez ! Regar-

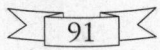

dez ce spectacle incroyable, ces millions de gens allongés dans les rues, déformés par les abcès, barbouillés de pus, dégoulinant de sang, hurlant de douleur et délirant de fièvre avant de mourir et de pourrir sur place ! Dans certaines villes, huit habitants sur dix passent l'arme à gauche.

Imaginez-vous à table, un beau soir de juin 1348. Vous êtes en compagnie de vos deux parents, votre conjoint et vos deux enfants, votre frère ou sœur, son conjoint et leurs deux enfants. Et maintenant, imaginez que, le 1er octobre, vous soyez les seuls survivants de toute la tablée, vous et un pauvre orphelin que vous serrez dans vos bras.

Ces années noires cassent le moral européen. « On passe d'une mort idéalisée, celle du XIIIe siècle, à une mort réaliste ; d'une représentation sereine du mort, où le corps mortel et l'âme immortelle ne font qu'un, au cadavre décomposé », dit l'historien Démurger.

Cependant, les survivants auront la vie plus facile que leurs parents. Car, faute de main-d'œuvre, les terres fertiles échoient à qui en veut et les salaires sont à la hausse.

Jean le Bon

Un masque sur le nez, observons les berges du XIVe siècle. Après Philippe VI, voici que s'avance son fils, Jean le Bon.

C'est le premier roi dont nous ayons un portrait peint d'après nature. Regardez ce profil : c'est celui d'un blond aux yeux clairs. Le menton est fort, le nez aussi. L'ensemble n'est pas désagréable, sans pétiller d'intelligence. D'ailleurs, d'après certains historiens, le b de Jean le Bon n'est là que pour cacher un c.

Jean le Bon passe son règne à lutter contre les Anglais. Et quand il ne lutte pas contre les Anglais, il se bat contre un certain Charles, le fils de la petite princesse soupçonnée de bâtardise.

On peut comprendre la position de ce Charles. En toute logique, c'est lui qui devrait être sur le trône. Il est petit-fils de Louis X, alors que Jean le Bon n'est qu'un vague cousin. Mais hélas, après vingt ans de luttes, Charles échoue à reconquérir son trône. Comme l'Histoire n'aime pas les perdants, elle le surnomme Charles le Mauvais. Pourtant, ce mauvais comploteur semble un sage administrateur.

Revenons à Jean le Bon. Regardez-le courir après le Prince Noir, fils du roi d'Angleterre. Celui-ci se livre au pillage du côté de Poitiers.

Poitiers

Le jour de la bataille de Poitiers, personne ne parie un sol sur les Anglais. Ils sont bien moins nombreux que les Français : sept mille contre quinze mille. En plus, ils crèvent de faim. Terrifiés et affamés, ils proposent de rendre leur butin en échange d'un bon repas et offrent la paix en dessert. Mais Jean le Bon ricane grassement. Il envoie les émissaires anglais siffler sur la colline avec un petit bouquet d'églantines et se prépare au combat.

Avant même que la bataille ne commence, ses deux généraux échangent des gros mots et vont bouder chacun de leur côté. Alors Jean le Bon lance l'assaut à leur place. N'écoutant que leur courage, ses soldats se précipitent. En sens inverse.

Jean le Bon se retrouve donc tout seul face aux Anglais. Il se défend comme un beau diable, assisté par un de ses fils qui hurle : « Père ! Gardez-vous à gauche ! Père ! Gardez-vous à droite ! » Au terme d'un combat épique et ridicule, le roi est capturé.

Bizarrement, cette gaffe monumentale vaut à Jean le Bon une réputation de courage chevaleresque. Et coûte les yeux de la tête à la France, qui doit payer sa rançon. Pour l'occasion, on invente une monnaie promise à un long avenir : le franc.

Jean le Bon réussit à quitter sa prison londonienne en laissant un de ses fils en otage. Il retrouve une France à feu et à sang. Mais l'otage a vingt ans et une jeune épouse qui l'attend sur le continent. Alors il prend la fuite. Toujours chevaleresque, Jean le Bon retourne se constituer prisonnier à Londres. Il s'empresse d'y mourir.

En 1793, les profanateurs trouveront dans son tombeau « une couronne, un sceptre fort haut mais brisé, une main de justice, le tout d'argent doré. Son squelette était entier ». Et hop ! Poubelle.

1360, Charles V le Sage

Charles V, le fils aîné de Jean le Bon, redresse la situation. Il réussit à vaincre les Anglais, Charles le Mauvais, la révolte des Parisiens et celle des paysans, sans oublier les compagnies de mercenaires désœuvrés qui ravagent la France, ouf ! Puis il réforme l'État, les finances et l'armée tout en soignant sa tuberculose.

Charles V est un homme instruit et pieux. D'après certains, il est d'une habileté qui touche à la fourberie. Selon d'autres, c'est un homme qui maîtrise ses nerfs et ne change pas d'avis toutes les cinq minutes, ce qui forme un agréable contraste avec les précédents Valois.

Mais déchargeons un peu la barque. Il semble que nombre des réformes avisées de Charles V ont été initiées par son père, Jean le Bon.

De toute façon, face à n'importe quelle figure du passé, vous trouverez toujours un historien pour en dire pis que pendre, et un autre pour hurler au génie incompris.

La teigne et le chaudron

Charles V est secondé dans sa tâche par un homme de guerre haut comme trois pommes. Ce gnome est très laid, extraordinairement hargneux et expert en machinations. Il se nomme Du Guesclin.

Du Guesclin commence par débarrasser la France des mercenaires désoccupés qui la ravagent. Comment ? Il les emmène en croisade en Espagne. On y trouve quelques infidèles. Une fois là-bas, il les lance contre ? Oui, vos jumelles ne mentent pas, c'est bien l'armée anglaise. Que fait-elle là ? Eh bien, elle est tout naturellement venue porter secours aux ennemis de la France. Les mercenaires et les soldats anglais s'entre-tuent, et Du Guesclin peut retourner tranquillement au pays exterminer ce qui reste de l'armée anglaise.

Hélas, en 1380, à l'âge respectable de soixante ans, Du Guesclin continue à se battre au soleil comme un jeune homme. Puis, comme un chameau, il avale un tonneau d'eau glacée. Ce chaud-froid le tue.

Son corps, mal embaumé, est suivi d'une nuée de mouches. On se résigne à le faire bouillir dans un chaudron, puis on le ramène à Saint-Denis. Il est enterré à côté des rois. Ses os, du moins. Car ses tripes vont au Puy et son cœur, à Dinan. Le découpage post-mortem se pratique volontiers. Il est même considéré comme un grand honneur, et demande une autorisation spéciale du pape.

En 1793, le squelette de Du Guesclin, convenablement bouilli, sera retrouvé « tout entier, la tête bien conservée, les os bien propres ».

Charles V ne tarde pas à rejoindre Du Guesclin. Vous verrez que, tout au long de l'histoire, les couples au pouvoir ont une étrange tendance à mourir ensemble.

Aux pieds de Charles V, on inhume son petit-fils Charles, mort à l'âge de trois mois. « Ses petits os, tout à fait desséchés, étaient dans un cercueil de plomb. »

En 1793, on trouvera dans le cercueil de Charles V « une couronne de vermeil », « une main de justice d'argent et un sceptre de cinq pieds de long, surmonté de feuilles d'acanthe d'argent, bien doré, dont l'or avait conservé tout son éclat ». Dans le cercueil de Jeanne son épouse, on trouve « un reste de couronne, un anneau d'or », « un fuseau ou quenouille de bois doré, des souliers de forme fort pointue, brodés en or et en argent ». Et hop ! À la fosse.

Pour vous consoler d'un tel gâchis, vous pouvez aller visiter le donjon du château de Vincennes. La salle du conseil de Charles V est toujours là. Dans cette petite pièce froide et mal éclairée, on entend résonner sa voix.

Charles V laisse le royaume aux mains de son fils Charles VI. C'est un enfant de onze ans.

1380, Charles VI le Fou

Dans ces familles nobles incroyablement consanguines, on dit que le mal frappe aux jambes, au dos ou à la tête. D'ailleurs, vous avez pu voir que la plu-

part des Jeanne que nous avons croisées étaient boi-
teuses et leurs frères, bossus. Or le petit Charles VI
a les deux jambes de la même taille et la colonne
vertébrale bien droite. La folie le prendra à vingt-
quatre ans.

On le marie tout jeune à une Isabeau de Bavière.
Ses oncles, les innombrables fils de Jean le Bon, se
disputent le pouvoir. Il finit par les mettre dehors et
règne seul. Quatre ans.

Regardez par là : c'est une chaude journée d'été.
Charles VI chevauche en compagnie de ses soldats.
Au rythme lent de son cheval, il semble s'endormir…
Soudain, il devient fou ! Il tue quatre hommes avant
qu'on réussisse à le maîtriser.

Le bal des ardents

Un an plus tard, pour se distraire de ses angoisses,
Charles VI décide d'organiser une mascarade. Tournez vos jumelles par ici : c'est l'hôtel Saint-Pol, quai
des Célestins, à Paris. On y fête un mariage. Avec
cinq compagnons, Charles VI décide de se rendre à
la fête déguisé en ours. Il s'agit des ours qu'on
exhibe, enchaînés, dans les foires.

Riant de leur bonne plaisanterie, les six garçons
s'enduisent de poix, une colle à base de résine de pin.
Puis ils se couvrent d'étoupe, une fibre rêche qui sert
à fabriquer les mèches de briquet. Ensuite, ils s'enchaînent les uns aux autres.

Sautant, grognant, faisant un raffut de tous les
diables, ils entrent à l'hôtel Saint-Pol et gambadent
parmi les invités dans leur costume hautement
inflammable. Le succès est complet ! Les pages pous-
sent des cris ravis, les dames s'étonnent et les seigneurs

s'esclaffent. Pour mieux voir le spectacle, le frère de Charles VI tend une torche…

Les six pauvres gars prennent feu d'un coup. Une des tantes de Charles VI se précipite sur lui. Elle l'enveloppe dans ses jupes et réussit à étouffer les flammes qui le consument, mais ses amis mettront trois jours à mourir. On donne à cette mascarade catastrophique le nom de « bal des ardents ».

Charles VI est indemne de corps, mais son esprit a définitivement sombré. Ses oncles reviennent au pouvoir et la zizanie s'installe.

Armagnacs et Bourguignons

Le frère de Charles VI, Louis le Maladroit avec sa torche, est un bel homme. C'est un coureur de jupons réputé. On le soupçonne même de coucher avec Isabeau de Bavière, la reine de France. Pendant ce temps sa propre épouse, Valentine Visconti, joue aux cartes avec le pauvre Charles VI.

En politique, Louis est moins doué qu'en amour : il finit assassiné par Jean sans Peur. Qui est-ce ? Le fils d'un des oncles. Vous souvenez-vous du jeune homme qui hurlait à Jean le Bon : « Père ! Gardez-vous à gauche ! Père ! Gardez-vous à droite ! » ? Voilà, c'est le père de Jean sans Peur.

Jean sans Peur est assassiné à son tour. On appelle ces assassinats familiaux « la guerre des Armagnacs (Louis le maladroit) et des Bourguignons (Jean sans Peur) ».

La guerre des Armagnacs et des Bourguignons commence pourtant de façon assez ludique. Regardez : Louis le Maladroit a choisi comme emblème un bâton en bois. Le lendemain même, Jean sans Peur s'affiche avec un rabot sur le pourpoint. Mais la situation s'envenime le jour où Louis essaye de violer la femme de Jean. Je vous épargne la suite de ces querelles de chiffonniers, elles ne font qu'empirer.

Tout à leurs disputes, ces nobles chevaliers bousculent la France dans un bain de sang. Les Anglais, bien sûr, en profitent. C'est la défaite d'Azincourt. Au lendemain d'Azincourt, le roi d'Angleterre voit la couronne de France à portée de sa main.

Il faudra que Jeanne d'Arc intervienne pour faire cesser ce gâchis.

Ce qui est amusant, c'est que la noblesse française complote avec la noblesse anglaise sans l'ombre d'un scrupule. On sent que ces deux peuples n'en forment qu'un seul. Ou, plutôt, que leurs dirigeants sont tous de la même famille. D'ailleurs, ils parlent la même langue, qui n'est pas celle qu'emploient leurs sujets. Ceux-ci s'expriment en mille patois. Le sentiment national s'éveille tout juste, et avec peine.

Bizarrement, cette époque sanglante est aussi une période d'architecture éclatante. C'est le « temps des cathédrales », dont les lumineuses dentelles de pierre traverseront les siècles. En Histoire, le meilleur côtoie souvent le pire.

La toux, la toux

Justement, puisqu'on en parle, que font ces fameux sujets tandis que leurs patrons s'entretuent ? Que devient le peuple ? Que pense-t-il de tout ça ? Comment vit-il ? Braquons nos jumelles, tendons l'oreille… Non, décidément, on ne voit rien. Mais si ! Par là ! Printemps 1414 à Paris.

Une épidémie de je-ne-sais-quoi est tombée sur les bronches des Parisiens. Tout le monde tousse à pleine bouche. Le soir, les enfants s'en vont faire les commissions en chantant. Écoutez-les ! Écoutez-les brailler à tue-tête le dernier refrain à la mode :

« Votre con a la toux, commère !

Votre con a la toux, la toux ! »

N'est-ce pas charmant, cette comptine enfantine qui émerge de six cents années d'oubli ? N'est-ce pas mignon ? Non, pas tellement. Mais ça donne une idée de l'ambiance.

1415, Azincourt

Nous naviguons au large de 1415. Cinquante mille Français contre douze mille Anglais, qui croyez-vous qui gagna ?

Regardez le massacre. Les Français ont retenu la leçon de Crécy. Ils chargent à pied. Mais ils gardent leur armure. Car, sans elle, comment voulez-vous distinguer les nobles de la piétaille ? C'est un carnage. Les chevaliers français s'enfoncent dans la gadoue jusqu'aux genoux. Ils sont découpés debout par les fantassins anglais.

On considère généralement Azincourt comme sonnant la fin de la chevalerie médiévale.

Autre innovation : tous les prisonniers sont massacrés sur place. Le roi d'Angleterre revient même le lendemain sur le champ de bataille tout spécialement pour achever les blessés. Pour cette tâche, on emploie un couteau spécial : la « miséricorde ».

Jean sans Peur assiste à Azincourt de très loin. Bien au chaud au milieu de ses dix mille hommes, il repart « sans même avoir vu les ennemis, mais non sans quelque dommage pour les localités où il passait », dit le chroniqueur Thomas Basin. La chevalerie est bien morte.

Entre nous, j'aimerais savoir combien de maisons brûlées, de cultures ravagées, de meurtres et de viols représente ce « quelque dommage ».

Jeanne d'Arc

Nous cinglons vers 1422. Charles VI le Fou meurt enfin. Son fils, Charles le dauphin, est bien embarrassé pour régner. Car la monarchie française, prise entre les Armagnacs et les Bourguignons, a éclaté comme une tomate sous pression et la couronne est tombée sur la tête du roi d'Angleterre.

Pour exclure Charles le dauphin du trône, on trouve toutes sortes de raisons. À voix basse, on l'accuse de ne pas être le fils de Charles VI le Fou. Il paraît que sa mère elle-même, la grosse Isabeau de Bavière, répand ce bruit. Hélas, cette pauvre femme est affligée d'un manque total de talent politique à une époque où il en aurait fallu beaucoup. La vie d'Isabeau, mariée à un dément dans une famille d'assassins, doit ressembler à celle d'un pop-corn dans une chaudière.

À voix haute, on accuse Charles le dauphin d'avoir participé à l'assassinat de Jean sans Peur. Ce « crime énorme » le rend indigne du trône.

Traqué par les Anglais, Charles fuit de château en château. Il est rejoint par une fille de dix-sept ans habillée comme un homme et qui entend des voix. Son nom est Jeanne d'Arc. Bizarrement, avant de lui confier une armée, Charles le dauphin fait vérifier non sa santé mentale mais sa virginité.

Jeanne d'Arc s'en va immédiatement délivrer la ville d'Orléans de l'assiégeant anglais. Puis elle mène une campagne victorieuse sur la Loire. Quelle est sa tactique ? Ne plus attaquer les archers anglais de face, mais les surprendre sur le côté. Il suffisait d'y penser. Disons que depuis Crécy, ce qui fait quatre-vingt-trois ans, les stratèges anglais ne se sont guère renouvelés. Et que les Français s'en sont enfin aperçus. Certaines mauvaises langues disent que la bêtise militaire donne une assez bonne idée de l'infini.

Jeanne d'Arc escorte Charles le dauphin à Reims, où il est couronné sous le nom de Charles VII. Puis elle repart se battre. Blessée, elle tombe entre les mains des Bourguignons. Ceux-ci la vendent aux Anglais. Cher. Dix mille livres.

1430, Cauchon

Nous voilà au large de 1430. Jeanne d'Arc est jugée à Rouen par un homme nommé Cauchon. Vous pouvez aller cracher sur sa tombe à Lisieux, il y repose toujours.

Suivons un peu l'affaire. Braquez vos jumelles sur Rouen. L'emprisonnement de Jeanne d'Arc est très dur, elle est défigurée par les coups. Son procès est inique. On lui tend tous les pièges possibles, mais elle les esquive avec habileté. Par exemple, quand on lui demande :

« Êtes-vous dans la grâce de Dieu ? »

Elle ne répond pas « Oui », ce qui serait téméraire. Elle ne répond pas « Non », ce qui reviendrait à s'accuser elle-même. Elle répond :

« Si je n'y suis, Dieu m'y mette. Si j'y suis, Dieu m'y garde. »

C'est bien joué.

D'ailleurs, voyez : Cauchon fait la tête. Fatigué, tancé par les Anglais qui trouvent que l'affaire n'avance pas, il songe à donner la *question* à Jeanne. Par *question*, entendez : torture. Mais Jeanne est déjà trop abîmée. Alors Cauchon lui fait jurer d'abandonner ses habits d'homme. Jeanne jure et enfile une robe. Une nuit, on vole sa robe et on laisse un pantalon à la place. Évidemment, Jeanne enfile le pantalon. Cauchon fait alors irruption dans sa geôle en poussant des petits cris outragés et déclare Jeanne *relapse* (récidiviste). Il tient enfin un prétexte pour la condamner au bûcher. Quelle que soit l'époque, l'arbitraire fait toujours des efforts pathétiques pour se donner une vague allure légale.

Et pendant tout ce temps, que fait Charles VII pour sauver sa capitaine ? Rien.

Rouen, 1431. Regardez, là-bas, ce panache de fumée noire : c'est Jeanne qui brûle. Elle a tout juste dix-neuf ans. Ses cendres sont brûlées encore deux fois, pour qu'il n'en reste rien. Ce rien est jeté dans la Seine.

Quelques débris d'os dits « de Jeanne d'Arc » seront longtemps exposés comme des reliques. Mais ce n'est qu'un mélange de momie égyptienne et de squelette de chat.

Il y a mille légendes sur Jeanne d'Arc, ainsi que cent thèses très documentées : Jeanne fille d'Isabeau de Bavière, Jeanne ayant échappé au bûcher et accouché d'une nichée d'enfants, etc. Je vous laisse les découvrir seuls. Retenez seulement qu'au Moyen Âge les femmes guerrières sont comme les prophètes de l'Apocalypse : très peu rares.

Pendant sa courte vie guerrière, Jeanne d'Arc a eu de nombreux compagnons d'armes. Ils s'appellent

Xaintrailles, La Hire et Dunois, mais le plus célèbre d'entre eux est Gilles de Rais.

Gilles de Rais

C'est un petit-neveu de Du Guesclin. À l'âge de dix-sept ans, après avoir tué deux fiancées sous lui, il enlève et épouse une riche héritière. Ensuite, il bataille contre les Anglais au côté de Jeanne d'Arc. Pendant qu'elle brûle, il hérite. Devenu immensément riche, il se retire dans son château de Tiffauges, en Vendée. Là, il dépense sa fortune avec allégresse. Sa famille crie au scandale, l'Église s'en mêle, et on finit par l'arrêter.

Admirez les haut-le-cœur du tribunal pendant que le greffier lit l'acte d'accusation. Gilles est accusé de sorcellerie, de pacte avec Satan, d'alchimie et de viol aggravé. On le soupçonne d'avoir violé et égorgé cent quarante enfants. Torturé, il avoue. Tout. Il finit sur le bûcher neuf ans après Jeanne.

Mais observons d'un peu plus près la crémation de Gilles de Rais. Elle ne ressemble en rien à la triple cuisson de Jeanne d'Arc. Gilles brûle un peu, puis il est vite retiré du feu et inhumé. Pour quoi faire ? Pour lui permettre de ressusciter le jour du Jugement dernier. Car, sous ses airs d'abominable torture physique, le bûcher est aussi une abominable torture morale. C'est une double peine. En premier lieu, il sert à ôter la vie et, en second lieu, à ôter tout espoir de résurrection, faute d'ossements ressuscitables. Contrairement à Jeanne, Gilles a pu négocier avec ses juges : il a échangé ses aveux contre un enterrement chrétien. C'est-à-dire qu'il a troqué sa vie terrestre contre un espoir de vie éternelle. Sous ses dehors sataniques, il me semble bien pieux.

Georges Bataille estime que Gilles de Rais est un noble à l'ancienne piégé par une inquisition moderne. « Noble à l'ancienne » signifie : d'une brutalité sans nom, qui ne voit aucune différence entre vouloir et prendre, s'énerver et assassiner. « Sa noblesse a le sens d'une violence ne regardant rien et devant laquelle il n'est rien qui ne cède. » Les vaillants chevaliers du Moyen Âge n'étaient-ils que des petits chefs hystériques ?

Je ne sais pas ce qui est vrai dans les accusations portées contre Gilles de Rais. Était-ce un psychopathe ? Ou une de ces fortes têtes qu'il faut arrêter par tous les moyens, faux témoignages compris ? La seule chose certaine, c'est qu'il dispute à Henri VIII l'honneur d'avoir inspiré le conte de Barbe-Bleue.

Charles VII

Voilà que nous naviguons à hauteur de 1431. Tandis que Jeanne part en fumée, le roi Charles VII prend possession de son royaume. Il le fait avec une telle efficacité qu'il ne reste bientôt aux Anglais que la ville de Calais. Ensuite, Charles VII restaure l'économie en s'appuyant sur un commerçant de génie nommé Jacques Cœur.

Je me rappelle une émission de radio, sur France Culture, au cours de laquelle un érudit exposait sa thèse. Elle s'intitulait « Évolution des livres d'histoire au début du XXe siècle : la disparition des grands commerçants », ou quelque chose d'approchant. L'érudit expliquait que les grands commerçants ont longtemps été, dans les livres d'histoire, présentés comme des héros matérialistes. Ils ouvraient de nouvelles routes au péril de leur vie et au bénéfice de leur pays.

Mais dans la mentalité chrétienne, le commerce a toujours été considéré comme une activité louche, un métier juif ou arabe, bref un passe-temps d'étranger souillé par l'argent.

Or, à la fin du XIXᵉ siècle en France, le nationalisme s'est affirmé et l'antisémitisme avec. Peu à peu, les grands commerçants ont été évacués des livres d'histoire. Finalement, dans les années 1920, ils en ont totalement disparu.

Voici donc, ressuscité d'entre les victimes collatérales de l'antisémitisme, un grand commerçant : Jacques Cœur.

Jacques Cœur

Jacques Cœur naît avec le siècle, juste avant 1400. Il devient rapidement un des hommes les plus riches de France. Regardez, au loin, voguer ses navires : ils déversent sur l'Europe des cargaisons de soies égyptiennes, de tapis persans et tous les parfums, toutes les épices de l'Arabie.

Jusqu'à quarante ans, Jacques Cœur sillonne la Méditerranée. Puis il devient le grand argentier de Charles VII. Ayant restauré avec succès les finances du royaume, il est anobli. Il prend pour devise : « À cœur vaillant, rien d'impossible ».

À cinquante ans, Jacques Cœur est au sommet de son pouvoir. Il est le confident de Charles VII et de sa petite amie, la belle Agnès Sorel, la Cour tout entière lui doit de l'argent. En clair, la chute est proche.

Agnès Sorel

Agnès Sorel n'est certainement pas la première maîtresse royale. Mais c'est la première maîtresse *en titre*. C'est la première qui s'affiche, la première *favorite*.

Il faut dire que la reine est laide « à faire peur aux Anglais ». Elle est aussi un peu défraîchie par treize grossesses. Alors qu'Agnès, s'il faut en croire les tableaux du temps, a un joli visage pâle et une poitrine très rebondie.

Son amant est moins beau. Regardez par là : Charles VII est le premier roi dont nous ayons plusieurs portraits dignes de ce nom. Que voyez-vous ? Qu'outre le long nez familial, il a l'œil creux et l'air triste.

Pour le dérider, Agnès invente le décolleté. Le sien est plus aguichant que celui dont nous avons l'habitude : le sein est découvert en entier. Plein de reconnaissance, Charles VII offre à Agnès le premier diamant taillé d'Europe.

Tournez-vous par ici ! D'où viennent ces grands cris ? C'est Louis, le fils aîné de Charles VII. Aigri par ces cadeaux qui l'effleurent sans le toucher, il poursuit Agnès en hurlant, l'épée à la main ! Heureusement, Agnès est vive. Elle lui échappe et se réfugie dans le lit de Charles VII. Celui-ci, vert de rage sous son bonnet de nuit, envoie Louis gouverner son Dauphiné. Le Dauphiné est loin de la capitale, c'est sa principale qualité.

Hélas pour Jacques Cœur, son amie Agnès meurt brutalement à vingt-huit ans en mettant un fils au monde. S'agit-il d'une fièvre puerpérale, ou d'un empoisonnement ? La question reste posée jusqu'en 2005. Cette année-là, Philippe Charlier, un paléopathologiste, analyse les restes d'Agnès, notamment sa belle chevelure blonde.

Il ressort de cette analyse que, juste avant sa mort, Agnès a purgé ses vers intestinaux en avalant une dose de mercure. C'est un remède courant à l'époque, pour une affection tout aussi courante. Les vers sont parfois si nombreux qu'ils ressortent par le nez et par la bouche. Imaginez-vous avec, dans le ventre, près de mille vers de terre blancs... Les plus grands mesurent trente centimètres, berk.

Mais la dose de mercure avalée par Agnès est beaucoup trop forte. Pas deux ou dix fois, mais cent mille fois trop forte. Il y a bien eu empoisonnement. On ne sait pas par qui. Le médecin d'Agnès est complice, c'est certain. Mais il est en cavale depuis 1450.

La fin d'une belle vie

Avec Agnès Sorel, Jacques Cœur perd sa protectrice. Tous ceux qui lui doivent de l'argent se dressent contre lui. Et que fait Charles VII pour aider son grand argentier ? Rien. Il faut dire que lui aussi doit à Jacques Cœur une somme colossale. On peut remarquer ici une caractéristique constante des rois de France : l'ingratitude.

Jacques Cœur est emprisonné. Ses juges se partagent ses biens tandis qu'il est torturé. Il est flétri, c'est-à-dire qu'on trace une croix sur sa joue avec un couteau chauffé au rouge.

Après trois ans de geôle, Jacques Cœur parvient à s'échapper. Il se réfugie à Rome, chez le pape. Celui-ci l'envoie en croisade contre les Ottomans.

Regardez par là, cette petite île grecque blanche et dorée. Au loin, à huit kilomètres environ, vous apercevez les côtes de la Turquie. Nous sommes au soir d'une bataille navale. Blessé, Jacques Cœur agonise tandis que le soleil se couche sur la mer Égée. Il a soixante ans et une belle vie derrière lui.

Détail pittoresque : une des trois filles de Charles VII et d'Agnès épouse un homme jaloux. Il lui fait un petit garçon très laid puis la tue d'un coup d'épée, un jour qu'il la trouve au lit avec un écuyer. Le petit garçon très laid épousera une jeune beauté, Diane de Poitiers, qui deviendra la maîtresse d'un futur roi de France. Au pied du trône, même l'adultère reste en famille.

La fin d'une longue guerre

Et la guerre de Cent Ans, où en est-elle ?

Les Français ont enfin compris d'où vient la supériorité militaire anglaise. Elle vient de leurs grands arcs. Alors les Français capturent tous les archers anglais possibles et leur coupent le majeur.

Les Français découvrent ensuite les charmes de l'artillerie lourde. En 1450, Charles VII remporte une ultime victoire. Cependant c'est son fils, Louis XI, qui conclut officiellement la guerre, vingt-cinq ans plus tard.

Ne ratez pas la scène ! 1475. Louis XI va à la rencontre du roi d'Angleterre. Celui-ci vient de débarquer à Calais avec vingt mille hommes. Il a la ferme intention de se faire couronner roi de France. Louis XI n'a pas autant de soldats mais, par contre, il a trois cents chariots de vin. Gracieusement, il les offre aux Anglais...

Quelques heures plus tard, au milieu de son armée ivre morte, le roi d'Angleterre signe avec Louis XI une paix définitive. La guerre de Cent Ans en aura duré cent cinquante.

La guerre de Cent Ans : bilan

Le bilan est très lourd. À Poitiers et à Azincourt, les Anglais n'ont pas fait de quartier. Poitiers a coûté la vie à quatre chevaliers français sur dix. Azincourt, à sept chevaliers sur dix. Face à cette défaillance de la noblesse, un autre pouvoir commence à s'affirmer : la bourgeoisie.

Mais les pertes militaires ne sont rien à côté des pertes civiles. Et encore moins comparées aux ravages de la peste noire. Depuis 1350, ce cauchemar revient tous les dix ans, tuant encore et encore. Il lamine les générations qui tentent de se reconstituer. En un siècle, la France passe de vingt millions d'habitants à dix. L'Angleterre passe de quatre à deux millions.

On peut aussi citer, comme victimes du conflit, les châteaux forts. Ils ne résistent pas longtemps aux boulets de canon. Et n'oublions pas la langue française : la noblesse anglaise, qui parlait français, fête la fin de la guerre en changeant de langue. À la place du français, elle choisit un langage populaire, une sorte de patois germanique nommé *anglais*.

En fait, à la fin de la guerre de Cent Ans, c'est tout le Moyen Âge qui commence à basculer dans le passé.

Mais la victime majeure de la guerre de Cent Ans est l'unité religieuse de l'Europe. Et l'enfant le plus bruyant de cette triste époque a pour nom *Réforme*. Entendez : réforme religieuse.

La Réforme

Tant de souffrances ont engendré des aspirations religieuses plus âpres. De plus, les tribulations papales ont jeté le discrédit sur le christianisme ancienne manière, qui obéit au pape. On l'appellera bientôt *papisme*.

1483. L'année où meurt Louis XI est aussi l'année où le trône papal tombe aux mains d'un homme qui a tous les vices. Cruel et cupide, Innocent VIII lance la chasse aux sorcières, encourage l'Inquisition, s'en met plein les poches et soigne ses migraines en buvant du sang de petit garçon. Ça ne peut plus durer.

C'est pourquoi 1483 est aussi l'année de naissance de Luther. Luther sera l'inventeur d'une religion appelée *protestantisme,* farouchement opposée à la corruption du papisme. Le siècle suivant vient de trouver le héros de ses futurs bains de sang.

Mais voilà que j'enjambe un peu trop cavalièrement les années 1460, la mort de Charles VII et le règne de son fils Louis XI. Ils ne le méritent ni l'un ni l'autre. Alors affalons les voiles et reprenons nos jumelles.

1460, Charles VII & fils

Que voyons-nous ? Les rives verdoyantes du bas Moyen Âge. Mais encore ? Un vieil homme vêtu de velours somptueux. À côté de lui se tient un jeune homme qui lui ressemble, habillé de façon plus sobre. Tous deux se regardent en chiens de faïence. Il s'agit de Charles VII et de son fils Louis.

Le dauphin Louis n'est pas beau. Il n'est pas aimable non plus. Mais il est très adroit. Autant que son père Charles VII. Et Charles VII, derrière son long nez et son air triste, a su récupérer son trône, vaincre les Anglais, réconcilier Armagnacs et Bourguignons, remettre l'économie à flot, constituer une armée permanente, confisquer au pape la direction de l'Église en

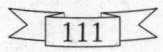

France, codifier la justice, réformer l'université, l'administration et l'impôt. Plus fort encore ! Tout au long de sa vie, Charles VII a conservé le soutien de sa vilaine épouse tout en entretenant d'innombrables maîtresses et en inventant le concept de *favorite*.

Pour ce qui est de l'adresse, Louis a de qui tenir.

Hélas, ce père habile et ce fils subtil n'usent pas de leur finesse intellectuelle pour faire régner l'harmonie au sein de leur famille. Ce n'est pas qu'ils ne s'entendent pas : ils se haïssent. Et ils se haïront jusqu'au bout.

Portrait de Louis XI en jeune homme

En règle générale, le dauphin Louis est odieux. Observez cet ambassadeur. Le pauvre homme sue littéralement de terreur. Que lui arrive-t-il ? Il sort d'un entretien avec Louis, c'est tout. Maintenant, observez la première épouse de Louis. La malheureuse l'a épousé à onze ans. Elle meurt huit ans plus tard en gémissant :

« Fi ! Fi de la vie ! Qu'on ne m'en parle plus. »

Louis ne distille pas la joie de vivre. Et non seulement il déteste tout le monde, mais, en plus, il n'y met aucune discrétion. À dix-sept ans, il prend carrément les armes contre son père. Celui-ci lui envoie l'armée. Louis, vaincu, apprend à ronger son frein. Il le rongera encore vingt longues années.

En attendant, il se remarie avec une fillette de neuf ans. Elle se révélera une bonne pondeuse et une épouse docile.

Charles VII, de son côté, a une peur croissante d'être empoisonné par son odieux héritier. Enfin, c'est ce qu'on prétend, mais il développe peut-être

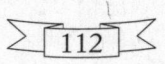

tout simplement un ulcère à l'estomac. Toujours est-il qu'il s'alimente de moins en moins. Voyez-le traîner son long nez amaigri au-dessus de ses velours opulents... En 1460, il finit par mourir de faim. Louis enfin XI ne cache pas du tout sa joie, et sèche les funérailles.

Louis XI et fille

Une petite anecdote illustre parfaitement la méchanceté de Louis XI.

Il n'a pas de fils mais il a une fille, Jeanne. Elle est mal fichue au possible : boiteuse, bossue, et laide comme un arrière d'autobus. Visiblement, elle est incapable de mener une grossesse à terme.

Louis XI a aussi un cousin Orléans. Lequel, si Louis XI continue à ne pas avoir de fils, pourrait bien monter un jour sur le trône. Alors Louis XI oblige son cousin Orléans à épouser sa fille. Écoutez-le ricaner en pleine cérémonie :

« Il me semble que les enfants qu'ils auront ensemble ne leur coûteront point cher à nourrir. »

Froidement, il condamne la branche Orléans à la stérilité. Et ça fonctionne. Vingt-deux ans. Après quoi, le cousin Orléans monte sur le trône et répudie la pauvre Jeanne.

Pour consoler Jeanne, on la canonisera. Il faut dire qu'elle est morte « en odeur de sainteté ». C'est-à-dire que son cadavre sent la rose et le lilas, non la charogne, ce qui est un signe évident de la faveur de Dieu. Cela dit, la canonisation se fera quand même attendre un demi-millénaire. Je me demande comment, cinq cents ans plus tard, on s'est souvenu de l'odeur.

Louis XI, homme de contraste

Louis XI est un homme étrange. Il est mal aimable, eczémateux, hémorroïdaire et goutteux, il a le foie faible et l'estomac mal portant, cependant il séduit d'abondance et engendre beaucoup d'enfants. C'est un homme de guerre expérimenté, il a commencé à se battre à treize ans, pourtant il agrandit magnifiquement son royaume sans verser une goutte de sang. Il préfère les négociations et les rachats.

Cela dit, Louis XI ne fait pas preuve d'originalité dans tous les domaines. Comme tous ses prédécesseurs, il est très pieux. Et comme tous ses prédécesseurs depuis Jean le Bon, il lui faut se farcir les Bourguignons.

Les Bourguignons

Vous rappelez-vous le fils de Jean le Bon qui hurlait : « Père ! Gardez-vous à gauche ! Père ! Gardez-vous à droite ! » ? Il se nomme Philippe le Hardi, et il est duc de Bourgogne.

Vous souvenez-vous de son fils, Jean sans Peur, duc de Bourgogne aussi ? Celui qui cassa les pieds de Charles VI le Fou ? Et qui cassa la tête de son frère, Louis le Maladroit ? Eh bien il a un fils, Philippe le Bon, duc de Bourgogne toujours, qui casse les pieds de Charles VII. Et son fils, Charles le Téméraire, immanquablement duc de Bourgogne, casse les pieds de Louis XI.

Mais à trop donner de coups de pied, on finit par se briser les orteils. Alors on tombe de tout son haut, et on se casse les dents.

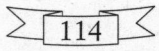

Pour se donner du cœur à l'ouvrage, Charles le Téméraire invente une devise pesante : « Point n'est besoin d'espérer pour entreprendre, ni de réussir pour persévérer. » Il ne lui faut que dix ans pour réussir à ruiner l'œuvre de ses bouillants ancêtres. Regardez-le : il est là-bas, aux portes de Nancy, tout nu et tout mort. Allongé dans la neige, le Téméraire se fait dévorer le visage par les loups. Louis XI a gagné la bataille et la guerre. Il s'empare de la Bourgogne : fin du contre-pouvoir bourguignon.

Mais la fille de Charles le Téméraire hérite du reste. Petit reste, jugez-en : la Belgique, la Hollande, le Luxembourg et alentours. Et là, grosse bévue ! La demoiselle épouse un empereur germanique : Maximilien de Habsbourg. La dispute entre Germains et Français autour de l'héritage de Charles le Téméraire, c'est-à-dire la frontière nord-est de la France, durera quelques siècles. Elle finira très mal.

Bizarrement, l'Espagne y tiendra un temps une grande place.

Portrait de Louis XI en vieillard

Regardons le portrait que nous montre, sur la berge, un contemporain de Louis XI. À le voir, il semble que le jeune homme odieux se soit mué, avec le temps, en vieillard affreux. On le surnomme « l'araignée universelle ». Laid et malingre, vêtu de loques noires, il dissimule ses traits ingrats sous un chapeau en poil de castor couvert de médailles crasseuses. Avec un ricanement sardonique, il lève ses yeux chassieux vers une fillette... Non, pas ça. Une fillette, c'est une cage de fer dans laquelle les prisonniers, à force de balancements, deviennent fous.

Qu'y a-t-il de vrai, dans ce portrait ? Il semble que, sur le tard, Louis XI tourne au superstitieux, ce qui peut expliquer les médailles pieuses. Il semble aussi qu'il a un nez qui tient à la fois du pic, du cap et de la péninsule. Hélas, c'est le nez familial. De toute façon, aucun roi de France ne mérite le moindre prix de beauté. Ils font même un assez étonnant concours de laiderons.

Mais, pour le reste de la description, je ne sais pas si elle contient un mot de vrai. Car elle a été rédigée par un curé que le roi a expulsé du royaume. Curé qui se trouve être le successeur de Cauchon, tiens donc ! Le monde est petit.

Passons maintenant au portrait moral de Louis XI. On dit qu'il ne tient jamais une promesse s'il peut l'éviter (oui, enfin, c'est un roi). Qu'il a beaucoup d'espions (c'est un roi). Qu'il est méfiant (c'est un roi qui réussit à vivre vieux). Qu'il s'acharne toute sa vie à abaisser les Grands du royaume, c'est-à-dire la haute noblesse et plus exactement les membres de sa propre famille (c'est bien un roi).

Un dernier point : il aime la chasse. Il *adore* la chasse. Je me demande s'il y a un seul roi de France qui n'ait pas aimé la chasse à la folie. Quand vous croisez un roi de France, soyez certain d'une chose : cet homme passe la moitié de sa vie à la messe, et l'autre à cavaler après des bestioles.

La fin du Moyen Âge

Ayant dépassé Louis XI, notre bateau cingle vers la fin du Moyen Âge. Devant nous s'ouvrent les grandes écluses de la Renaissance : 1500. Mais qu'est-ce que c'est, la Renaissance ? Une explosion artistique, d'accord. Qui est surtout un *revival* de l'art antique, oui. Mais encore ? L'invention de l'imprimerie et la découverte des deux Amériques. Mais encore ?

C'est le début des guerres de religion. Catholicisme contre protestantisme.

Le catholicisme se voit accusé par le protestantisme d'être corrompu. Il répond en interdisant les bals et les livres. Pour prouver qu'il est plus pieux que son concurrent, le protestantisme interdit les bains et les recherches scientifiques. Finalement, à bout d'interdictions, les deux religions en viennent à se battre pour de bon.

La Renaissance est donc, avant tout, l'avènement de la saleté, de la régression intellectuelle, de la guerre civile et du fanatisme. « Que répondre à un homme qui est sûr de mériter le ciel en vous égorgeant ? », demandera plus tard Voltaire.

Pour achever le portrait de la Renaissance, vous pouvez ajouter la chasse aux sorcières, qui fera de cinquante à cent mille morts, et le plus fabuleux génocide de tous les temps : le génocide amérindien. Deux cent millions de morts. Quatre-vingt-dix-neuf pour cent de la population locale.

Qu'on ait donné le beau nom de Renaissance à un si effroyable salmigondis peut laisser perplexe.

Concurrence

Pour une meilleure compréhension du problème religieux, permettez-moi de tracer, à grands traits, le visage des deux religions concurrentes.

Le catholicisme, d'abord. Il est sévère. Quelqu'un qui a péché est condamné à passer un bout de temps au purgatoire. Ça n'a pas l'air d'un séjour agréable.

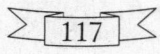

Les pécheurs y sont plongés dans le feu jusqu'à purification totale.

Mais le catholicisme est tendre. Quelqu'un qui a péché peut racheter ses fautes. Il lui suffit de les regretter sincèrement. Alors Dieu, indulgent, le pardonnera.

Pour obtenir l'indulgence de Dieu, tout est bon : pèlerinages, croisades, prières. Feuilletez un vieux paroissien, vous y trouverez des indulgences. S'exclamer « Cœur agonisant de Jésus, soyez mon amour ! » économise cent jours de purgatoire. Alors que glapir « Saint Joseph, patron de la bonne mort, priez pour nous ! » en gagne trois cents. Il n'y a pas à hésiter, et c'est gratuit.

Les dons en argent permettent aussi d'acheter l'indulgence de Dieu. Dons pour faire dire des messes, dons pour faire construire une église, tout est possible. De là à vendre le paradis contre de bons écus, il n'y a qu'un pas vite franchi. Au XIVe siècle, un seigneur se paie le paradis en échange de cinquante mille messes…

Au début des années 1500, Luther explique tout le mal qu'il pense des indulgences. Il invente une nouvelle religion qui se veut moins corrompue. Comment la résumer ? Essayons un tableau comparatif.

La Bible et la grâce

Un catholique ne lit pas la Bible. Il ne s'adresse pas directement à Dieu. Il s'adresse à un intermédiaire, le curé, qui consulte une bible en latin. Ensuite, le curé explique à son pénitent ce que Dieu désire. En général, Dieu désire des messes. Enfin, des sous pour faire dire des messes.

Un protestant s'adresse directement à Dieu et lit lui-même la Bible, traduite dans sa propre langue. Il

existe bien un curé protestant, le pasteur, mais il n'a pas le prestige du curé catholique. En revanche, il peut se marier et mener une vie normale, ce qui évite bien des bizarreries.

S'il se conduit mal, un catholique peut obtenir le pardon de Dieu. Pour peu qu'il y mette de la bonne volonté et quelques économies, bien sûr. Pas un protestant. Car un protestant ne se conduit pas de façon vertueuse pour faire plaisir à Dieu, oh non ! Il se conduit de façon vertueuse parce que Dieu est *présent* en lui. Un jour, Dieu est entré dans son cœur et Il n'en est plus sorti. Un protestant peut donc avoir une jeunesse olé-olé : c'est signe que Dieu ne lui a pas encore rendu visite. Mais, le jour où Dieu pénètre dans son cœur, le protestant se range et *il ne se dérange plus*. Vit-on jamais Dieu forniquer en fumant des cigarettes qui font rire ? Autant dire qu'un protestant a intérêt à profiter de sa jeunesse.

Par exemple, un catholique qui prend une cuite déplaît à Dieu. Mais Dieu lui pardonnera à force de repentir, de prières et de messes. Alors qu'un protestant qui prend une cuite ne déplaît pas à Dieu. Il prouve simplement que Dieu ne lui a pas rendu visite, que Dieu ne l'a pas élu. En clair, il prouve qu'il est damné. Car, dans le protestantisme, il n'y a pas de demi-mesure. Foin du purgatoire et de toutes ces fariboles : on est élu ou on est damné, point.

En résumé, le catholicisme est plus facile à vivre que le protestantisme. Mais il coûte plus cher…

Saints et Testaments

D'autres différences ? Un catholique a de nombreux intercesseurs. Il prie la Vierge Marie et tous les

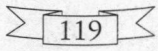

saints d'aller négocier pour lui l'indulgence de Dieu.
Ce n'est pas le cas d'un protestant. Un protestant est
seul face à son Créateur. Et alors ? Alors les jours de
repos. Les catholiques ont quasiment un jour chômé
sur deux. Ils fêtent saint Jacques et saint Paul, saint
Rustique et saint Paterne, sans oublier le lundi de la
Pentecôte, le mardi gras, le mercredi des Cendres, le
Jeudi saint, le vendredi de la Passion, le samedi de la
veillée pascale et le dimanche de Pâques, l'Ascension,
l'Assomption, la Dormition et j'en oublie. Les protestants, eux, ne fêtent rien du tout et travaillent tout le
temps.

Le catholicisme s'appuie sur le Nouveau Testament, cette partie de la Bible qui raconte la vie de
Jésus, Dieu le fils. Alors que le protestantisme préfère
l'Ancien Testament, qui parle de Yahvé, Dieu le
père. Si vous l'avez lu, vous savez que ce n'est pas un
livre très gai. C'est cette imagerie-là, dure et noire,
qui hante certaines âmes germaniques et anglo-
saxonnes. Pourquoi « anglo-saxonne » ? À cause de
Henri VIII, roi d'Angleterre. J'espère que nous passerons devant chez lui, il vaut le coup d'œil.

Dieu et l'argent

Mais, au fait, comment un protestant sait-il si Dieu
l'a élu ou non ? Car Dieu n'est en général pas cau-
sant. C'est simple : Dieu montre Son amour par Ses
œuvres. Celui qui a une belle vie est aimé de Dieu.
En bref : avoir de l'argent est signe d'amour divin.

Dans la religion catholique, le pauvre est le représentant de Jésus sur terre. Mais, dans la religion protestante, le pauvre est un homme de mauvaise volonté.
C'est un damné, ou pire : une incarnation du Mal.

Pour un catholique, l'argent est sale. Pour un protestant, l'argent est divin. Et le protestantisme engendra le capitalisme…

Il n'y a qu'un seul catholicisme, dont le patron est le pape. Mais il n'y a pas qu'un seul protestantisme, oh non. Les protestants se subdivisent en un nombre stupéfiant de clans, tous occupés à se montrer plus pieux et acariâtres les uns que les autres. Et s'il faut parler de mauvais caractère, braquons nos jumelles sur le pire d'entre tous : Henri VIII d'Angleterre.

Henri VIII

Ce grand et gros homme barbu est l'autre source d'inspiration du personnage de Barbe-Bleue.

Henri VIII est né à la fin des années 1400. Dans l'histoire de France, il intervient comme arbitre entre Charles Quint et François Ier. Mais la grande affaire de son règne est *l'angoisse du fils*, comme d'habitude.

Henri VIII répudie sa première épouse parce qu'elle n'arrive pas à lui faire un héritier mâle viable. Il décapite la deuxième pour la même raison. Et il réussit à obtenir un petit garçon de la troisième.

Regardez cette pauvre femme : elle a accouché depuis trois jours, et elle n'arrive pas à s'en remettre. Grelottant, ruisselant de sueur, elle se traîne au baptême de son fils. La vérité est qu'elle est atteinte de fièvre puerpérale. Le placenta, mal évacué, est en train de pourrir dans son ventre. Elle agonisera encore neuf longs jours.

Peu après, une blessure à la jambe rend Henri VIII impotent. Il devient rapidement obèse. Cette plaie qui se refuse à guérir gâte complètement un caractère déjà malcommode. À quarante ans, Henri VIII fait un bilan assez sombre : il souffre, il pue de la cuisse et son fils unique n'a pas la santé.

Alors il se remarie encore, avec une fille dont le portrait lui a plu. Hélas, le modèle est complètement raté. N'écoutant que sa délicatesse, Henri VIII injurie la pauvre demoiselle et la renvoie à ses parents. Puis il se remarie, redécapite, enterre la seconde décapitée auprès de la première, se marie une fois de plus et ouf ! débarrasse le plancher. Sa sixième femme « réussit à devenir veuve », comme on dit.

« Mais quel rapport avec le protestantisme ? » me direz-vous. Le rapport ? C'est que tous ces mariages ne plaisent pas au pape. D'un autre côté, que le pape s'immisce dans sa vie privée ne plaît pas à Henri VIII. Ce qui devait arriver arrive : Henri VIII rompt avec Rome. Il fonde une Église anglaise. Avant lui, aucun souverain, même le plus mal embouché, n'avait osé.

L'anglicanisme est né. C'est un christianisme antipapiste. Subitement, l'Angleterre se met à fourmiller de protestants. Elle déversera son trop-plein en Amérique du Nord. Et voilà pourquoi quelque chose de la raideur de l'Ancien Testament subsiste dans certains esprits anglais et nord-américains. Vous les reconnaîtrez à ce qu'ils ont tendance à voir l'ombre du diable se profiler derrière le moindre écart de conduite…

Le fils de Henri VIII est tuberculeux, ou vérolé, ou les deux. Il ne règne pas longtemps. Ce garçon intelligent meurt à seize ans. Le souverain suivant, Jane Grey, a seize ans aussi. Elle ne règne pas longtemps non plus : neuf jours. Sa cousine, en vraie fille de son père, lui fait trancher la tête.

Car ce sont les filles de Henri VIII qui lui succèdent. D'abord, Marie la Sanglante, *bloody Mary*. Pourquoi la surnommer ainsi ? Parce qu'elle fait couler à flots le sang de ses sujets ? Ou parce qu'elle fait beaucoup de

fausses couches ? Je ne sais pas. Vient ensuite Élisabeth Ire, la reine vierge. Mais nous nous éloignons un
peu trop des côtes de France. Donnons un coup de
gouvernail et braquons à nouveau nos jumelles sur
l'horizon orageux de la Renaissance.

Charles et ses deux Anne

Je vais un peu vite en besogne en parlant de
Renaissance. Car le fils de Louis XI ne verra pas
l'année 1500. Il meurt deux ans avant, à vingt-huit
ans, en glissant sur un étron dans un des couloirs du
château d'Amboise. Sa tête heurte le linteau d'une
porte et paf ! le roi.

Ce roi glissant, Charles VIII, est d'abord un gamin
malingre. Il est parfois décrit comme proche de la
débilité mentale. Arrivé sur le trône à treize ans, il
subit la régence de sa grande sœur. Elle s'appelle Anne
de Beaujeu et elle a vingt-deux ans. Louis XI dit d'elle
que c'est « la moins folle des filles de France, car de
sage il n'y en a point ». Autant pour les autres.

Anne gouverne une dizaine d'années, sagement.
Elle parvient à contenir la noblesse et à rattacher la
Bretagne à la France. Pour y parvenir, elle organise
le mariage de Charles VIII et d'Anne de Bretagne
avec une main de fer dans un gant de fer aussi.

Initialement, Charles VIII doit épouser la fille toute
jeunette de Maximilien de Habsbourg, l'empereur germanique. Et Maximilien de Habsbourg doit épouser
Anne de Bretagne. Et puis non : Charles VIII rend sa
fille jeunette à Maximilien et lui vole sa fiancée.

Regardez quelle tête affreuse ils font, tous ! Maximilien n'est pas content du tout. Ni qu'on lui vole sa
fiancée, ni qu'on lui renvoie sa fille. Sa fille jeunette n'est

pas contente, car elle aimait tendrement Charles VIII.
Et comme Charles VIII l'aimait aussi, il n'est pas
content non plus. Anne de Bretagne boude franchement : pour qu'elle accepte d'épouser Charles VIII,
il a fallu lui envoyer l'armée. Mais, malgré toutes ces
bouderies, le mariage a lieu quand même. La régente
Anne de Beaujeu semble avoir une poigne en acier
embouti.

La pauvre Anne de Bretagne entame immédiatement une vie de grossesses ininterrompues, sauf par
les enterrements. Charles VIII lui fait six enfants qui
meurent tous.

Le reste du court règne de Charles VIII se passe à
guerroyer contre les Italiens. C'est lui qui lance la
première guerre d'Italie. Elle sera suivie de dix
autres, qui s'étaleront sur cent cinquante ans. Elles ne
ramèneront à la France que la ruine, et de beaux
tableaux signés Léonard de Vinci.

À la mort de Charles VIII, la couronne ne glisse
pas sur la tête de son fils, car il n'en a pas. Elle dérape
sur celle de son cousin, celui qu'on a marié à Jeanne,
la très vilaine fille de Louis XI. Anne de Bretagne
ripe, elle aussi, du lit de Charles VIII à celui du cousin. Ce dernier prend le numéro XII. Louis XII.

Quant à la fille jeunette de Maximilien, après avoir
enterré quelques maris, elle sera une des têtes politiques
de l'époque et gouvernera les Pays-Bas avec énergie.

1500, Louis XII

C'est le fils du poète Charles d'Orléans, celui qui
a écrit le fameux :

« Le temps a laissé son manteau
De vent, de froidure et de pluie. »

Et le fameux :
« C'est grande pitié qu'il convient que je sois
L'homme égaré qui ne sait où il va. »
Son règne se passe en guerre contre les Italiens.

Longtemps auparavant, il a été obligé d'épouser Jeanne la contrefaite. Pour obtenir le divorce, Louis XII se doit d'offrir quelques petits cadeaux au fils du pape. Ce fils de pape, vous en avez entendu parler : c'est César Borgia.

Le Prince

Ah ! César Borgia. Ce prince magnifique et féroce inspirera *Le Prince* de Machiavel, célèbre ouvrage de *realpolitik*. On dit que César a poignardé son frère aîné et empoisonné son propre père, mais c'est sûrement un peu exagéré. Par contre, il a très probablement tué quelque mari de sa sœur. Et tout le monde sait qu'il n'hésite pas à étrangler ses invités au milieu du repas. Observez-le, tout là-bas, drapé dans sa cape sombre. Il porte un masque de cuir pour cacher les boutons de syphilis qui défigurent son fin visage.

Morts d'épuisement

Louis XII et Anne de Bretagne sont amis et font avec plaisir une nichée d'enfants. Des six ou huit qu'ils engendrent, seules deux filles survivent. Les autres meurent si vite qu'ils n'ont même pas de prénoms. Anne meurt elle-même à trente-six ans, après quatorze enfants, de coliques néphrétiques ou de fatigue.

Louis XII se remarie encore, avec une princesse d'Angleterre. Il tente de l'engrosser et en meurt d'épuisement. Il ne cède pas la place à son fils, car il n'en a pas. Alors il la cède au mari d'une de ses filles : François. Premier du nom. François Ier.

Les mauvaises langues prétendent que François trouve la princesse d'Angleterre à son goût. Au point qu'il couche avec elle du vivant de Louis XII, risquant ainsi de fabriquer lui-même l'héritier qui le priverait du trône. De rage, sa mère lui aurait décollé les oreilles de la tête.

Orants, gisants, transis

Encore un petit mot sur Louis XII et Anne de Bretagne. Allons leur rendre visite à la basilique Saint-Denis. De leurs os, il ne reste rien. Mais certains monuments funéraires sont intacts.

Là, ce sont les orants : les souverains sont représentés en vie et en majesté, très richement vêtus. À genoux, ils prient.

Là, vous voyez les gisants : ce sont des orants allongés. Les souverains sont représentés raides comme des cadavres, les mains jointes et les yeux ouverts, toujours richement vêtus. Certains ont été sculptés d'après le modèle vivant, ou d'après le masque mortuaire. C'est le cas de Philippe le Bel et de Du Guesclin.

Enfin, il y a les transis : les souverains sont représentés nus, dans toute la misère de la mort. Louis et Anne font des transis plus vrais que nature. Allongés côte à côte, ils ont la face révulsée, la bouche ouverte, les côtes saillantes et les orteils crispés. On distingue même des vers dans les plaies de leur embaumement. C'est à la fois émouvant et affreux.

Mais il est temps de regagner notre navire : les grandes écluses de la Renaissance nous attendent !

V

Les écluses de la Renaissance

1515, Anchois Pommier

François Ier est un descendant direct de Louis le Maladroit et de Valentine Visconti. Il épouse la fille du fils du frère de son grand-père. De plus, sa mère descend par sa mère de Jean sans Peur et par son père de Philippe le Hardi, père de Jean sans Peur et arrière-arrière-arrière-arrière-grand-père de sa femme. Et son père est le petit-fils de Louis le Maladroit, lui-même arrière-grand-père de sa femme. Et alors ? Alors, leurs enfants n'auront pas la santé.

François Ier est le roi de la Renaissance. Vous le voyez ? Oui, on ne voit que lui. Très grand (deux mètres), portant beau, c'est un ami des arts et des femmes. Il noue amitié avec Léonard de Vinci, ce qui nous vaut d'héberger le plus célèbre tableau du monde. De plus, il bâtit les châteaux de Chambord, Blois et Fontainebleau, qui sont assez beaux. Guerrier acharné, il est vainqueur à Marignan. « 1515 Marignan », ça se retient facilement. Dans les livres d'histoire, François Ier incarne un idéal de courtoisie et de force. Hélas, sa vie est moins glamour que sa légende.

Regardez mieux : déjà, François Ier a le nez familial, qui n'est pas facile à porter. Ensuite, il doit toute sa vie lutter contre Charles Quint, qui n'est pas un rigolo. Pire : c'est un Habsbourg.

Les Habsbourg

Habsbourg, c'est le nom d'une famille qui réussira à régner sur toute l'Europe à force de mariages entre cousins. Jusqu'au moment où cette politique de consanguinité sans fin aura sa peau. Encore aujourd'hui, la plupart des familles royales européennes ont du sang Habsbourg et des maladies congénitales.

Charles Quint de Habsbourg est le meilleur ennemi de François Ier. C'est le fils d'un bellâtre et d'une pauvre fille : Jeanne la Folle.

Jeanne la Folle est l'héritière de toute l'Espagne, pas moins. Et le bellâtre a pour mère la fille de Charles le Téméraire. Vous souvenez-vous d'elle ? La demoiselle au bel héritage (Belgique, Pays-Bas, Luxembourg).

Voici que l'héritier Belgique + Pays-Bas + Luxembourg épouse l'héritière d'Espagne. Ils lèguent tout à leur fils, Charles Quint. Ce qui signifie que la France se retrouve prise en tenaille nord-sud par les Habsbourg. Cette tenaille la brûlera longtemps, longtemps… Jusqu'en 1700.

Car non seulement Charles Quint possède l'Espagne et les Pays-Bas, mais, en plus, il règne sur le Saint Empire romain germanique. Il s'agit en gros de l'Allemagne et de l'Autriche. Ajoutez à ça le nord de l'Italie et les nouveaux territoires américains. Voilà qui fait une belle tenaille.

Jeanne la Folle

Je ne peux pas parler en détail de tous les personnages de cette histoire et c'est bien dommage. Jeanne la Folle mériterait un chapitre à elle seule.

Admirez, sur la berge, cette jolie demoiselle pâle. Elle a le regard fixe et sombre. C'est la fille d'Isabelle la Catholique et de Ferdinand.

Isabelle et Ferdinand sont les souverains espagnols qui ont conduit la *Reconquista*. C'est-à-dire qu'ils ont flanqué à la porte de l'Espagne tous les musulmans et tous les juifs. Ce faisant, ils ont porté un coup fatal à l'effervescence intellectuelle de leur beau pays et l'ont transformé en sépulcre blanchi. Ils ont aussi financé les vaisseaux d'un nommé Colomb, Christophe, avec le résultat qu'on sait.

On présente souvent leur fille Jeanne comme une jolie fille mariée à un joli garçon, Philippe le Beau. D'après les tableaux, ce garçon est beau comme je suis japonaise. Il n'empêche qu'il réussit à rendre sa femme folle de jalousie.

On dit que Jeanne essaye de scalper une des maîtresses de son mari. On dit même qu'elle y parvient. On dit qu'elle finit par empoisonner son mari et qu'elle refuse, pendant de longues années, d'inhumer son corps. Elle préfère le garder près d'elle, dans un cercueil de verre, pour lui murmurer des mots doux.

Ce qui est certain, c'est qu'elle termine sa vie dans une cellule capitonnée. Pendant ce temps, son père, puis son fils, gouvernent à sa place.

On dit aussi que tous les hommes de son entourage ont tout intérêt à la déclarer inapte à régner. Que son enfermement a davantage à voir avec une spoliation politique qu'avec une réelle schizophrénie.

J'imagine que la vérité se situe quelque part au milieu. Toujours est-il que Jeanne est enfermée à l'âge de vingt-cinq ans. Elle meurt à soixante-quinze ans, après cinquante années de geôle. Son fils Charles Quint n'ira pas aux funérailles.

De Marignan à Pavie

François Ier commence son règne par 1515 Marignan. Regardez par là : Marignan est une belle bourgade d'Italie et François y remporte une belle victoire. Sur des Suisses, oui. À l'époque, les Suisses sont des soldats réputés.

Dans cette entreprise, François est aidé par un dénommé Bayard, « le chevalier sans peur et sans reproche ». Bayard est l'archétype du chevalier médiéval. Il n'apparaît pourtant qu'à la toute fin du Moyen Âge.

Bayard est de famille noble mais pauvre. Voyez-le grandir, ce petit va-nu-pieds : il meurt noblement de faim, avec ses sept frères et sœurs, dans une ferme fortifiée entourée de dix hectares de terre. À l'adolescence, on l'envoie comme page à la Cour de son suzerain. Il s'y distingue par sa bravoure. De toute façon, pour les garçons de noblesse pauvre, il n'y a que deux portes de sortie : être très bon à la guerre et décrocher un poste militaire, ou être très bon à la messe et décrocher un poste ecclésiastique.

Bayard est si bon capitaine que, on dit que, au soir de la victoire de Marignan, il a l'honneur d'adouber François Ier. C'est une légende, mais elle est jolie.

Il meurt à quarante-huit ans, agonisant longuement au milieu d'un champ de bataille. Le spectacle est édifiant : à genoux dans la boue autour de lui, ses ennemis le pleurent à chaudes larmes tandis qu'il les couvre d'injures.

Un an plus tard, à Pavie, toujours en Italie, François Ier perd contre Charles Quint. Il est fait prisonnier. Il écrit à sa mère que « de toutes choses ne m'est demeuré que l'honneur et la vie qui est sauve », résumé en une seule phrase : « Tout est perdu, fors l'honneur. » François sort de prison un an plus tard, vérolé par sa geôlière.

La grande vérole, et la petite

La vérole dite « grande », la syphilis, vient tout juste de nous arriver des Amériques. En Italie, on l'appelle « le mal français », alors qu'en France on l'appelle « le mal italien », et en Écosse, « le mal anglais ». L'enfer, c'est toujours les autres.

Des recherches récentes affirment que la vérole existait en Europe bien avant la découverte des Amériques. D'autres, encore plus récentes, disent le contraire. Toujours est-il que c'est un fléau égal au sida : comme lui, elle tue en une quinzaine d'années des jeunes gens de toutes fortunes. On compte parmi ses victimes Baudelaire, Rimbaud, au moins un frère Goncourt, Schubert, Daudet, Nietzsche, Maupassant, Van Gogh, Toulouse-Lautrec et Lénine. Ce ne sont pas les seuls. En ces temps, on meurt soit de la vérole, soit de la tuberculose. Et on est souvent atteint des deux.

La vérole dite « petite » est l'autre nom de la terrible variole. Elle touche tout le monde, tue un malade sur trois et défigure ceux qu'elle ne tue pas. Sur les vingt-sept millions d'Aztèques qui voient débarquer les Espagnols, elle en extermine vingt-deux millions. Si quelqu'un dit devant vous qu'en Amérique, les Blancs l'ont emporté sur les Rouges grâce à leur supériorité technique, riez ! C'est leurs microbes qui ont gagné.

Non, ce n'est pas une bonne idée de débarquer pour aller nous promener dans les rues de Paris en 1500. Nous aurions l'impression d'être au musée des horreurs. Les passants ont le visage mangé par les cicatrices varioliques et la bouche par les syphilides. Ils sont chauves (vérole), édentés (tuberculose) et couverts de vermine. De plus, ils mouchent des vers. Je ne parle même pas de l'odeur.

Nous sommes mieux sur notre bateau.

1520, le camp du drap d'or

Après la bataille de Pavie, François Ier et Charles Quint laissent les femmes se débrouiller avec le traité de paix. Ce sera la « paix des dames ». Cette trêve éphémère est signée par la mère de François Ier et la tante de Charles Quint. Vous souvenez-vous d'elle ? C'est la jeunette qui a failli épouser Charles VIII.

La jeunette a alors quarante-neuf ans. Elle meurt un an plus tard, laissant derrière elle la paix et quelques devises amères. En général, les femmes de pouvoir le quittent sans regret ni estime.

Le vrai problème entre François Ier et Charles Quint, c'est qu'ils ne s'aiment pas. On murmure parfois que Charles Quint est un homme triste et avare, tandis que François Ier est jovial et fastueux. En fait, il semble que Charles Quint soit un homme normal tandis que, à force de faste, de remue-ménage et de vantardise, François Ier finit par exaspérer tout le monde.

Tenez, faites un zoom : François Ier est là-bas, où tout brille et étincelle. Il reçoit le roi d'Angleterre, Henri VIII. Il espère signer avec lui un traité contre Charles Quint. Pour le séduire, il a installé des centaines de tentes brodées de fil d'or. Ce campement est si luxueux qu'il restera dans l'histoire sous le nom de *camp du drap d'or.*

Cet étalage de luxe vexe tellement Henri VIII qu'il refuse de signer quoi que ce soit. Pour le dérider, François Ier le flanque dans la gadoue d'un bon croc-en-jambe. Ha ha ! Tout le monde s'esclaffe. Sauf Henri VIII. Ulcéré, il va traiter avec Charles Quint.

Finalement, après trente ans de guerre, fatigués et ruinés, François Ier et Charles Quint font enfin la paix.

Pour en finir avec François Ier

Que dire d'autre de François Ier ? Par son luxe, ses constructions, sa collectionnite et ses guerres, il ruine la France. Mais encore ?

Curieux, il s'intéresse au Nouveau Monde, notamment à ce qui deviendra le Canada.

Bon catholique, il tolère un temps les protestants. Cette tolérance lui passe. Ce sont les premiers massacres des *guerres de religion.*

Lettré, il déclare le français langue officielle. Il invente l'état civil, ainsi que le dépôt légal.

Artiste, il accumule les chefs-d'œuvre des maîtres italiens. Vinci, Michel-Ange, Titien, Raphaël commencent à remplir le Louvre.

Sa vie conjugale, elle, n'est pas folichonne. On l'a marié à la très vilaine Claude de France. Cette fille d'Anne de Bretagne est bigle, boiteuse et obèse. François Ier, n'écoutant que son devoir, l'engrosse à quinze ans, puis à seize, dix-huit, dix-neuf, vingt, vingt-deux, vingt-trois et vingt-quatre ans. À vingt-cinq ans, surprise ! Claude meurt en couches. De cette frêle existence ne subsiste que le nom d'une prune, la « reine-claude ».

Cinq ans plus tard, François Ier se remarie avec Éléonore, une sœur de Charles Quint. Cette Hollandaise, bien qu'amoureuse d'un beau Bavarois, a été mariée de force à un vieux Portugais très laid. Elle a un fils, mais il meurt tout petit. Elle a une fille, mais on la lui arrache le jour de son veuvage. Remariée à François Ier, Éléonore ne s'habituera jamais à son nouveau pays, ni à son nouveau mari. D'ailleurs, celui-ci se moque éperdument d'elle. Il a assez à faire avec ses maîtresses. Et surtout, il dispose déjà de trois fils : « *The heir and the spares* », l'héritier et les pièces de rechange, comme on dit joliment.

Libérée par un second veuvage, Éléonore va rendre visite à sa fille. Hélas, celle-ci la met dehors. Éléonore meurt sur le chemin du retour, après une existence qui donnerait le bourdon à trente églises.

Des roses et des épines

Par contre, la vie amoureuse de François Ier, c'est autre chose. De « une Cour sans femmes, c'est une année sans printemps et un printemps sans roses » à « souvent femme varie, bien fol est qui s'y fie », on sent qu'il pratique beaucoup. Il s'entiche régulièrement de dames de la haute société, et leur offre des joyaux splendides gravés de déclarations mièvres.

L'héritier et les pièces de rechange

François Ier, contrairement à bien des rois, ne connaît pas la fameuse *angoisse du fils*. Son premier héritier lui est offert pour ses vingt-quatre ans, le deuxième pour ses vingt-cinq, le troisième pour ses vingt-sept, le dernier pour ses trente ans. Trois d'entre eux passent l'épreuve du biberon.

Parlons un peu de ces jeunes gens. Ils se nomment François, Henri et Charles. Henri sera roi, nous irons plus tard à sa rencontre. L'aîné, François, meurt à dix-huit ans après avoir bu un verre d'eau. Poison ? Probablement pas. Choléra, dysenterie ? Probablement.

À l'époque, avaler de l'eau revient à se tirer une balle dans la bouche. Car chacun utilise son ruisseau à la fois pour déféquer et pour boire sans y voir le moindre problème. À votre avis, pourquoi les régions vinicoles sont-elles si riches ? Pourquoi chaque région, chaque paroisse brasse-t-elle sa bière ? Parce que seule l'adjonction d'alcool permet d'assainir l'eau. Résultat : pendant des siècles, nos ancêtres sont saouls à toute heure et à tout âge. Leur peur de l'eau plate est si grande qu'au XIXe siècle, on évite encore de s'y tremper. On redoute que des miasmes ne pénètrent par les pores de la peau.

Exit le jeune François et son verre d'eau moisie. Passons à Charles. Il a la réputation d'être le plus joli des trois frères. Pourtant, la variole l'a rendu borgne. Imaginez les deux autres…

Gai comme un pinson, accompagné d'un amusant petit page nommé Ronsard, Charles est le chouchou de son père. À l'âge de vingt-trois ans, il passe par la Picardie où sévit une épidémie de peste. Regardez-le caracoler fièrement ! Les notables du coin sont flattés par sa visite. Ils l'installent dans un bel appartement, mais Charles fait un caprice. L'endroit ne lui plaît pas. Il choisit une maison plus jolie. Coup de chance, elle est vide. Et pour cause : ses huit habitants viennent de mourir. Les notables, effrayés, tâchent de dissuader Charles d'emménager dans un lieu si dangereux. Mais Charles éclate de rire :

« Jamais fils de France n'est mort de la peste ! »

Et il se jette sur un lit moelleux. Cet ahuri meurt dedans cinq jours plus tard. Horriblement affecté, François Ier ne lui survit pas. Il décède dans la cinquantaine, au milieu du XVIe siècle.

À Saint-Denis, son caveau, forcé en 1793, apparaît « grand et bien voûté ». Il contient « six corps renfermés dans des cercueils de plomb, posés sur des barres de fer ». Outre lui-même, on y trouve sa mère, sa femme, ses fils François et Charles et sa fille Charlotte, huit ans.

Après plus de deux cents ans, étonnamment, « tous ces corps étoient en pourriture et en putréfaction liquide, et exhalaient une odeur insupportable ; une eau noire coulait à travers leurs cercueils de plomb dans le transport qu'on en fit au cimetière ».

Le temps des siècles

Jetons un œil à notre carte. La route est bien balisée, maintenant. Chaque siècle déroule une grande courbe. Car il est d'usage, à partir de 1400, de parler en siècle quand on parle d'histoire.

Le XVe siècle, de 1400 à 1499, est nommé *Quattrocento*. C'est un mot italien, car c'est d'Italie que vient la Renaissance artistique. Savez-vous pourquoi tant de génies sont nés là, à ce moment-là ? Vinci, Raphaël,

Michel-Ange, Titien, Botticelli ? Je n'en ai aucune idée. Toujours est-il que le *Quattrocento* est le siècle du début de la Renaissance. Regardez-le au bout de votre lunette : il ressemble à un atelier de peintre et de sculpteur. Admirez Venise, Florence, et tous ces trois-mâts qui partent sur l'océan, à la recherche de la route des Indes. Sentez cette odeur de port, cette odeur de mer et d'encre fraîche...

XVIe : de 1500 à 1599, c'est le siècle de la Renaissance. C'est aussi celui des guerres de religion. Sentez l'odeur du sang, écoutez tous ces hurlements ! Regardez les cadavres des protestants qui descendent la Seine par centaines, leur regard aveugle tourné vers le beau ciel d'août. Là-bas, on distingue le cadavre du magnifique duc de Guise. Son pourpoint de velours est percé de coups de poignard. Vous pouvez entendre, si vous prêtez l'oreille, le grand rire de Rabelais et le monologue ironique de Montaigne.

XVIIe siècle : de 1600 à 1699, c'est le Grand Siècle. Celui de Louis XIV. Ce qui revient à se moquer impudemment de son père Louis XIII et de son grand-père Henri IV, mais tant pis. Admirez Versailles, sa galerie des Glaces et ses jardins de Lenôtre. Écoutez les vers de Corneille, Racine et Molière. Appréciez ces allées bien tracées et ces alexandrins bien rectilignes, entre lesquels Richelieu et Mazarin promènent leurs robes ecclésiastiques.

XVIIIe siècle : de 1700 à 1799. C'est le siècle des Lumières. Celles de la Raison. Sous le règne indolent de Louis XV, Voltaire et Rousseau réfléchissent. On philosophe et on fait l'amour. Suivez ce tourbillon de vicomtes poudrés et de marquises décolletées, peints par Boucher et Fragonard. Ils badinent sous les frondaisons tandis que l'ombre de la guillotine monte à l'horizon.

XIXe siècle : de 1800 à 1899. Voici le siècle de la révolution industrielle. Le siècle d'airain. Matérialiste, prude, hypocrite et brutal, il marche avec « le talon de fer du capitalisme » sous un ciel noir de charbon. Il est peuplé de génies racistes et vérolés : Baudelaire, Nietzsche, Rimbaud. Vous préférerez peut-être regarder passer Napoléon Ier et Victor Hugo ? Ou Zola et Marx ? Dans la lumière des becs de gaz, des femmes obèses en crinoline dansent aux bras de cavaliers barbus en habit noir, au rythme lancinant de la valse.

XXe siècle : de 1900 à 1999. Le siècle des Grandes Boucheries. Et aussi, des antibiotiques, des femmes et des ordinateurs. L'ai-je bien résumé ?

Le beau XVIe siècle

Savez-vous qu'il y a *deux* XVIe siècle ? Le beau et le laid. Celui de François Ier, avant 1550, est empli de douceur de vivre. Et celui des guerres de religion, après 1550, est empli de sang et de haine. Mais pourquoi ? Certains disent que tout est la faute de la météo.

Au début du siècle, le temps est doux. Puis, par un caprice du climat, il commence à faire moins beau. Le temps se gâte à mesure que le siècle avance. Et qui dit mauvais temps dit mauvaises récoltes, dit famines, dit désespoir, dit meurtres et massacres. Que ce soit les guerres de religion ou la chasse aux sorcières, les plus affreux moments du XVIe siècle semblent directement liés aux intempéries. L'histoire des hommes n'est-elle qu'un jouet entre les mains de la pluie ?

Charles Quint en couleur

Mais nous ne pouvons pas quitter François Ier sans saluer une dernière fois son ennemi intime, Charles Quint. Son blason est un tel bazar que je ne résiste pas à l'envie de vous le montrer :

« Coupé en chef, parti en un, écartelé en un et quatre, de gueules au château d'or ouvert et ajouré d'azur et en deux et trois d'argent au lion de gueules armé, lampassé et couronné d'or », j'abrège, il y en a dix lignes. Pour la petite histoire, sachez que « de gueules » signifie rouge et « lampassé d'or » signifie que la langue du lion est dorée. L'héraldique constitue une langue à part et, pour les nobles oisifs, une source inépuisable de menus plaisirs. Mais elle a eu son utilité : du temps où personne n'avait de papiers, les blasons permettaient d'identifier les corps sur les champs de bataille.

Charles Quint, de lumière et d'ombre

Charles Quint est né avec le siècle, en 1500. Il monte sur le trône à dix-huit ans. À cet âge-là, il a déjà perdu son père Philippe le Beau et vu sa mère Jeanne s'enfoncer dans la folie. Parions qu'il éprouve une joie réelle quand il trouve une épouse aimante et saine d'esprit. En tout cas, il lui est fidèle, ce qui stupéfie sa Cour. Hélas, la fichue manie d'engrosser les femmes jusqu'à ce que mort s'ensuive le laisse seul.

Pendant toute sa vie, Charles Quint essaye de défendre les frontières interminables d'un royaume beaucoup trop grand. À cinquante-cinq ans, il est usé par quarante années de guerres tous azimuts. Elles n'ont pas donné grand-chose, à part sauver l'existant et vider les caisses. Alors Charles Quint abdique. Il démissionne. Il rend son tablier. Il jette l'éponge, il replie ses gaules, il lève le camp. Et meurt peu après, dans un monastère de Madrid, du paludisme. Charles Quint est vraiment un homme rare.

J'ai le souvenir d'un côté plus sombre. Après son veuvage, en visite aux Pays-Bas, Charles Quint tombe amoureux d'une certaine Barbe. Il couche avec. Horrifié par ce péché, il aurait fait enterrer vivantes, à Leuven, je ne sais combien de femmes protestantes dans l'espoir d'obtenir l'indulgence de Dieu...

Philippe II

Continuons un moment notre voyage le long des côtes espagnoles. Le fils de Charles Quint s'appelle Philippe II. C'est un affreux bigot, « plus catholique que le pape ». Il passe son règne enfermé à l'Escurial. Ce palais de sa conception est une innovation architecturale plaisante et joyeuse : il est bâti en forme de gril en l'honneur de saint Laurent, un pauvre homme passé au barbecue par les Romains en 258.

Ne se jugeant pas encore assez enfermé au sein de l'Escurial, Philippe II perfectionne l'*Étiquette* la plus étouffante du monde. (On donne le nom d'Étiquette aux règles de vie de la Cour royale.) Son fils Philippe III en mourra.

Regardez ce pauvre Philippe III : il est malade. On l'a allongé tout près d'un brasero. Trop près, en fait. Il meurt de chaud. Il demande qu'on éteigne le feu, mais le Grand d'Espagne Préposé au Feu de Sa Majesté n'est pas là. Alors, Étiquette oblige, on l'attend. En attendant, personne ne bouge. Et Philippe III meurt *vraiment* de chaud. Cuit sur place.

Mais revenons à son père Philippe II. Ce « roi né pour être grand inquisiteur » impose autour de lui le silence épais de la terreur. Il entraîne l'Espagne dans une très longue torpeur de la pensée.

Les récits de sa fin de vie sont écœurants. Il agonise interminablement. Et comme il a horreur à la fois de la saleté et du contact humain, il meurt dans une chambre immaculée sur un lit de poux.

Si vous passez par Rome, vous pourrez voir, dans une église, quelques lambeaux de chair rôtie de saint Laurent. Ne ratez pas non plus la fourchette qui a servi à le retourner sur son gril. Un bras bien saisi subsiste dans une abbaye de l'est de la France.

Mais nous voilà au cœur de l'Espagne. Il est temps de regagner la France vent debout !

1550, Henri II

Repassons les Pyrénées, et revenons-en aux fils de François Ier. Souvenez-vous : ils sont tous morts, sauf un. Henri.

Henri II est réputé ne jamais rire. À l'âge de cinq ans, il fait la connaissance d'une jeune fille de vingt-cinq ans. Elle s'appelle Diane de Poitiers et c'est une femme d'affaires redoutable. Il n'en aimera jamais d'autre.

1550. Une fois couronné, Henri II secoue sa morosité. Il reprend Calais aux Anglais. Ensuite, il termine les sempiternelles guerres d'Italie par un traité honorable.

De toute façon, ces querelles de frontière sont démodées. Ce qui inquiète les souverains de l'époque, c'est l'expansion du protestantisme à l'intérieur de leur royaume. Elle tourne à la pandémie. Les conversions se multiplient, même au sein des familles les plus nobles. Henri II est un fervent catholique : il embastille tout ce beau monde.

Henri II n'échappe pas à l'angoisse de rigueur. À treize ans, il épouse Catherine de Médicis, une petite boulotte de bonne famille. Elle reste stérile onze longues années. Heureusement, à vingt-quatre ans, elle se débonde : dix enfants.

Trois de ses fils régneront successivement. Ils seront incapables d'engendrer un garçon, ce qui mènera à la fin de la lignée Valois. Voilà qui nous rappelle quelque chose : la fin des Capétiens directs, Philippe le Bel et ses trois fils.

La lignée suivante, les Bourbons, finira elle aussi par trois fils sans descendance mâle viable : Louis XVI, Louis XVIII et Charles X.

Il s'agit là d'une simple coïncidence.

AEEILNR

L'histoire est pleine de simples coïncidences. Il faut s'en méfier. Car elles peuvent pousser l'amateur trop tatillon à parler tout seul et à jeter des regards soupçonneux par-dessus son épaule.

J'ai passé mes jeunes années à boire des cafés dans les bars de Montparnasse en gribouillant des choses inutiles. Un jour, attablée à la Coupole, je me suis amusée à établir le prénom moyen des reines de France. Ne me demandez pas pourquoi je me suis lancée dans une entreprise aussi idiote, je ne m'en souviens plus. Je me rappelle seulement que j'ai passé un après-midi à cumuler les prénoms des reines de France depuis l'an mille.

J'ai constaté qu'une reine de France porte, en moyenne, un prénom en deux mots et sept lettres, à

savoir 2 E, un A, un I, un L, un N et un R. AEEILNR
en deux mots ? LA REINE.

Vous pouvez vérifier, si vous avez du temps à
perdre. Il s'agit là d'une autre simple coïncidence historique. Qui trop tourne en rond croise souvent le
même caillou.

Sel

Une fois sa descendance assurée, Henri II s'emploie
à centraliser encore un peu plus l'administration
française. Il augmente les impôts et réprime les
révoltes qui s'ensuivent.

Parmi ces impôts, on compte la fameuse *gabelle*.
C'est une taxe sur le sel. Pourquoi le sel ? Parce que
le sel, et lui seul, permet de conserver les aliments.
Oh, d'accord, il y a aussi le sucre. Mais la betterave
sucrière se fera attendre jusqu'au XIXe siècle. Et le
sucre de canne restera longtemps un produit exotique de grand luxe.

Vous me direz : « On peut aussi fumer les viandes,
pour les conserver. » Hélas, un jambon fumé et non
salé a quatre-vingt-dix-neuf pour cent de chance de
développer cette petite chose qu'on appelle le botulisme.

Le botulisme est une toxine. C'est même *la* toxine.
La neurotoxine la plus dangereuse du monde. Avec
un sachet de cent grammes de poudre de toxine
botulique, on pourrait tuer six milliards d'êtres
humains.

En fait, le sel est si précieux qu'il sert à payer les
gens. Sel, *salarium* en latin, donnera *salaire* en
moderne. Autant dire que taxer le sel, c'est condamner les gens à mourir de faim ou d'empoisonnement.

Il y a peu d'impôt plus affreux que la gabelle. À part peut-être l'impôt sur les fenêtres.

Celui-ci obligera longtemps les pauvres à vivre dans des pièces sans air ni lumière. Et il poussera les riches à scier les montants de pierre, ou *meneaux*, des fenêtres de leur château, créant ainsi de ridicules dommages au patrimoine architectural. Maintenant que vous le savez, vous allez remarquer avec douleur tous les meneaux sciés que le hasard mettra sur votre route.

Les bons soins d'Ambroise Paré

Admirez la Cour. Nous sommes un beau jour de juin 1559. Henri II marie une de ses filles avec le sinistre Philippe II d'Espagne. Les festivités prévoient un tournoi entre le roi de France et le comte de Montgomery. Déjà Montgomery attend Henri II, une lance à la main.

Fringant, Henri II monte sur son destrier et enfile son casque d'or. Hélas, il oublie de fermer sa mentonnière. Pourtant le médecin Michel de Notre-Dame, mieux connu sous le nom de Nostradamus, a prévenu :

« Le lion jeune le vieux surmontera
En champ bellique par singulier duel,
Dans cage d'or les yeux lui crèvera. »

Henri II s'élance sous le regard attendri de sa maîtresse, Diane de Poitiers. Cette belle femme blonde plaît encore au roi, malgré ses soixante ans. On dit que son inaltérable beauté est due à l'or qu'elle boit tous les jours, en infusion. Cette infusion explique peut-être aussi la rapacité légendaire de la dame. En ce jour d'été, elle ne sait pas encore qu'elle a bientôt fini d'être riche.

Montgomery s'élance à son tour ! Le choc est terrible. La lance de Montgomery soulève la visière du casque royal. Elle s'enfonce dans l'œil droit du roi, qui s'écroule.

Ambroise Paré, le médecin du roi, accourt au plus vite. Il ne sait pas trop par quel bout prendre la blessure. Qu'à cela ne tienne : il se fait livrer des prisonniers et leur enfonce un tronçon de lance dans l'œil. Ensuite, il procède à quelques essais thérapeutiques.

Malgré ces bons soins, Henri II décède au bout de quinze jours d'agonie.

À la Révolution, le cercueil de Diane sera transformé en auge à cochons. Les révolutionnaires se partageront sa belle chevelure blonde, comme on partage un bouquet.

Nouveautés vestimentaires

Pour en finir avec Henri II, notez que c'est sous son règne qu'apparaît la *fraise*. C'est un col rond en dentelle tuyautée qui présente la tête de celui qui la porte comme sur un plateau. La *fraise* est très caractéristique de son époque.

Les femmes, de leur côté, se voient affligées du *vertugadin*. Ce nom vient de « vertu-garder ». C'est une armature en fer glissée sous les jupes, censée rendre difficile toute approche galante. Malheureusement, le vertugadin n'est pas du tout caractéristique de son époque. Au contraire : il traversera les siècles sous le nom de panier, crinoline, cage ou tournure. L'habitude de soutenir les jupes avec des kilos de matériel entravera les femmes jusqu'au début du XXe siècle. Au moins autant que le corset, qui apparaît au même moment.

Alourdie, la respiration coupée et les boyaux comprimés, la femme de la Renaissance commence sa longue marche vers l'avenir. Elle découvre les difficultés respiratoires, l'atrophie musculaire, l'obésité et les fausses couches à répétition. Petit à petit, elle apprend à porter sa geôle sur elle, comme un escargot.

Régence

Immédiatement après la mort d'Henri II, sa veuve prend les choses en main. Elle se nomme Catherine de Médicis. Regardez-la : c'est une petite rondouillarde pourvue de belles jambes et d'une intelligence fine.

Pour commencer, elle met Diane de Poitiers à la porte de la Cour et récupère avec jubilation une bonne partie des cadeaux que lui a faits Henri. Ensuite, elle installe sur le trône son fils aîné, François II.

François II est un tuberculeux de quinze ans. Il a, paraît-il, « les parties génitales constipées ». Mais c'est d'une otite qu'il meurt, un an plus tard. Il laisse derrière lui une petite épouse écossaise, Marie Stuart. Celle-ci retourne chez elle. Élisabeth Ire lui fera couper la tête. La mode du raccourcissement comme solution politique a commencé par être anglaise.

Après la mort de François II, Catherine devient régente. Car son fils suivant, Charles, n'a que dix ans.

Catherine de Médicis est une femme modérée. Entendez par là qu'elle souhaite que la concorde règne entre catholiques et protestants. Mais elle est assez seule dans ce cas. Elle parvient quand même à rétablir la paix, place Charles sur le trône et fait construire le château des Tuileries.

1560, Charles IX

Comme son frère aîné, Charles IX est dépourvu de santé. Et comme son frère aîné, il doit faire face aux guerres de religion.

Comme d'habitude, les Grands du royaume s'entredéchirent, la famille Guise du côté catholique, la famille Condé du côté protestant. Ils ne sont pas seuls : le peuple aussi s'autodéchire. On égorge de toutes parts, par crises subites. De trêves péniblement négociées en reprises sauvages des hostilités, la France s'achemine vers la Saint-Barthélemy.

Pour réconcilier catholiques et protestants, Charles IX a une idée géniale : marier sa sœur Marguerite avec le chef du parti protestant, leur cousin Henri de Navarre.

Le mariage a lieu début août 1572, à Paris. Jetez un œil à la célébration : à genoux à côté de son fiancé, Marguerite fait une tête de trois pieds. C'est qu'elle n'a aucune envie d'épouser ce vilain petit homme sale. Alors, quand le prêtre lui pose la question fatidique : « Voulez-vous prendre cet homme pour époux ? », elle ne répond rien. Le silence s'éternise, la foule murmure, et Marguerite refuse toujours de prononcer le « oui » fatidique. Agacé, son frère lui assène un grand coup sur la nuque ! Cette inclinaison de tête suffit au curé pour déclarer Henri et Marguerite unis par les liens du mariage.

La Saint-Barthélemy

Regardez par là : nous sommes quelques jours après le mariage. Le soleil se couche sur ce 23 août 1572. Le peuple parisien va au lit de mauvaise humeur. C'est qu'il a faim, en plus de soif. Et depuis des jours, il est chauffé à blanc contre les protestants par les prêtres catholiques.

La nuit s'écoule, brève et brûlante. Au Louvre, Charles IX veille avec ses conseillers. Les rumeurs sont alarmantes : les principaux chefs protestants sont tous montés à Paris pour assister au mariage de leur capitaine. Ils sont là, dans les murs, avec leurs hommes. La rumeur dit qu'ils ont l'intention de prendre le Louvre d'assaut, de massacrer la famille royale et d'exterminer tous les Parisiens !

À l'aube, Charles IX prend sa décision : il ordonne de faire exécuter les chefs protestants. Enfin, il prend sa décision... On prétend que, harcelé par sa mère, il s'écrie : « Eh bien soit ! Qu'on les tue ! Mais qu'on les tue tous ! Qu'il n'en reste pas un pour me le reprocher après ! » C'est faire porter un lourd chapeau à Catherine de Médicis, championne de la négociation interreligieuse depuis tant d'années. Au fond, personne ne sait vraiment qui décide de lancer le massacre de la Saint-Barthélemy. L'ambiance est à la haine, la mode est à la tuerie, la chaleur fait le reste.

Voilà donc la garde royale chargée de supprimer les chefs protestants. Pendant ce temps, le coq chante et les Parisiens se réveillent d'humeur massacrante. Quand ils voient que le roi fait exécuter les chefs protestants, ils envahissent les rues et commencent à tuer méthodiquement tous les protestants qu'ils rencontrent. Le carnage est effroyable.

Trois mille cadavres, pour la plupart émasculés, sont jetés dans la Seine. Dérivant au gré du courant, ils s'en vont pourrir dans les marais de Chaillot. Jetez un œil à ce tableau : il a été peint par un rescapé du massacre. Il est horrible. Même les enfants participent. On en voit deux qui ont passé une corde autour du cou d'un bébé et qui s'amusent à le traîner derrière eux, dans la poussière.

Charles IX est secoué par l'événement. Il meurt à vingt-quatre ans. La couronne tombe entre les mains du troisième frère : Henri III.

Notez que Charles IX laisse une maîtresse éplorée, Marie Touchet. Celle-ci mettra au monde une des maîtresses du futur Henri IV. On n'en sort pas.

Henri III et la calomnie

Cinglons vers 1580. Nous entrons dans le règne de la calomnie. Que ce soit Henri III ou sa sœur Marguerite, nous sommes en face de deux personnes si couvertes de crachats qu'on ne voit plus grand-chose dessous. Pourquoi ? Parce que la couronne royale est convoitée par la famille Guise.

Les Guise sont cousins des Valois. Ils sont ambitieux. Et malins. Ils savent que, pour ceindre la couronne sans se faire traiter d'usurpateurs, il faut d'abord qu'ils détruisent la réputation des Valois. Les Guise lancent donc une campagne de calomnie contre Henri III et Marguerite.

La calomnie n'est pas une chose rare, dans la famille royale. Ce qui est rare, c'est l'ampleur de cette campagne. Elle est si gigantesque que nous nous en souvenons encore.

Il faut dire que la famille Guise n'est pas seule dans l'affaire. Elle est sponsorisée par l'Espagne. Car l'Espagne ne rate jamais une occasion de nuire à la France, et l'Espagne est très riche. L'or espagnol finance, contre Henri III et Marguerite, des milliers et des milliers de pamphlets insultants. Henri III ? C'est un homosexuel. À l'époque, il n'y a pas pire insulte contre un homme. Marguerite ? Elle a une vie sexuelle. À l'époque, il n'y a pas pire insulte contre une femme. Y a-t-il quelque chose de vrai dans ces ragots ?

Concernant la sexualité d'Henri III, ce qui est certain, c'est qu'il est stérile. Plus exactement : le couple qu'il forme avec sa femme est stérile. Cela dit, il couche avec, car elle fait de nombreuses fausses couches.

Logiquement, on devrait accuser cette reine stérile de tous les maux. Oui, mais voilà : elle est de la famille Guise. Alors la calomnie n'y touche pas. Elle préfère s'en prendre à son mari.

Cela mis à part, je n'ai aucune idée de la façon dont Henri III fornique. On lui prête de nombreuses maîtresses, c'est vrai. Mais on ne lui connaît pas de bâtards.

Les mignons du roi

Ce qui est aussi certain, c'est qu'Henri III est entouré de *mignons*. On dit de ces favoris qu'ils ne servent à rien et coûtent beaucoup au Trésor. Allons voir ensemble à quoi ressemblent ces *mignons*.

Regardez-les : malgré leur surnom, ces hommes n'ont pas grand-chose de charmant. En fait, *mignon* désigne un homme d'armes. Car un roi s'entoure toujours de soldats aguerris. Il leur confie la défense de son royaume et de sa personne. Couche-t-il avec pour autant ? Euh.

Observons plus en détail les mignons d'Henri III : Monsieur d'O, grand argentier, est violent, dur, avare. D'Espinay, grand artilleur, passe sa vie au combat, sous les ordres d'Henri III puis d'Henri IV. Anne de

Joyeuse est un massacreur sans pitié. Quant au duc d'Épernon, il est ingérable. À quatre-vingts ans, sous Louis XIII, il sera définitivement écarté des affaires publiques pour avoir tabassé un cardinal en pleine rue.

Du temps d'Henri III, je ne sais pas si ces braves garçons s'enculent en couronne dans le lit royal. C'est possible. Mais ils n'ont pas été recrutés pour ça. Formés au maniement des armes, agressifs, inabordables, ils constituent la garde rapprochée du roi. En retour, Henri III les couvre de richesses et d'honneurs. C'est le seul moyen de s'assurer de la fidélité de ces types odieux.

Les duels

Quand ils s'ennuient, les mignons se battent en duel. Cette sale manie tue tellement de nobles que tous les rois l'interdisent. Mais comment empêcher que des jeunes gens élevés pour tuer s'entr'égorgent ? En les menaçant de la peine capitale ?

Ressortons les jumelles : ce dimanche, trois mignons d'Henri III affrontent en duel trois mignons de Guise. Il s'agit de Caylus, Maugiron et Livarot contre Balzac, Ribérac et Schomberg.

Caylus, aussi lardé de trous qu'un fond de tarte, agonisera un mois. Maugiron mourra sur le coup. Livarot se remettra, assez mal. Balzac n'aura qu'une égratignure. Ribérac et Schomberg rejoindront Caylus et Maugiron à la bonne auberge des vers à viande. Six duellistes, quatre morts. Car, en ce temps, un duel ne consiste pas à tirer l'épée jusqu'au premier sang tandis que quatre témoins se font des courbettes. Offensé, offenseur, témoins, tout le monde dégaine et se bat à mort !

Il faudra attendre longtemps, jusqu'à la Seconde Guerre mondiale, pour que le duel tombe en désuétude. D'ici là, il coûtera la vie à des milliers d'hommes. Parmi eux, vous pouvez apercevoir le joli visage d'un petit génie de vingt ans, le mathématicien Évariste Galois, et la figure plus rude d'un grand poète russe de trente-sept ans : Pouchkine.

Famille, je vous hais

Henri futur III débute sa carrière politique en remportant quelques batailles contre les protestants. Il se retrouve ensuite roi de Pologne. Mais, le jour où il apprend que le trône de France est devenu vacant, il attend la tombée de la nuit, saute sur son cheval et s'enfuit de Pologne à bride abattue, poursuivi par sa garde polonaise en larmes. De retour à Paris, il monte sur le trône et se marie dans un même élan. Il épouse une femme à son goût, ce qui est exceptionnel pour un roi.

Henri III commence alors un règne pénible. Il est harcelé par les protestants, qui le trouvent trop catholique, par les catholiques, qui le trouvent trop aimable avec les protestants, par ses cousins Guise et par son propre frère, l'épouvantable Hercule. Jetons un œil sur ces empêcheurs de régner en rond. D'abord, la famille Guise.

Le chef de famille s'appelle Henri de Guise, dit *le Balafré*. C'est un descendant de Yolande de Bar. Vous souvenez-vous d'elle ? Nous l'avons vue enterrant ses enfants à mesure que Jean d'Aragon les lui faisait.

Rien qu'à voir le portrait du Balafré, vous comprenez qu'il a aussi du sang royal dans les veines. Et en effet, il descend de François Ier par sa mère, et par le nez.

Le Balafré convoite la couronne, mais il n'est pas premier dans l'ordre de succession. Alors il décide de forcer un peu le destin. Pour commencer, il prend la tête de la Sainte Ligue. C'est un organisme ultra-catholique financé par l'Espagne qui lui fournit beaucoup d'argent et une légitimité.

Officiellement, la Sainte Ligue a pour but la destruction du protestantisme. Officieusement, elle a pour objectif de refermer sur la France la tenaille Habsbourg, crac ! Le Balafré, lui, a l'intention de se servir des Espagnols pour monter sur le trône, et de se débarrasser d'eux ensuite. Chacun utilise l'autre en rêvant de le trahir à la fin, comme toujours. Et comme souvent, les deux échoueront.

Frères ennemis

Outre l'encombrant cousin Guise, Henri III doit supporter son dernier frère vivant. Ce frère a été baptisé Hercule. Hélas, Hercule est grand comme une chaise. De plus, la variole lui a dévoré le visage. Et pour finir, il y a ce nez, bien sûr. Le tout fait d'Hercule « l'un des plus laids hommes qui se voyaient ». Il échange donc son encombrant prénom contre celui de François. Ceci fait, il part en guerre contre son frère Henri III, évidemment dans le but de lui prendre la couronne. Mais la tuberculose le rattrape avant ses trente ans.

En apprenant sa mort, Henri III soupire-t-il de soulagement ? Il aurait tort. Car Hercule-François n'a pas réussi à fabriquer un fils, pas plus que ses frères. Voilà la couronne de France promise au plus proche cousin, pour peu qu'Henri III vienne à mourir. Difficile de garder la santé dans ces conditions.

Sentant l'écurie, le Balafré chasse Henri III de Paris. Il s'installe à sa place et pose ses conditions : « Désigne-moi comme ton héritier et je te rends ta capitale. » Mielleux, Henri III semble se soumettre. Il invite le Balafré à Blois, pour le petit déjeuner.

Regardez-le, le beau Guise : immense, splendide, un drageoir à la main et un mouchoir dans l'autre, celui qu'on appelle le *Roi de Paris* se rend à l'invitation du roi Henri, signe qu'il est probablement un peu bête.

Breakfast à Blois

Faisons une petite escale au château de Blois. Il est sept heures du matin, en ce 23 décembre 1588. Avez-vous votre cache-nez ? Il fait froid, n'est-ce pas ? Et nuit noire. Regardez cette fenêtre allumée : c'est celle de la chambre du roi. Oui, il y a mille mouvements furtifs dans l'ombre. Chut ! Voilà une escorte qui arrive au trot dans la cour. C'est Guise ! Il saute à bas de son cheval, arrange son manteau sur son bras et monte les escaliers d'un pas vif. Souriant, sûr de la victoire, il entre dans la chambre d'Henri III. Les hommes du roi lui sautent dessus ! Ils se mettent à douze pour le poignarder. Le Balafré lutte courageusement avant de s'écrouler, vidé de son sang.

On dit que, une fois le crime accompli, Henri III touche le cadavre du bout du pied et dit songeusement : « Il paraît encore plus grand mort que vivant. »

Ce meurtre déchaîne les passions. Pour échapper à la vengeance de la Sainte Ligue, Henri III cherche des alliés. Il se réconcilie avec le protestant Henri de Navarre, l'époux de sa sœur Marguerite. Il le reconnaît même comme héritier officiel.

Leurs efforts conjugués vont ramener la France dans le giron royal. À l'exception de Paris, car la capitale reste « furieusement ligueuse », comme on dit. C'est-à-dire fidèle à la Sainte Ligue, ultra-catholique et défendue (ou occupée, selon les opinions) par les Espagnols.

Les deux Henri mettent le siège devant Paris. Un seul des deux y entrera vivant. Nous pouvons remonter l'ancre.

Chaise percée

Tournez votre lunette par là. En ce matin d'août 1589, Henri III est sur sa chaise percée. Tout en se soulageant, il reçoit courtisans et quémandeurs. C'est l'habitude. Un roi n'a pas de vie privée. Tout simplement parce qu'il ne doit y avoir aucun doute sur sa personne, aucun soupçon de substitution. Par conséquent, le roi et sa famille naissent en public, forniquent en public, accouchent en public, mangent en public, ont la colique en public, souffrent et meurent en public.

Dans le public qui entoure Henri III ce matin-là, un moine fou s'est glissé. Il s'appelle Jacques Clément. Il s'approche en marmonnant des prières. Soudain, il dégaine un couteau et poignarde Henri III au bas-ventre !

Henri III agonise longuement, comme son père. Regardez ce massacre : on lui fait une saignée qui n'aide pas. Puis on lui fait un lavement qui aggrave tout. L'eau mélangée aux excréments se déverse dans son abdomen. Avec lui s'éteint la lignée Valois.

L'épouse d'Henri III finira ses jours dans une chambre noire décorée de larmes d'argent. Vous pouvez encore admirer, à Chenonceau, son appartement de veuve éplorée.

Si vous voulez voir la tombe de cette pauvre femme, allez à Paris, rue de la Paix. Plantez-vous devant l'hôtel Westminster. C'est là. Sous vos pieds.

Jacques Clément, lui, est poignardé par les gardes royaux, puis jeté par la fenêtre. On s'acharne sur son cadavre, qui est écartelé et brûlé.

Il paraît que le pape envisage un temps de le canoniser.

1590, Henri futur IV

Nous passons au large de 1590. Voilà Henri de Navarre, le premier roi Bourbon. Cette lignée capétienne sera la dernière à accéder au trône. Enfin, à une ou deux broutilles près. Notez que je viens de traiter les deux Napoléon de broutilles.

Regardons un peu le nouveau venu. Henri futur IV n'est pas, comme Henri III, un homme de luxe et d'hygiène, élégant et lettré. Il a été élevé à la dure, et cousu dans son armure dès l'âge de seize ans. Dans l'âme, c'est un soldat. Au physique, c'est un petit homme sale qui sent l'ail. Et évidemment, il y a toujours ce nez.

Jetons un œil sur sa mère, la sévère Jeanne d'Albret. À une époque, les hasards de la vie l'envoient cohabiter avec Catherine de Médicis. Il semble que les deux femmes s'entendent très mal et Jeanne s'en plaint sans détour. C'est ainsi que j'ai appris la jolie expression « se faire traiter à la fourche » : « La reine mère me traite à la fourche », etc.

À dix-neuf ans, à l'occasion de son mariage avec la princesse Marguerite, Henri de Navarre est lui aussi traité à la fourche : il assiste à la Saint-Barthélemy. Tous ses amis, tous ses proches sont égorgés sous ses yeux. Seul son sang royal le sauve. Car il descend directement de saint Louis, et un bon catholique ne répand pas le sang de saint Louis sur le dallage du Louvre.

Nota bene : « Descendre directement de saint Louis » signifie « descendre de saint Louis par les hommes ». Très exactement par le dernier de ses fils, Robert (dit le Fou), lequel engendra Louis (dit le Boiteux), *et caetera* sur sept générations.

Plaignez le jeune Henri de Navarre. Il est tout seul au côté d'une femme qui ne l'aime pas, au milieu d'une Cour royale qui le hait. On lui ordonne de se convertir au catholicisme : il obéit. Ce n'est pas la première fois qu'il change de religion. Ce doit être la quatrième. Et ce ne sera pas la dernière.

On lui ordonne de résider désormais au Louvre : il désobéit. Pourtant sa belle maîtresse, madame de Sauve, ne ménage pas ses efforts pour le retenir à Paris. C'est son métier. Catherine de Médicis entretient tout un escadron de jolies filles qui sert à ce genre de manœuvres. Mais peine perdue : Henri de Navarre s'arrache des doux bras de Sauve et rejoint ses troupes protestantes dans le sud de la France.

Reconversion.

La future reine Marguerite

Marguerite doit rejoindre Henri IV dans le Sud. C'est ce que ferait toute bonne épouse. Mais Marguerite, que nous connaissons mieux sous le surnom de *reine Margot*, ne maîtrise pas bien ce concept. Regardez-la qui temporise : elle met trois ans à prendre la route. Sept ans de vie commune plus tard, Margot et Henri de Navarre n'ont toujours pas d'enfants.

Séparation.

Pendant tout ce temps, Henri de Navarre se bat contre les troupes catholiques menées par Mayenne, le frère du Balafré. Il a, sur son gros adversaire Mayenne, l'avantage de ne pas « s'apparesser » interminablement sur ses maîtresses. La rapidité au lit a des avantages.

Elle a aussi des inconvénients. Tallemant des Réaux, la langue de vipère du moment, prétend qu'Henri de Navarre est un amant médiocre, « aussi étoit-il toujours cocu ».

Expédient

La mort d'Henri III livre la couronne à Henri de Navarre. Hélas, c'est la couronne d'un pays à feu et à sang dont la capitale l'exècre. Pragmatique, Henri de Navarre se convertit une fois de plus. Cette conversion porte le joli nom d'« expédient », oui.

Grâce à elle, Henri décroche à la fois Paris et la paix. A-t-il dit, à l'occasion, le fameux : « Paris vaut bien une messe » ? Sûrement pas. Mais il l'a sûrement pensé très fort.

Voyez ce petit homme qui gigote ! C'est le nouveau roi de France. Henri IV parle beaucoup, promet énormément, négocie sans cesse et gagne les batailles qu'il livre. Il évite les exactions et les vexations idiotes, verse l'argent qu'il n'a pas et fait merveille. À la fin du siècle, il signe la paix avec l'Espagne et l'édit de Nantes, qui autorise la liberté de culte. Le calme revient entre catholiques et protestants.

Ouf.

La légende du bon roy Henry

Interrogez un peu les autres passagers. Si vous leur dites « Henri IV », ils vous répondront « bon roy Henry », « poule au pot tous les dimanches pour tous les paysans », « père aimant qui joue avec ses enfants ». C'est de la pure propagande. Elle sera inventée quand la France cherchera à réhabiliter ses rois. Henri IV sera alors choisi, faute de mieux, au milieu d'une galerie de souverains tous plus haïs les uns que les autres, pour jouer le rôle du « gentil roy ».

La réalité est que, de son vivant, Henri IV slalome entre les crachats des catholiques, les invectives des protestants et les tentatives de meurtre. Il n'empêche que, sous son règne, la France se remet des guerres de religion.

Soulevons un autre coin du voile de la légende : voici le brave Sully, Premier ministre célèbre, ami du peuple et du travail. « Labourage et pâturage sont les deux mamelles de la France », c'est de lui. Eh bien, ce ministre exemplaire est tellement corrompu qu'un jour, le voyant saoul, Henri IV lâche : « Ce sont tous ses pots de vin qui lui sont montés à la tête. »

Soulevons encore un coin de voile, sur une scène familiale cette fois. Oui, Henri aime son fils Louis. Il s'occupe de son éducation. Mais il le fait aussi battre comme un tapis. Il le fait même tellement fouetter que le pauvre gosse développe un amour un peu gênant pour son fouet. À l'époque, l'instrument est nommé « verge », ça ne s'invente pas. Voyez le petit Louis : il embrasse ses verges avec un enthousiasme affligeant.

Le règne du bon roy Henry est plein de contrastes.

Les maîtresses du bon roi Henry

Si vous dites « Henri IV », les autres passagers vous répondront aussi « maîtresses innombrables ». Et là, ils auront raison.

C'est un métier qui demande du courage, car le roi « puoit comme charogne ». Il pue au point d'écœurer les plus acharnées. Même la très ambitieuse Gabrielle d'Estrées fait un malaise.

Elle s'en remet, et fournit trois enfants au roi. Le roi promet de l'épouser dès qu'il aura divorcé. Cette promesse donne des vapeurs à toute la famille royale, car la belle n'est pas de haute naissance. D'ailleurs, sitôt le divorce en vue, Gabrielle meurt avec grâce. Éclampsie, poison ? En tout cas, nous pouvons voir que le cadavre est vilainement défiguré.

Mais de quel divorce parle-t-on ? De celui d'Henri IV et de Margot. Très mal commencé, leur mariage continue sur les mêmes rails.

La reine Margot

Est-ce un signe des temps ? Cette reine stérile échappera à la mort. Mais pas à la calomnie. Couche-t-elle autant qu'on le dit ? Se fait-elle dépuceler par son frère Henri III ? Fornique-t-elle avec tous ses frères ? Garde-t-elle, au fond des poches de son vertugadin, les cœurs momifiés de ses amants dans de petits coffrets d'argent ? Se vante-t-elle vraiment de ne jamais se laver ? Pousse-t-elle des cris de souffrance quand elle reste plus de deux jours sans « aller au déduit » ? Ma foi, je ne peux pas vous le dire : je n'y étais pas. La seule chose certaine, une fois de plus, c'est qu'elle aussi a hérité de ce nez.

Voyons d'un peu plus près les amours de Margot.

Il est possible qu'elle ait, avant son mariage, une relation amoureuse avec le Balafré. Ce qui entraîne, comment dire ? Un refroidissement de ses relations avec sa mère. Si vous voulez voir la scène, regardez à travers les murs du Louvre : au beau milieu du palais, Catherine de Médicis est en train de flanquer à sa fille une fessée mémorable accompagnée de jurons italiens.

Il est possible que Margot ait, après son mariage, une relation amoureuse avec La Môle. C'est un gentilhomme qui complote contre le roi. Comment ? En torturant une poupée de cire avec une poignée d'aiguilles. La Môle a la tête tranchée, ce qui fait cher de la poupée.

La vérité est qu'il existe un vrai complot, beaucoup plus sérieux, mais que le chef de ce complot est le vilain Hercule-François. Et il n'est pas question de traduire le frère du roi devant un tribunal. Alors on s'en prend aux lampistes, comme d'habitude.

Il est à peu près certain que Margot devient, après que son mari a fui le Louvre, la maîtresse de Bussy d'Amboise.

Regardez-le : au physique, Bussy d'Amboise est un bel homme. Mais au moral, c'est un homme qui profite de la Saint-Barthélemy pour assassiner un de ses cousins afin d'hériter de son château.

La future reine Margot couvre le beau Bussy de cadeaux voyants. Ce qui n'empêche pas le beau Bussy de devenir l'amant d'une autre femme : la dame de Montsoreau. Il s'en vante dans une lettre à Henri III. Farceur, Henri III remet la lettre à monsieur de Montsoreau. Celui-ci tend une embuscade à Bussy et l'assassine sauvagement. Et ensuite ? Ensuite, il reprend auprès de son épouse une existence paisible et mène une belle carrière. À l'époque, le crime ne coûte pas cher.

Quand, contrainte et forcée, Margot rejoint son mari dans le Sud, elle y organise une Cour aussi joyeuse que lettrée. Car Margot est intelligente et instruite. Elle s'entend bien avec Montaigne et les autres intellectuels du cru.

Au sein de cette Cour, on prête bien sûr à Margot un nombre considérable de liaisons. Si vous lisez ses Mémoires, vous trouverez difficile de savoir si elle aime l'union des corps, ou si elle préfère celle des esprits.

Margot et Henri de Navarre s'entendent assez bien, du moins au début. Mais, année après année, la stérilité de son épouse finit par peser à Henri. Alors il multiplie les maîtresses. Celles-ci prendraient bien la place de Margot et le font savoir. L'ambiance devient si étouffante que Margot remonte à Paris. Mais, là non plus, on ne lui fait pas bon accueil : sa propre mère remarierait volontiers Henri de Navarre avec quelqu'un d'autre. Ah, si sa fille avait la bonne idée de trépasser !

Chassée, pourchassée puis emprisonnée, Margot est menacée à la fois par sa mère et son époux. Ils la verraient volontiers morte. Ils le pensent, ils le disent, et ils l'écrivent. Le problème est aussi limpide que la solution : en s'obstinant à vivre, Margot risque de plonger la France dans une crise dynastique. Au fond de sa geôle, Margot boit jusqu'à la lie le vin amer des épouses stériles.

Divorce

Une fois couronné, Henri IV se radoucit vis-à-vis de la reine Margot. Il obtient le divorce pour cousinage. Sans attendre, il épouse une femme laide et acariâtre, mais fortunée et féconde. Elle se nomme Marie de Médicis.

Nous venons de voir défiler de bien vilaines figures ! Alors attardons-nous une seconde, pour le plaisir, sur un beau visage abritant une âme fidèle. Je vous présente Corisande, de son vrai nom Diane d'Andouins, comtesse de Guiche. Elle est étrangement belle, et très riche. Elle engage sa fortune pour aider son amant Henri de Navarre à accéder au trône. Il lui signe une promesse de mariage avec son propre sang. Mais, le jour où il décroche la couronne, il range la belle Corisande dans le placard des inutiles. Elle mourra ruinée.

Revenons à Margot. Le divorce lui permet de sortir de sa geôle, où elle a pris quarante kilos. Elle se réconcilie avec Henri IV, s'entend à merveille avec sa nouvelle épouse et câline leur petit Louis futur XIII.

Elle s'installe à Paris et organise, au bord de la Seine, la dernière Cour Valois, lettrée et galante. Elle apprend aussi la dévotion avec Vincent de Paul, le futur saint.

Elle décède de façon *a priori* naturelle, à soixante-deux ans. Elle s'en sort bien.

Portraits croisés

Juste pour le plaisir, écoutons Brantôme parler de la reine Margot. Quand ce galant chroniqueur la rencontre, Margot a vingt ans, des cheveux blonds bouclés, un grand front, le teint blanc, la bouche rose, la taille fine et beaucoup de perles autour du cou. Brantôme en tombe fou amoureux :

« Pour parler de la beauté de cette rare princesse, je crois que toutes celles qui sont, qui seront, ou jamais ont été, près de la sienne sont laides… son beau visage si bien formé… ses yeux si transparents et agréables… on la prendra toujours pour une déesse du ciel, encore croit-on que jamais déesse ne fut vue plus belle… non, je ne veux plus rien voir après telle beauté », il y en a des pages.

Maintenant, passons cinquante ans. Écoutons Tallemant des Réaux, un autre écrivain.

« La reine Marguerite était belle en sa jeunesse, hors qu'elle avait les joues un peu pendantes. […] Elle portait un grand vertugadin, qui avait des pochettes tout autour, en chacune desquelles elle mettait une boîte où était le cœur d'un de ses amants trépassés, car elle était soigneuse, à mesure qu'ils mouraient, d'en faire embaumer le cœur. […] Elle devint horriblement grosse, […] chauve de bonne heure, […] elle faisait mettre du fer blanc aux deux côtés de son corps pour élargir sa carrure. Il y avait bien des portes où elle ne pouvait passer. » Le ton, vous voyez, est moins fervent. Mais il est plus réaliste.

Tallemant des Réaux réussit à faire revivre Marguerite à travers quelques anecdotes. Avec lui, regardons cette jolie princesse dans la fleur de sa jeunesse.

Elle est harcelée par un de ses soupirants. Décidée à s'en débarrasser, elle lui demande :

— Que feriez-vous pour me témoigner votre amour ?

— Il n'y a rien que je ne fisse, répond-il bêtement.

— Prendriez-vous du poison ?

— Oui, pourvu que vous me permettiez d'expirer à vos pieds.

Alors Margot offre au pauvre garçon un flacon qu'il vide avec enthousiasme. Puis elle l'enferme dans un petit bureau en lui promettant de revenir assister à son agonie. Bien sûr, le flacon ne contenait pas un poison mais un laxatif. « Quand on vint lui ouvrir, personne ne pouvait durer autour de lui. » Je suppose qu'après ça, le soupirant est allé soupirer ailleurs.

Je soupçonne fortement les *Historiettes* de Tallemant des Réaux de n'être qu'un ramassis de ragots infâmes, mais tant pis. Au moins, on y respire l'esprit du temps. Il sent fort.

La reine Marie

Nous voilà passant à toutes voiles à hauteur de l'an 1600. Henri IV s'est remarié avec Marie de Médicis. Tournez vos jumelles en direction du Louvre et regardez la galerie Médicis. Ce sont vingt-quatre toiles gigantesques peintes par Rubens qui illustrent les différentes étapes de la vie de Marie de Médicis.

Ces tableaux sont à hurler de rire. Dans un fouillis de nuages et de draperies, l'énorme Marie reçoit l'enseignement de trois monstrueuses Grâces. Ensuite, elle débarque en France dans un vaisseau porté par des sirènes qui flottent comme des icebergs. On la voit caracoler sur un percheron aussi large qu'une locomotive, et triompher de tous ses ennemis dans un déluge de seins, de plis et de bedaines. Même les angelots ont de la cellulite.

Dans la réalité, la reine Marie n'est pas belle. Elle n'est pas aimable non plus. À sa décharge, elle se retrouve mariée avec un homme de vingt-deux ans son aîné, et qui pue. Quand elle « coucha avec lui pour la première fois, quelque bien garnie qu'elle fût d'essences de son pays, elle ne laissa pas que d'en être terriblement parfumée », nous dit Tallemant des Réaux.

Entre Henri IV et Marie, les scènes de ménage se succèdent. Elles sont terriblement bruyantes. Car Marie n'a pas le sens de la mesure. Elle est si fière de son rang qu'aucune insulte ne lui semble indigne quand c'est elle qui la hurle. Et puis, elle n'a aucune raison de bien se tenir : son seul devoir est d'engendrer et, dans ce domaine, elle excelle. En dix ans, elle fait trois fils. Le royaume attendait ça depuis quarante ans.

Le premier de ces fils sera Louis XIII. Le deuxième mourra jeune. Et le troisième, Gaston, fera tourner son aîné en bourrique. De révolte en chantage et de complot en rébellion, Gaston fera atrocement suer Louis XIII, si atrocement qu'on peut dire que tout le règne de son fils, Louis XIV, portera la trace de ce traumatisme.

Si Louis XIV construit Versailles, s'il y enferme la noblesse, s'il s'acharne à transformer cette horde de guerriers richissimes en ivrognes ruinés, c'est pour ne jamais, *jamais* avoir à vivre ce que son père a enduré avec Gaston.

Et si on considère que la décadence de la noblesse ouvre en grand les portes du pouvoir à la République, alors peut-être Marianne devrait-elle élever une statue à cet ahuri de Gaston ? Car Gaston n'a pas grand-chose dans la tête. Mais nous filons un peu vite sous le vent. Revenons à Henri IV et à Marie.

1610, les grognes d'Henri

Marie aimerait bien être couronnée reine de France. Henri IV fait traîner la chose dix ans, ce qui ne doit pas arranger l'ambiance conjugale. Le lendemain de ce couronnement tant attendu, Henri IV monte dans son carrosse pour aller voir Sully.

Regardez le roi : il a l'air grognon. Car il est amoureux, et la belle, qui a quinze ans et se nomme Charlotte, vient de lui filer entre les doigts.

Pourtant, l'histoire semblait bien engagée : comme c'est l'usage, avant de coucher avec Charlotte, Henri IV l'a mariée. Il lui a choisi pour mari un homosexuel de haute naissance, le prince de Condé. Dit « le petit Condé ».

Le petit Condé est malingre, mal dans sa peau et, surtout, soupçonné de ne pas être prince du tout. Sa mère, accusée d'avoir empoisonné son mari, le prince de Condé, au profit de son amant (un valet) a accouché de lui en prison. Et la meilleure preuve que le petit Condé n'est pas de sang royal, c'est qu'il a échappé à ce nez.

Affligé de tant de tares, le petit Condé aurait dû faire un mari complaisant. Mais, dès le lendemain de son mariage avec Charlotte, il s'est transformé en dragon de vertu ! Et il a fui au-delà des frontières avec son épouse. Henri IV est tout contrarié.

Pour la petite histoire, sachez que Condé trouvera le courage de coucher avec Charlotte au moins deux fois, engendrant la plus belle femme et le plus grand soldat du XVIIe siècle : madame de Longueville et le Grand Condé.

Ravaillac

Observez Henri IV dans son carrosse. Nous sommes au mois de mai 1610. Soyez attentifs, car tout va aller très vite.

Henri IV soupire tandis que sa voiture s'empêtre dans les embouteillages de la rue de la Ferronnerie. Son escorte s'éloigne pour régler la circulation. Un grand gars roux complètement siphonné, François Ravaillac, en profite pour sauter sur le marchepied du carrosse. Dans le même mouvement, il se penche par la fenêtre et poignarde Henri IV.

Tandis qu'on lui porte les premiers secours, Henri IV murmure : « Ce n'est rien. » En effet, ce n'est rien que sa dix-huitième tentative d'assassinat. Mais c'est la bonne. La carotide est tranchée. Henri IV échappe à l'agonie interminable de ses prédécesseurs.

Ravaillac, par contre, n'a pas cette chance. Quand son supplice commence, il est parfaitement vivant. Il est « tenaillé aux mamelles, bras, cuisses et gras des jambes », on lui jette dessus « du plomb fondu, de l'huile bouillante, de la poix raisine brûlante, de la cire et du soufre fondus ensemble ». Ceci fait, son corps est « tiré et démembré à quatre chevaux, ses membres et corps consommés au feu, réduits en cendres, jetés au vent. » La maison où il est né est démolie, son père et sa mère doivent quitter le royaume « avec défense d'y revenir jamais, à peine d'être pendus et étranglés ». Interdiction pour « ses frères, sœurs, oncles et autres, porter ci-après ledit nom de Ravaillac ». Encore aujourd'hui, si vous cherchez une famille Ravaillac en France, vous aurez du mal à la trouver. Et si vous passez par la rue de la Ferronnerie, à Paris, vous verrez une plaque qui rappelle le meurtre.

En 1793, Henri IV est retrouvé dans le caveau des Bourbons « bien conservé, et les traits du visage parfaitement reconnoissables ». « Chacun a eu la liberté de le voir » puisque son cadavre est exposé debout, le dos calé contre un mur. Il paraît même qu'un petit farceur lui arrache la moustache.

Les Concini

1610. Voilà Marie veuve. Je ne sais pas si elle éprouve du chagrin. Son fils aîné, Louis, neuf ans, est effondré.

Marie devient régente. Elle évite une guerre avec l'Espagne en mariant son fils Louis à une infante espagnole. Pendant ce temps, les Grands du royaume se rebellent un peu afin de contraindre Marie à racheter leur fidélité à prix d'or. C'est presque une tradition funéraire.

Marie a gardé auprès d'elle des amis de son Italie natale. On compte parmi eux sa sœur de lait, Léonora Galigaï. Elle est mariée à un nommé Concino Concini.

Oh, n'essayez pas d'apercevoir le visage de Léonora Galigaï au bout de vos jumelles : elle porte en permanence un voile sur le visage. Car la Galigaï est très, très laide. Elle est aussi très, très rapace. Embusquée chez elle, elle y entasse les pots de vin. Son mari, lui, porte beau et sort beaucoup.

Quand Marie arrive au pouvoir, les honneurs déferlent sur Concini. Il est Premier ministre de fait.

Il s'acquitte de sa tâche sans génie, mais peut-être pas aussi mal qu'on le prétend. Couche-t-il avec Marie ? Probablement pas. Celle-ci ne montre pas beaucoup de goût pour la bagatelle. Fait-il croire qu'il couche avec Marie ? Va-t-il jusqu'à refermer ostensiblement sa braguette quand il sort de chez la reine ? On le dit.

Léonora et Concini sont haïs par les nobles français puisqu'ils ne sont ni l'un, ni l'autre. Leur plus grande bévue est de se faire haïr aussi par le futur Louis XIII.

Celui-ci attend impatiemment de grandir. Une fois parvenu à l'âge de seize ans, il fait assassiner Concini à l'entrée du Louvre. Regardez cette exécution ! Comme le Balafré, Concini est lardé de coups par une horde de gens d'armes qui ne lui laissent pas l'ombre d'une chance.

Le corps de Concini est réduit en morceaux par une foule hilare. Son épouse Léonora est jetée au feu, et Marie est emprisonnée. Louis XIII peut enfin régner. Le seul conseiller maternel qu'il garde auprès de lui est un petit évêque obscur : Richelieu.

La fin de Marie

Marie est une grande frustrée du pouvoir. Tout le reste de sa vie, elle complotera contre son fils. Chassée de la Cour, rappelée à la Cour, chassée à nouveau, elle finit par quitter la France avec fracas et jurons. Mal lui en prend : cet acte de trahison lui coûte sa pension royale. Elle termine sa vie en exil, sans gloire et sans argent, pourrissant de gangrène dans la maison de son ami Rubens. Au jour de sa mort, elle n'a pas revu son fils depuis douze ans.

On lui doit quand même le château du Luxembourg à Paris, avec son jardin.

Escale

Jetons l'ancre devant le château du Luxembourg, le temps d'un petit aparté.

En l'an Mil, sur l'emplacement actuel du château du Luxembourg, Robert le Pieux fait construire le château de Vauvert. Quand Robert meurt, cette charmante demeure construite dans un beau vignoble tombe en ruine. Cette ruine tombe elle-même aux mains de bandits. Ces bandits sont particulièrement bruyants et gênent les voisins. Certains disent que ce ne sont pas des bandits, mais des étudiants de la montagne Sainte-Geneviève. D'autres disent que c'est le Diable lui-même ! Le Diable a emménagé à Vauvert et y mène grand tapage.

De là vient l'expression du « diable Vauvert ». La prochaine fois que quelqu'un vous enverra au diable Vauvert, vous saurez où aller. Au jardin du Luxembourg.

Aparté dans l'aparté : des esprits méfiants prétendent que le diable n'est pour rien dans tout ce tapage. Simplement, la vigne de Vauvert est tentante. Alors, pendant la nuit, une bande de moines vient y pousser des cris horribles. Terrorisés, les voisins se plaignent au roi. Fort à propos, les moines proposent au roi d'exorciser la vigne. Comme leur exorcisme semble efficace, le roi leur offre le terrain. Les moines

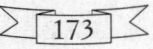

restent propriétaires de la vigne jusqu'à la Révolution. Ils en tirent une eau-de-vie réputée.

Des deux versions, je ne sais laquelle croire.

Ce qui est vrai, c'est que les châteaux en ruine seront le repaire de bandits jusqu'à ce que Richelieu y mette bon ordre. Il les démantèle tous. Démanteler, c'est comme raser, mais à peu près à hauteur d'homme. Je crois qu'on appelle ça la *hauteur d'infamie*. L'important est que le bâtiment devienne inhabitable. Ce sera le sort de Château-Gaillard, la geôle de Marguerite de Bourgogne.

Attendez cinq minutes avant de lever l'ancre ! Je veux saluer au passage les étudiants de Sainte-Geneviève.

Il n'est pas étonnant qu'on les accuse de mener grand tapage au diable Vauvert : les étudiants sont bruyants, surtout ceux du Moyen Âge, et plus particulièrement les étudiants itinérants qu'on nomme *goliards*. Ceux-ci composent des chansons à boire, volontiers blasphématoires, qu'ils braillent à pleine gueule ! De plus, ils se tiennent très mal à l'église. Regardez-les, là-bas : ils « dansent dans le chœur habillés comme des femmes », « mangent du boudin noir sur l'autel », « jouent aux dés sur l'autel » et l'« encensent avec de la fumée puante provenant de semelles de vieilles chaussures ». Entendez-vous ce qu'ils chantent ? C'est le *Carmina Burana* : « Ô Fortune, changeante comme la lune, j'offre mon dos nu à ta cruauté. »

1620, Louis XIII

Nous sommes à hauteur de 1620. Reprenons notre navigation le long des côtes sur lesquelles règne Louis XIII.

Nous savons tout de la santé de Louis XIII, grâce au journal scrupuleux que rédige son médecin. Nous savons ce qu'il mange (trop), nous savons combien de fois il honore son épouse (pas assez). Mais savoir ce qui se passe vraiment dans la tête de ce garçon…

C'est un bambin renfermé que sa mère n'aime pas. Lui, il aime son père qui meurt, il aime son frère qui meurt : il devient triste et le restera.

Soucieux d'imiter son père, Louis XIII copie son mépris du luxe et son odeur. Mais, hélas, il oublie sa jovialité. Peu instruit, Louis XIII est avant tout un chasseur. C'est aussi un musicien.

Pour ses quatorze ans, sa mère lui met une épouse entre les mains. Cette jeune fille a un gros défaut : c'est une Espagnole comme son nom, Anne d'Autriche, ne l'indique pas. Et Louis XIII déteste les Espagnols, qui ont tant combattu son père. Qu'à cela ne tienne ! Soucieuse de la paix entre les deux nations, Marie de Médicis insiste pour que les époux consomment leur mariage immédiatement.

Évidemment, si vous enfermez dans une chambre deux adolescents qui ne se connaissent pas et qui n'y connaissent rien, et que vous leur donnez l'ordre de « faire leur devoir », que voulez-vous qu'il arrive ? La nuit de noces est un échec. Louis mettra quatre ans à dépuceler Anne. Il faudra que son meilleur ami, Luynes, l'entraîne de force dans la chambre conjugale.

Cette deuxième nuit se passe mieux. Et Louis XIII prend goût à la chose.

Premiers pas en politique

Politiquement, Louis XIII tâtonne à la recherche d'un ministre compétent, jusqu'au moment où il ouvre les yeux : Richelieu est là, en face de lui. Ce petit évêque est avide de prendre les affaires du royaume en main, comme tout le monde. Mais il est capable de le faire comme personne.

Car non seulement Richelieu est intelligent, mais c'est un monstre de travail. Sur ce point, Richelieu et Louis XIII se ressemblent. Ils dorment peu, ne rient pas et travaillent comme des bêtes. Leur alliance, malgré tous les efforts de toute la noblesse, ne faiblira jamais. Richelieu sait comment prendre ce roi humilié. De son côté, Louis XIII sait reconnaître l'intelligence rare de son ministre.

Pour commencer son règne, Louis XIII confirme la liberté de culte de l'édit de Nantes. Puis il écrase les protestants rebelles. Ensuite, il tente de maîtriser les nobles à l'intérieur de son royaume et les Habsbourg à l'extérieur. Son règne ne suffira pas à de si lourdes tâches.

Les rats de La Rochelle

L'épisode le plus célèbre de la lutte entre Louis XIII et les protestants reste le siège de La Rochelle. Il dure un an. C'est long, quand on a faim.

Jetons l'ancre dans le golfe de Gascogne et observons ce triste spectacle : dans la ville protestante assiégée, les habitants mangent du chat, du rat et la semelle de leurs souliers. Ils expulsent les bouches inutiles, c'est-à-dire les femmes, les enfants et les vieillards. Ces malheureux restent coincés entre les murailles de la ville qui ne veut plus d'eux, et l'armée royale qui n'en veut pas non plus. Les soldats leur tirent dessus. Ceux qui ne finissent pas une balle dans la tête meurent de verte faim dans la gadoue. Pourquoi « verte faim » ? Parce qu'il paraît que, quand on ne mange pas, on devient tout vert.

À l'intérieur de La Rochelle, le gouverneur poste des gardes à l'entrée des cimetières pour empêcher les vivants d'aller manger les morts. Un habitant tire son propre sang et le fait cuire pour nourrir son fils. Quand la ville se rend, elle a perdu quatre-vingts pour cent de sa population.

Voilà les protestants vaincus. Restent les nobles du royaume, qui s'obstinent à se battre en duel.

Les duels sont toujours interdits. Mais, en règle générale, les duellistes pris sur le fait sont amnistiés. Soudain, comme une bombe éclate, la nouvelle tombe : Louis XIII vient de condamner à mort un duelliste de haute graisse.

Montmorency en Grève

Ce duelliste de vingt-sept ans est un Montmorency, c'est-à-dire un rejeton d'une des plus anciennes familles de France. La légende le fait descendre du premier soldat baptisé après Clovis par saint Rémi. La réalité le fait descendre d'un certain Bouchard.

Regardez l'affreux Bouchard : embusqué sur l'île Saint-Denis, il rançonne les barques qui passent. C'est ce qu'on appelle un grand seigneur en l'an Mil. Le roi de l'époque, Robert le Pieux, lui offre le domaine de Montmorency pour le déloger de l'île Saint-Denis. Vous venez d'assister à la naissance d'une famille noble.

Le lointain descendant de Bouchard a la tête coupée en place de Grève sur ordre de Louis XIII. Si vous voulez voir l'endroit où il a laissé la vie, il vous suffit d'aller sur le parvis de l'hôtel de ville de Paris. C'est l'ancienne place de Grève. Elle tient son nom du fait qu'elle a longtemps été, eh bien, une grève. Une plage. Et un marché aux emplois. « Faire grève » consistait à se rendre sur cette plage pour chercher du travail.

On vient aussi sur la place de Grève pour admirer d'inventives exécutions. C'est là que Ravaillac est écartelé, là que la guillotine est montée pour la première fois. Pendant longtemps, un gibet et un pilori veillent nuit et jour sur la place de Grève. Ils sont souvent occupés.

Monsieur Saint-Vallier, le père de Diane de Poitiers, est condamné à être exécuté en place de Grève. Coup de chance : il est gracié au pied du gibet par François Ier. Hélas, en apprenant la nouvelle, il attrape un coup de chaud dont il ne se remettra jamais. La « fièvre de Saint-Vallier » désignera longtemps la terreur qui accable les condamnés à mort.

Aujourd'hui, en place de Grève, on fait du patin à glace l'hiver, et du patin à roulettes l'été.

Pilori

Puisque je vous parle de pilori, il faut que je vous en montre un. Tenez : c'est une planche trouée de façon à retenir les deux mains et la tête d'un condamné. Le pauvre gars est exposé à la vindicte publique pendant quelques heures, ou quelques jours. Notez que le pilori s'appelle aussi Échelle. S'il y a une rue de l'Échelle près de chez vous, vous savez maintenant ce qui s'y trouvait autrefois.

La danse des têtes

Mais revenons à l'exécution du malheureux Montmorency. La sévérité de Louis XIII n'a pas du tout plu aux nobles, bien sûr. Alors ils commencent à comploter contre lui.

Les deux plus grands comploteurs sont la mère du roi, Marie, et son propre frère, Gaston. Il faut y ajouter ses innombrables demi-frères, conséquences encombrantes de la gaieté d'Henri IV.

Complots, conspirations, cabales et conjurations se multiplient. Impitoyable, Louis XIII coupe les têtes à tour de bras, mais pour peu de profit. Car, en réalité, il ne peut pas couper celles qui mènent la danse. On ne raccourcit pas sa mère. Ni ses frères.

Sangs

Regardez les portraits de Louis XIII et de son frère Gaston. L'évidence saute aux yeux, n'est-ce pas ? Ces pauvres garçons sont des Habsbourg.

Le sang Bourbon, qui n'avait pas besoin de ça, a été mélangé dans leurs veines au sang le plus vicié d'Europe. Mais qui a pu mettre dans leur pauvre corps ces gènes corrompus par la plus effroyable consanguinité ? Leur mère, Marie de Médicis.

Les Médicis

Les Médicis forment une famille de petits génies du commerce. Ce sont des Italiens habiles et ambitieux. Physiquement, ils ont le corps fin, les traits secs et le poil brun.

Leur histoire commence en 1400. En 1550, parvenus aux plus hauts honneurs, ils ont l'idée dommageable de s'allier à la plus haute famille : les Habsbourg.

À partir de ce moment-là, les portraits des Médicis s'enfoncent dans l'horreur. Leur crin raide cède la place aux boucles molles des Habsbourg. Sous ces bouclettes, le menton s'allonge, les lèvres enflent, les yeux s'exorbitent, le cerveau s'en va et la santé avec.

Le dernier Médicis politiquement actif meurt en 1600. La famille tout entière s'éteint, à bout d'ADN, en 1750. Si vous détestez quelqu'un, offrez-lui un Habsbourg.

La balance

À cause de leur mère, Louis XIII et son frère Gaston doivent supporter, en plus du nez familial, le menton Habsbourg.

Il ne s'agit pas d'un menton un peu fort. Il s'agit d'une malformation telle que la langue de Louis XIII jaillit hors de sa bouche à tout bout de champ. Regardez ça ! Il doit la renfoncer entre ses lèvres avec les doigts.

Le dernier Habsbourg d'Espagne aura les dents du haut si décalées par rapport à celles du bas qu'il mourra de faim. Mais n'allons pas trop vite. Intéressons-nous plutôt à Gaston, le frère de Louis XIII. Non seulement il est très laid, mais, en plus, il est très bête. Pour couronner le tout, c'est un traître. Il passe sa misérable vie à comploter contre son frère, à se faire prendre et à dénoncer ses complices pour se faire pardonner. Un pauvre garçon nommé Chalais est décapité après que Gaston l'a dénoncé, et ce n'est pas le seul. Je ne le cite que parce que son supplice est resté célèbre.

Pauvre Chalais

Regardez le pauvre Chalais trembler de peur dans sa prison. Il est atteint de la fièvre de Saint-Vallier. C'est un beau jeune homme à la tête creuse qui doit être décapité à l'aube, pour complot contre le roi.

Ses amis, espérant le sauver, enlèvent le bourreau. Qu'à cela ne tienne : le juge désigne un malheureux au hasard et lui met une hache entre les mains. Le malheureux ferme les yeux, respire un grand coup et frappe.

Au vingtième coup de hache, Chalais est toujours vivant. Au vingt-neuvième coup, sa tête ne roule pas du billot : elle est tartinée dessus. Pendant ce temps, Gaston, couvert d'or par son frère, a déjà recommencé à mener joyeuse vie.

Il attend quelques années avant de comploter à nouveau. De se faire à nouveau prendre la main dans le sac. Et de dénoncer derechef son complice, qui perd aussi sa tête.

Mais pourquoi cet abruti complote-t-il tant ? Parce que, pendant longtemps, Louis XIII n'a pas de fils. Gaston n'est qu'à un fratricide de la couronne.

Louis Dieudonné

Louis XIII honore pourtant correctement sa femme. Du moins, depuis le jour où son ami Luynes lui a fourni le mode d'emploi. Mais Anne d'Autriche est une enfant joueuse qui court en tous sens et tombe dans les escaliers. Alors elle fait fausse couche sur fausse couche.

Disons-le : elle est parfois un peu poussée dans l'escalier par une de ses bonnes amies. Laquelle se trouve être la maîtresse de Chalais. L'ambiance, à la Cour de France, est toujours délicieuse.

Les relations entre l'austère Louis XIII et son épouse joueuse se corsent quand la France et l'Espagne repartent en guerre. La France finit par se débarrasser des troupes espagnoles, mais Anne est soupçonnée d'avoir renseigné l'ennemi (qui se trouve être son pays natal, quand même). Furieux, le roi refuse désormais de la voir, ce qui n'aide pas à fabriquer une descendance.

Finalement, en 1638, après vingt-trois ans de mariage, Anne met au monde un Louis dit Dieudonné, futur XIV. Louis XIII, de joie, tombe à genoux.

L'explication officielle de cette grossesse est qu'un orage, neuf mois auparavant, a obligé le roi à rester dormir dans le château de sa femme. Bien sûr, quelques professeurs d'histoire considèrent que la guérison d'une stérilité de couple après tant d'années porte un nom : changement de partenaire. Mais je vois mal comment Anne aurait pu échapper aux regards des courtisans pour aller forniquer avec un autre homme que son époux.

Bouquingan

Un homme, pourtant, a essayé de mettre la reine dans son lit. Il s'agit du duc de Buckingham. Les Français l'appellent Bouquingan.

Regardez ce bel Anglais : il a une bouche moelleuse sous sa moustache rousse, un nez fin, d'opulentes boucles et de beaux yeux un peu bêtes. Il est très vaniteux, et politiquement désastreux. Envoyé en France comme ambassadeur, il tombe amoureux d'Anne. C'est réciproque. Ou, du moins, les Grands font tout ce qu'ils peuvent pour que le feu prenne entre ces deux-là. Leur but ? Nuire au roi, comme d'habitude.

Admirez cette scène champêtre. Nous sommes à la belle saison. La nuit tombe, la Cour se promène dans un parc fleuri. Adroitement, Bouquingan parvient à se placer à côté d'Anne. Peu à peu, les groupes de courtisans s'égaillent dans le parterre. À la faveur de l'obscurité, on rit, on chuchote, on commence à badiner… Les doigts s'effleurent… Soudain, Anne pousse un cri ! Bouquingan vient de lui mettre une main au panier.

Le duc de Buckingham est honteusement chassé de France ! Nous le retrouvons à La Rochelle, incapable de venir en aide aux assiégés et perdant plus d'hommes que de cheveux. Un assassin réglera le problème d'un coup de couteau.

Monsieur et son père

Courageusement, Anne donne un frère à Louis Dieudonné. Ce sera Monsieur, grand homme de guerre et homosexuel jusqu'à la racine des cheveux.

À ce niveau-là, Louis XIII est plus ambigu que son fils cadet. Aime-t-il les hommes ? En tout cas, il déteste les femmes. Il est surtout terriblement catholique. Et quand on est catholique, à l'époque, avoir une sexualité est difficile. Alors une homosexualité, pensez donc…

Louis XIII se contente d'avoir des relations passionnées et platoniques avec quelques dames bien nées. Sitôt que l'une d'entre elles essaye de dépasser le platonique, elle se heurte à un mur.

Regardez cette jolie dame qui flirte avec le roi. Coquine, elle agite sous le nez de Louis XIII une lettre qu'il a envie de lire. Elle se dérobe, il insiste. Elle rit et cache la lettre dans son décolleté. Voyez-vous comment réagit Louis XIII ? Il prend une pince à feu pour récupérer le billet sans toucher à rien. La dame est vexée.

Conjointement, Louis XIII engage des relations tout aussi passionnées avec quelques jeunes gens bien nés. Couche-t-il avec ? Tallemant des Réaux dit que oui. C'est tout ce que je sais.

Un de ces favoris s'appelle Saint-Simon. Tallemant des Réaux, vraie langue de vipère, affirme qu'aux yeux de Louis XIII le principal mérite de Saint-Simon est de savoir souffler dans le cor de chasse du roi et « de ne point baver » dedans. On ne sait que penser d'une qualité pareille.

Son fils sera un mémorialiste aussi célèbre que Tallemant des Réaux.

Mémorialistes

Après les chroniqueurs, voici les mémorialistes, témoins haut placés et totalement partiaux des mœurs d'un temps. Saint-Simon est probablement le plus connu d'entre eux. Je me rappelle un passage de ses Mémoires qui m'a beaucoup fait rire. Je vous le raconte comme il me revient :

Une femme de la noblesse se retire à la campagne pour soigner je ne sais quelle maladie. Quand elle revient à la Cour, elle est en si bonne santé, elle a si bonne mine, elle est si belle enfin que l'assistance, ivre de jalousie, la jette dehors ! On n'est pas plus franc.

Attardons-nous cinq minutes près de Saint-Simon. Écoutez le portrait qu'il fait de monsieur de Vendôme, un descendant d'Henri IV par la main gauche.

« Il se levait assez tard à l'armée, se mettait sur sa chaise percée, y faisait ses lettres et y donnait ses ordres du matin [...]. Il rendait beaucoup. Quand le bassin était plein à répandre, on le tirait et on le passait sous le nez de toute la compagnie pour l'aller vider. » De tempérament fort luxurieux, Vendôme finit par attraper la vérole et va se soigner. Il revient de cette cure « avec la moitié de son nez ordinaire, ses dents tombées, et une physionomie entièrement changée, qui tirait sur le niais ».

On voit que Saint-Simon a la plume aussi tendre que Tallemant des Réaux.

Richelieu

Mais revenons à Saint-Simon père, à Louis XIII et à Richelieu.

Richelieu s'affirme auprès de Louis XIII par des qualités discordantes. C'est un homme à la fois inflexible et mielleux, retors et visionnaire. Il se dépense sans compter au service du roi, tout en accumulant une fortune qu'on a aussi du mal à compter. Il paraît qu'en France, on n'en avait jamais vu de semblable et qu'on n'en a jamais revu depuis. J'ai entendu parler de l'équivalent d'un quart du PIB français, mais c'est une notion un peu anachronique.

Richelieu commence, en politique, par être le confident de Marie de Médicis. Ce n'est pas une sinécure. La calomnie prétend qu'il l'a, une fois, traitée de « grosse vache ». Il ne se le serait sûrement jamais permis. En tout cas, pas sans y laisser ses dents.

Un de ses mentors se nomme père Joseph. Le père Joseph est un homme d'intelligence éminente. Il est vêtu d'une bure grise. C'est de là que vient l'expression

« éminence grise ». Richelieu, lui, préfère la robe rouge de cardinal. Il finit par l'obtenir. Chacun sa coquetterie.

Travailleur infatigable, Richelieu lutte contre les protestants, les Grands du royaume et les Habsbourg d'Espagne. Il occupe ses loisirs à fonder l'Académie française, réformer la finance et la marine. Il se mêle aussi de colonisation, rédige des milliers de lettres et appelle son chat Mimi-Piaillon.

Toute cette activité le distrait de ses maux. Car, comme Louis XIII, Richelieu a une santé déplorable. Il est travaillé par de nombreuses maladies, dont la fistule qui l'emportera.

Fistules

Nous voilà encore en face d'une de ces maladies infâmes qui accablaient nos ancêtres.

La fistule est un conduit qui se crée là où il ne devrait pas. Ainsi, en cas d'accouchement difficile, il arrive qu'une épisiotomie naturelle aboutisse à de drôles de choses. Je me souviens du témoignage d'une accouchée : « Je déféquais par le vagin. L'horreur ! »

À l'époque dont nous parlons, les hommes souffrent souvent de la fistule du cavalier. Le contact prolongé avec la selle abîme les chairs, et le cavalier en arrive à se vider par le coccyx. C'est de cette façon que Richelieu mourra.

Louis XIV aussi aura sa fistule. Il sera adroitement opéré, sinon confortablement. Car, à l'époque, la méthode d'anesthésie consiste à serrer les dents. À ce souci près que Louis XIV n'a plus de dents depuis long-temps.

Après d'intolérables souffrances, Louis XIV gué-rit. De joie, le musicien Lully compose une « Ode à la guérison de la fistule anale de Louis XIV ». Cet air guilleret deviendra le *God Save the Queen*.

Plus tard, je vous parlerai de l'autre fistule de Louis XIV, celle qui lui permettait de recracher par le nez les petits pois de son dîner et de se gratter le cerveau en glissant un doigt au fond de sa bouche. Un plaisir à la fois.

1640, d'un cardinal à l'autre

Notre navire passe aux abords de 1640. Richelieu agonise d'un « pourrissement du rectum ». Avant de mourir, il recommande au roi un de ses petits protégés : le cardinal Mazarin. Au-dehors, le peuple prépare des feux de joie.

Les tribulations de la dépouille de Richelieu sont aussi confuses que sordides. Le cadavre dort d'abord tranquille à la Sorbonne, sous un monument le représentant « soutenu par la Piété et pleuré par la Doctrine chrétienne ». Piété et Doctrine sont de magnifiques femelles de marbre, toutes de linge mouillé vêtues. Elles portent sur leurs robustes cuisses les traces de siècles d'attouchements admiratifs.

Bien entendu, Richelieu est tiré de son repos en 1793. Les révolutionnaires trouvent une « momie sèche et bien conservée. La dissolution n'avait point altéré ses traits. Une couleur livide était répandue sur sa peau. Il avait les pommettes saillantes, les lèvres minces, le poil roux et les cheveux blanchis par l'âge ».

Le corps est piétiné, puis jeté dans la Seine. Un curieux emporte la tête chez lui. Il découpe le visage et en fait cadeau à son curé. Ou bien c'est le curé qui, voyant des gamins jouer avec la tête, dribble cet étrange ballon jusque chez lui.

De curé en curé, le pauvre visage traverse le siècle dans une boîte de pâté. Il est finalement rendu aux autorités, photographié puis coulé dans le béton, dans un recoin secret de la Sorbonne. L'acidité du ciment l'a probablement définitivement dissous.

De cette navrante équipée, il reste une photographie. Elle montre un visage assez proche de celui de Ramsès II, en plus triste encore.

VI

Paysages du Grand Siècle de Louis le Grand

Anne et Jules

Holà ! Barre à tribord toute ! Nous allons aborder le tournant du Grand Siècle. Il ne nous reste qu'à enterrer Louis XIII.

Et voici 1643. Louis XIII ne survit pas longtemps à son ministre. À quarante-deux ans, cet énorme mangeur décède d'une maladie des boyaux. Notez qu'il aurait aussi subi « mille deux cents lavements et deux cent cinquante purges » dans les deux dernières années. Ce traitement viendrait à bout de n'importe quel intestin.

Admirez Louis XIII sur son lit de mort. Suant de douleur mais stoïque, il reçoit la visite d'Anne, son épouse. Une fois de plus, elle lui jure qu'elle n'a jamais comploté contre lui. Avec un soupir, Louis XIII lâche : « Dans l'état où je suis, je suis bien obligé de vous pardonner, mais je ne suis pas obligé de vous croire. » Amen.

Voilà qu'Anne est veuve. Que va faire cette tête folle ? Eh bien, elle saisit le pouvoir et ne le lâche plus. Elle devient régente.

Elle a près d'elle le cardinal Jules Mazarin. C'est l'homme de Richelieu. Il est de la même étoffe rouge et solide que son prédécesseur. Anne a l'intelligence de s'en rendre compte : Mazarin devient ministre.

Mais Anne est une femme espagnole, et Mazarin est un roturier italien. De se voir dirigés par ce couple infâme, les Grands du royaume font un ulcère. Alors ils lancent la Fronde. La Grande Révolte du Grand Siècle.

La Fronde

En fait, cette révolte généralisée qu'on appelle Fronde ne vient pas seulement des Grands mais aussi du peuple, et des parlementaires. Qui sont ces gens-là ? Les membres des parlements, les tribunaux régionaux. Concrètement, les parlements dirigent les régions de France. Le plus puissant d'entre eux est le parlement de Paris. Gardez les parlements en mémoire, nous n'avons pas fini de nous en occuper…

Comment commence la Fronde ? Par une déclaration de guerre. Une fois de plus, la France entre en guerre contre les Habsbourg. Et la guerre coûte cher. Alors Anne et Mazarin augmentent les impôts. Et comme ça ne suffit pas, ils suppriment les salaires des parlementaires. Imaginez que le président de la République française supprime les salaires des fonctionnaires… La révolte est immédiate. Le petit Louis Dieudonné manque en perdre son trône. Il se retrouve quelque temps en fuite. Regardez ce petit garçon triste : il erre d'un château mal chauffé à un autre, la peur au ventre.

Il ne pardonnera *jamais*.

Parlementaires et Grands se coalisent, le peuple se soulève, Paris est assiégé ! Et puis parlementaires et Grands se brouillent, Paris est libéré. Tout le monde s'assied à la table de négociation. Anne pardonne à tour de bras, elle en profite même pour finir la guerre qui l'oppose aux Habsbourg. Le calme revient. Sauf, bien sûr, chez les Grands.

C'est la fronde des Grands.

1650, les Grands de la Fronde

1650 en vue ! Jetons l'ancre et mettons pied à terre. Il y a là une galerie de tableaux à visiter absolument.

Parmi les Grands de la Fronde, vous reconnaîtrez d'abord les deux magnifiques enfants du vilain petit Condé : le Grand Condé et madame de Longueville.

Madame de Longueville est une minuscule femme très jolie. Délicieusement perverse, elle traite ses amants comme la Vénus à la fourrure traitera Sacher-Masoch. À la fin de la Fronde, la Longueville sombre dans la dépression. Elle a trente ans. Elle entre au couvent pour les trente années suivantes.

À côté d'elle, voyez ce fier soldat : c'est Turenne, un de ses amants soumis. C'est aussi un excellent capitaine. Plus tard, il se mettra au service de Louis XIV et lui gagnera de nombreuses batailles.

À côté de Turenne, voyez cette grande brune pâle aux traits mous. C'est madame de Chevreuse, la rivale de madame de Longueville dans le lit de La Rochefoucauld.

La Rochefoucauld est l'auteur de *Maximes* célèbres, aussi moralisantes que leur auteur ne l'est pas. « Le travail du corps délivre des peines de l'esprit, et c'est ce qui rend les pauvres heureux », c'est de lui. Ce qui vous donne une idée et de l'œuvre, et de l'homme.

Chevreuse joue longtemps, auprès de la reine Anne, le rôle d'âme damnée. C'est la veuve de Luynes, l'homme qui a montré à Louis XIII par quel bout prendre une femme. C'est aussi la maîtresse du pauvre Chalais. C'est elle qui s'amuse à pousser Anne enceinte dans les escaliers du Louvre. C'est encore elle qui s'amuse à monter la tête de ce benêt de Bouquingan. C'est elle, toujours, qui transmet le courrier secret entre Anne et l'Espagne. Son nom apparaît dans à peu près toutes les conspirations du temps.

Quand Anne accède à la régence, elle met Chevreuse à la porte avec une lucidité soudaine qui étonne tout le monde. Entre nous, cette lucidité soudaine prouve seulement qu'Anne, pendant des années, a dissimulé son intelligence. Son fils Louis Dieudonné utilise, pendant la Fronde, exactement le même stratagème : il se fait passer pour stupide afin qu'on croie qu'il sera facile de le manipuler. Plus facile que de l'assassiner, en tout cas. Seul Mazarin ne s'y trompe pas : « Il y a en lui l'étoffe de quoi faire quatre rois et un galant homme. » Nous retrouverons plus loin dans l'Histoire cette tactique dite du vilain petit canard : attendre son heure sous un masque de volaille pour se révéler soudain un grand cygne politique. Entre-temps, continuons à visiter la galerie de la Fronde.

Voici un autre joli visage ! C'est madame de Montbazon, dont tout le monde s'entend à dire qu'elle est aussi belle que bête. Saint-Simon affirme qu'elle a « la tête mal timbrée ». Il ajoute que cette « fort belle créature mourut d'amour, cela pris à la lettre, pour le chevalier de la Rüe qui ne l'aimait point ». Ce que le poète Aloysius Bertrand raconte joliment :

« La suivante rangea sur la table un vase de fleurs et les flambeaux de cire, dont les reflets moiraient de rouge et de jaune les rideaux de soie bleue au chevet du lit de la malade.

"Crois-tu, Mariette, qu'il viendra ? – Oh ! dormez, dormez un peu, Madame ! – Oui, je dormirai bientôt pour rêver à lui toute l'éternité."

On entendit quelqu'un monter l'escalier. "Ah ! si c'était lui !" murmura la mourante en souriant, le papillon des tombeaux déjà sur les lèvres.

C'était un petit page qui apportait de la part de la reine, à Mme la duchesse, des confitures, des biscuits et des élixirs sur un plateau d'argent.

"Ah ! il ne vient pas, dit-elle d'une voix défaillante, il ne viendra pas ! Mariette, donne-moi une de ces fleurs que je la respire et la baise pour l'amour de lui !"

Alors Mme de Montbazon, fermant les yeux, demeura immobile. Elle était morte d'amour, rendant son âme dans le parfum d'une jacinthe. »

Perdu parmi les troupes obscures de la Fronde, vous pouvez repérer un certain Vauban. Cet homme est appelé à un bel avenir dans les fortifications, et à une existence fascinante. Je vous laisse le soin de la découvrir.

Trônant au bout de la galerie de la Fronde, voilà Gaston ! Il est accompagné de sa fille, la Grande Mademoiselle. Cette pauvre femme marche à grands pas sur la route désastreuse de son père.

La Grande Mademoiselle

Avec le nez Bourbon et le menton Habsbourg, la fille de Gaston est d'une laideur incroyable. De plus, elle en est fière. Ou, du moins, elle est fière d'avoir les dents noires pour la raison que ses ancêtres avaient les mêmes.

Elle est très riche, aussi : cinq duchés, quatre principautés, quatre comtés, cinq baronnies, je ne parle pas des marquisats ni de l'argenterie. Et quand on est riche, laide et fière, on a du mal à trouver un parti. La Grande Mademoiselle ne le trouvera jamais.

On dit qu'elle tombe amoureuse de Louis XIV, mais c'est un penchant qu'on suppose à toutes les demoiselles de haute naissance. En tout cas, l'amour qu'elle porte au roi ne se voit pas sans lunettes : elle profite de la Fronde pour lui tirer dessus au canon.

En entendant la détonation, Mazarin murmure que la Grande Mademoiselle vient de « tuer son mari ». De fait, les demandes en mariage se raréfient brusquement. Aucun prince n'a envie d'épouser une donzelle qui règle les problèmes familiaux au lance-missiles.

La Grande Mademoiselle finit, comme tout le monde, par abandonner la Fronde et se précipiter aux pieds de Louis XIV. C'est là qu'elle croise un des favoris du roi. Cet obscur gentilhomme se nomme Lauzun.

Lauzun

Lauzun a tous les défauts. Il n'est pas très bien né, il n'est pas beau du tout, il n'est pas riche non plus. Et pourtant, il plaît à tous. Il plaît aux dames, bien sûr. Mais, avant tout, il plaît au roi.

Il ne les ménage pas beaucoup, pourtant. Regardez cette canne qui tourbillonne dans les airs ! C'est Louis XIV qui l'a jetée par la fenêtre pour ne pas s'abaisser, dans sa royale colère, à frapper Lauzun. Quant aux dames, elles endurent de la part de Lauzun des avanies sans nom.

Admirez-le. Il est au milieu d'une assemblée de courtisans. À côté de lui, sa maîtresse. Avec gentillesse, elle glisse une main dans sa culotte pour le masturber. C'est qu'on a du temps à tuer, à la Cour. Lauzun commence par cacher la manœuvre derrière son chapeau puis, facétieux, il laisse tomber le chapeau. Tout le monde s'esclaffe ! Sacré Lauzun.

Mais regardez-le de plus près. Une dame est assise par terre, sur un coussin. Lauzun passe près d'elle. Son talon se pose, par inadvertance ? sur la main de la dame. Tout autre que Lauzun ôterait son pied en s'excusant. Pas Lauzun. Lui, il appuie. Et en appuyant, il tourne. La main craque, la dame hurle ! Voilà le personnage.

La Grande Mademoiselle est un beau parti et elle est sans malice. Lauzun a besoin d'un beau mariage et il est d'un cynisme sans fond. Autant dire que l'affaire est vite expédiée. Barbey d'Aurevilly, dans *Du dandysme*, la décrit très bien : Lauzun est follement séducteur et insupportablement respectueux avec cette femme ravagée par plus de quarante ans de célibat. Il lui parle abondamment de ses « seins de neige » et la fait craquer comme une vieille noix.

Louis XIV donne son accord pour le mariage. Après tout, sa cousine n'a plus l'âge de lui faire d'encombrants cousins. Mais la famille royale hurle à l'idée de cette mésalliance. Alors Louis XIV retire son accord.

Lauzun, blessé, dit des vilaines choses ou marche sur les pieds de la favorite, on ne sait pas. En tout cas, Louis XIV l'envoie en forteresse sous la garde de D'Artagnan. Lauzun a l'habitude : Louis se fâche, puis Louis pardonne.

Mais, cette fois, Lauzun est allé trop loin. Louis XIV ne pardonne pas. Lauzun reste dix ans en prison. Il faut bien des tractations pour que la Grande Mademoiselle le récupère. Elle n'y parvient qu'en versant au roi un bon morceau de sa fortune.

La Grande Mademoiselle et Lauzun

Le fameux mariage a lieu ! Mais il reste secret, honteux. Il ne donne pas à Lauzun le statut social qui aurait compensé l'ennui de partager le lit d'une quinquagénaire qui ne faisait déjà pas envie à vingt ans. Alors Lauzun traite la Grande Mademoiselle comme une chienne. A-t-il vraiment dit : « Louise d'Orléans, tirez-moi mes bottes ! » ? En tout cas, il la trompe et la fuit.

La Grande Mademoiselle finit par quitter Lauzun et termine sa vie dans la dévotion la plus désolée. Ainsi s'achève la courte lignée du désastreux Gaston.

Quant à Lauzun, il rentre en grâce, s'acquitte très bien de missions prestigieuses, décroche un duché, épouse à soixante-deux ans une jeunesse de quinze et survit longtemps à tous ses contemporains.

Le Grand Condé

Voici un autre portrait de la Fronde des Grands. Il s'agit du magnifique fils du vilain petit Condé. Si Louis XIII et Gaston étaient morts jeunes, le Grand Condé aurait eu le trône. C'est une raison suffisante pour gâcher toute une vie en complots.

Juste après la mort de Louis XIII, le Grand Condé remporte une victoire éclatante à Rocroi. Il sauve Anne et Louis Dieudonné des soldats espagnols. Mais le lendemain, il se retourne contre eux au prétexte qu'il n'est pas aussi couvert d'honneurs qu'il le mérite. Disons qu'il demande la lune, et que Mazarin ne parvient pas à la lui décrocher.

Quand je dis que le Grand Condé se retourne contre Anne, je veux dire qu'il rallie carrément l'armée espagnole. Mais pas à la première place, hélas pour lui. Ce qui lui vaut de participer, impuissant, à de belles défaites.

Regardez-le : il est au premier rang d'une bataille menée par un capitaine espagnol incompétent. On va bientôt sonner la charge. Alors Condé soupire à l'oreille de son voisin : « Vous allez voir comment on perd une bataille en deux heures. »

Mais s'il est bon stratège, le Grand Condé ne vaut pas tripette en politique. Au plus fort de la Fronde, il entre dans Paris sous les acclamations du peuple, et réussit en quelques semaines à se faire jeter dehors.

Le Grand Condé connaît alors l'exil et la pauvreté, qu'il appelle « gueuserie ». Il la supporte très mal. Qu'à cela ne tienne : il vole l'argent de son épouse et le dépense à sa place.

La famille Condé

Il faut dire que le Grand Condé n'aime pas beaucoup sa femme. Elle lui a été imposée par Richelieu, qui cherchait à marier ses cousines.

La mère de madame de Condé croyait que ses fesses étaient en verre et n'osait pas s'asseoir, de peur de les casser. Au moment de son mariage, la future madame de Condé s'arrache déjà les cheveux un par un. Pour ceux qui en doutaient, voilà la preuve éclatante que la famille Richelieu est d'ancienne noblesse.

L'épouse du Grand Condé est peut-être folle et mal-aimée mais, durant la Fronde, elle se bat loyalement au côté de son époux. Sitôt tiré d'affaire, le Grand Condé la fait enfermer pour une sombre histoire d'adultère. Elle meurt en geôle vingt ans plus tard.

Pendant ce temps, le Grand Condé regarde avec résignation son fils unique aboyer quand il se prend pour un chien. Ou se cacher dans les fourrés du château de Chantilly les jours où il se prend pour un lapin, ou demander qu'on l'arrose les fois où il se prend pour une plante en pot.

Ces légers dérangements n'empêcheront nullement le fils Condé d'hériter de la fortune de son père et de mener une vie interminable consacrée à faire damner son épouse.

Cette petite dame est douce, timide, très pieuse, très laide et sent très mauvais. Le fils Condé la traite à la fourche. Il n'hésite pas à venir la chercher en pleine messe pour la ramener à la maison à coups de pied et de poing, sans autre raison que son caprice. On plaint la malheureuse, sans jamais intervenir : un mari fait ce qu'il veut de sa femme.

L'opinion de Saint-Simon sur le fils Condé est sans appel : « Fils dénaturé, cruel père, mari terrible, maître détestable, pernicieux voisin, sans amitié, sans amis, incapable d'en avoir », amen.

Les chiens couchants

Mais voyez comme nos pas nous ont emportés devant les portraits du siècle suivant ! Retournons au temps de la Fronde.

Nous sommes après 1650. Condé est en exil et ruiné. La Fronde est à bout de souffle. Louis XIV fête sa majorité et prend les rênes du pouvoir pour les soixante années à venir.

Adroitement, le jeune roi décide de pardonner à tous les frondeurs qui imploreront sa clémence. Le Grand Condé se jette à ses genoux : sa fortune lui est rendue.

Il s'installe alors au château de Chantilly. Toute honte bue, il passe ses dernières années à solliciter des subsides auprès du roi, comme tout le monde.

Les fêtes qu'il organise sont somptueuses. Son maître d'hôtel, Vatel, y est pour beaucoup. Mais regardez ce pauvre homme : les yeux rouges et la perruque de travers, le voilà complètement hagard. C'est que Louis XIV va arriver à Chantilly, et la commande de poisson se fait attendre. Le banquet est au bord de la catastrophe. Vexé à mort, Vatel se passe son épée au travers du corps. Au même moment, la carriole de poisson franchit le porche du château de Chantilly. Pour ne pas gâcher la fête, on enterre le pauvre Vatel le plus discrètement possible.

Le temps où les brillants frondeurs se moquaient du petit roi en fuite est bien passé.

Le Grand Condé gagne encore quelques batailles et finit sa vie enfermé dans un corset de rhumatismes. Il est le plus bel exemple du don exceptionnel qu'a Louis XIV pour museler les dogues de l'orgueil nobiliaire, et les transformer en chiens couchants au pied du trône.

Voilà, nous avons fait le tour de la galerie de la Fronde. Il est temps de remonter sur notre bateau et de reprendre notre croisière.

1660, la porte de Marie-Thérèse

Et voici l'an 1660. Mazarin est mort, Anne se retire du pouvoir. Louis XIV peut enfin commencer à régner en monarque absolu. Il commence par un beau mariage qui clôt (une fois de plus) les querelles franco-espagnoles.

Malgré l'amour éperdu qu'il porte aux nombreuses nièces de Mazarin, Louis XIV accepte d'épouser l'infante Marie-Thérèse d'Espagne. Jetez un œil par là : le mariage est pour bientôt. On a réussi à ménager, juste avant la cérémonie, une rencontre entre les deux fiancés. C'est-à-dire que Louis XIV glisse un œil dans une pièce où se trouve sa future épouse. Celle-ci glisse aussi un œil. Il n'est pas question qu'elle dise ce qu'elle pense de Louis, ce serait enfreindre l'Étiquette. Alors un courtisan adroit désigne la porte devant laquelle se tient le jeune homme et demande : « Que vous semble-t-il de cette porte ? »

Rougissante, l'infante murmure que la porte lui paraît belle et bonne.

Louis XIV n'a pas, pour cette porte, le même enthousiasme que l'infante. Au contraire, il la trouve très mal clouée. Et c'est vrai, Marie-Thérèse n'est pas belle. De plus, elle n'a aucune grâce. Elle titube sur les hauts talons rouges que Louis XIV a mis à la mode pour compenser son mètre soixante-deux. En clair, la nouvelle reine de France n'est pas décorative.

Par contre, elle n'est pas bête. Louis XIV n'hésitera pas à lui confier quelques missions importantes. Mais hélas pour elle, elle est amoureuse de son mari. Or celui-ci est tellement couvert de femmes qu'on a du mal à l'apercevoir dessous. Alors la reine souffre, et se renferme dans son petit entourage espagnol. Là, elle boit du chocolat au poivre, regarde ses nains faire des cabrioles, va à la messe et pleure beaucoup.

Elle s'amuse aussi avec un petit page noir. Ce qui lui vaut de mettre au monde un bébé assez bronzé.

Mais récapitulons : Anne est la sœur de Philippe. Anne a épousé Louis XIII et engendré Louis XIV. Philippe a épousé la sœur de Louis XIII et engendré l'infante. On marie les deux gamins qui sont doubles cousins germains. Conclusion ? Sur leurs six enfants, un seul survit. Heureusement, c'est un fils.

Fouquet

Ne passons pas trop vite devant 1660 et observons. Louis XIV est jeune et fringant. Il est aussi soupçonneux, susceptible et horriblement rancunier. Sitôt au pouvoir, il s'attaque à tous ceux qui pourraient l'entraver.

Fouquet est surintendant des finances, c'est-à-dire qu'il tient l'argent du royaume. C'est un bon serviteur de l'État. L'État, en retour, l'a rendu follement riche. Pas forcément de façon légale. Regardez-le, ce splendide magistrat : il est beau, oui, avec son grand col blanc à la mode Louis XIII qui a remplacé l'absurde petite fraise Henri IV. Le nez est un peu long, mais le visage est fin. L'œil est brûlant d'intelligence et le sourire pétille de malice. Homme du clergé, homme de lettres, homme de pouvoir, Fouquet se voit déjà le Mazarin du jeune Louis. Malheureux…

Ivre d'ambition, Fouquet prend pour devise « Jusqu'où ne monterai-je pas ? ». Louis XIV fronce un sourcil.

Courtisan, Fouquet organise en l'honneur du roi, dans son château de Vaux-le-Vicomte, une fête somptueuse. Si somptueuse que Louis XIV, jaloux, fronce son deuxième sourcil.

Obséquieux, Fouquet offre Vaux-le-Vicomte à Louis XIV. C'en est trop ! À bout de sourcils, Louis XIV envoie d'Artagnan arrêter Fouquet pour détournement de fonds publics.

Le procès est inique. Avec hargne, Louis XIV brise tous ceux qui essayent de défendre Fouquet, puis tous ceux qui en disent un peu de bien et, enfin, tous ceux qui n'en disent pas hautement du mal. Le surintendant ne sortira jamais de sa geôle. Il y côtoiera Lauzun. On le soupçonnera d'être l'homme au masque de fer, un prisonnier sans visage de l'époque. Mais on a soupçonné tout le monde sous ce masque.

Quels sont les torts réels de Fouquet ? Il a peut-être commis des malversations. Mais il a surtout le tort d'être un homme du régime précédent. C'est un homme d'Anne et Jules. Voire, de Louis XIII et Richelieu. C'est un homme qui croit encore qu'un grand ministre peut survivre aux côtés de Louis XIV. Or Louis XIV aime par-dessus tout son propre pouvoir. Une fois Fouquet abattu, il supprime le poste de surintendant des finances. Il régnera seul.

Aujourd'hui encore, le château de Vaux-le-Vicomte porte la marque du goût de Fouquet et de sa disgrâce. L'architecture est de Le Vau, les peintures de Le Brun et le jardin de Le Nôtre. Le résultat est évidemment réussi, dans ce style rectiligne qu'on nomme *classique*. Admirez, tout là-bas, cette grande épave échouée au milieu des plaines d'Île-de-France : beau, vide et triste, Vaux-le-Vicomte attend toujours les fastes et les rires d'une Cour qui n'est jamais revenue.

Louvois et Colbert

Louis XIV a décidé de ne pas avoir de principal ministre. Alors il en a deux : Colbert et Louvois. Il passe de longues années à les dresser l'un contre l'autre.

Le labeur abattu par ces deux hommes est incroyable. L'administration est réformée de fond en comble, les manufactures se multiplient, les colonies font l'objet de toutes les attentions. N'oublions pas la réforme de la police et de la marine, la fortification du territoire, cinq guerres, la mise sous contrôle de la noblesse et la gestion des embarras religieux.

Et bien sûr, il y a le mécénat. Molière, Lully, Le Brun, Le Nôtre, Racine, Corneille, La Fontaine, tous ceux-là peignent, dessinent, composent et écrivent sous l'aile raide de Louis XIV.

Et bien sûr, il y a le bâtiment. Versailles en est l'exemple le plus connu, mais on peut aussi citer les Champs-Élysées, les Invalides et la place Vendôme, entre mille constructions.

Visiter tous les monuments d'un si long règne serait interminable. Contentons-nous de jeter l'ancre et de braquer nos jumelles sur les panoramas les plus étonnants.

Paris et ses miracles

En ce temps-là, on ne se promène pas tranquillement dans les rues de Paris. Ni d'aucune ville. De toute façon, on ne vit pas tranquille à Paris. Ni ailleurs.

On se promène en groupe armé et on voyage en bataillon. Quand on rentre chez soi, on ferme sa bonne porte bien épaisse dans son bon mur en pierre de taille. Il est prudent d'avoir aussi quelques soldats à demeure. Car, si une poignée de malandrins prend votre maison d'assaut à la faveur de la nuit, personne ne viendra vous aider. La sécurité publique n'existe pas.

Outre les truands, partout rôdent des bandes de jeunes garçons parfaitement insérés. Ils violent tout ce qu'ils peuvent et s'entretuent à coups de bâton. Que pense l'opinion publique de ces crimes ? « Il faut bien que jeunesse se passe. »

Un siècle plus tôt, Shakespeare soupirait :

« Je voudrais qu'il n'y eût point d'âge entre dix et vingt-trois ans, ou bien que la jeunesse ne fût qu'un somme tout ce temps-là, car on ne fait rien dans cet intervalle qu'engrosser les filles, insulter les anciens, voler et se battre. »

En 1660, à Paris, la situation atteint des sommets insupportables. On s'y fait trucider à tous les coins de rue. Car la misère a rempli la ville de mendiants. Durant le jour, ceux-ci ne font rien de pire que quêter devant les églises. Aveugles, boiteux, malades, ils tendent leur sébile d'une main tremblante. Mais, à la tombée de la nuit, une fois rentrés dans les arrière-cours qui leur servent de logement, miracle ! Leurs yeux s'ouvrent, leurs jambes repoussent, leur tuberculose guérit et les pillages commencent. Ce sont les cours des miracles.

Quand Louis XIII décide de faire percer une rue à travers une de ces cours, les ouvriers sont tous assassinés avant même le premier coup de truelle. Son fils ne l'entend pas de cette oreille : il fait raser toutes les cours et envoie tous les mendiants aux galères. On en compte soixante mille, rien que ça. Hélas, la misère repousse vite et tout est à recommencer.

Hôpitaux et réverbères

D'une façon générale, Louis XIV recourt à la pénalisation de la pauvreté. C'est « le Grand Renfermement ». Les miséreux sont enfermés dans des hôpitaux. Nous les connaissons : ils se nomment Pitié, Bicêtre ou Salpêtrière. À l'époque, ce sont des prisons.

Bien sûr, quand on livre une masse de miséreux à une bande de geôliers, avec pour seul mot d'ordre : « Matez-les », ce qui doit arriver arrive : la monstruosité s'installe. Et déborde. Les scandales se succèdent. Bicêtre, notamment, héberge un temps une intense pédocriminalité gérée par le personnel carcéral. Ces hôpitaux ne passeront que lentement de la coercition aux soins.

Parallèlement, Louis XIV réforme la police. À Paris, les espions se mettent à grouiller. Les réverbères aussi.

Autrefois, quand on cherchait un réverbère à Paris, on n'en trouvait que trois. Le reste de la ville était plongé dans un noir complet. Sous Louis XIV, Paris devient la « ville-lumière ». Près de trois mille lanternes tentent de chasser les ombres de la nuit.

Les guerres

Jetons maintenant un œil aux guerres. Contre ? Les Habsbourg, bien sûr. Louis XIV adore ça. Il y emmène volontiers sa femme et ses maîtresses. Pour le voyage, il les entasse toutes dans le même carrosse. Car il a peu ou prou la délicatesse d'une brique. Par contre, il ne manque pas de sensiblerie et pleure comme un seau à la moindre occasion.

Je ne vais pas vous montrer toutes les guerres de Louis le Grand, ce serait trop long. Je vais simplement vous montrer la dernière, parce que je vous l'ai promis. C'est la guerre de succession d'Espagne.

1700. Louis XIV est déjà un vieillard souffreteux. Le roi d'Espagne, lui, est si difforme qu'il peine à marcher, à parler et même à mâcher. Regardez-le, ce pauvre Charles II : il arbore les magnifiques bouclettes Habsbourg. Mais sous les bouclettes, il ressemble à un miroir déformant. Il a notamment « la bouche grande et advancée à la mode d'Autriche », comme le disait déjà Brantôme. Ses dents du haut sont si décalées par rapport à celles du bas qu'elles ne se rencontrent jamais.

Attardé mental, Charles II d'Espagne alterne hallucinations, convulsions, vomissements et diarrhées. Accessoirement, il est incapable de fabriquer un héritier. Il essaye pourtant, en épousant une princesse française. C'est une fille de Monsieur, le frère de Louis XIV. Horrifiée par son mari, la jeune mariée se bourre de sucreries. Elle meurt dépressive et obèse à vingt-sept ans.

Charles II épouse une autre princesse. Elle a été soigneusement choisie : c'est la vingtième enfant d'une famille de vingt-trois. Si avec ça elle n'est pas féconde ! Eh bien non, elle n'est pas féconde. Déçu, Charles II meurt de faim.

Louis XIV profite de sa mort pour installer sur le trône d'Espagne un de ses propres petits-fils. L'Europe tout entière regimbe, bien sûr. C'est la guerre.

Elle dure treize ans. Au bout du compte, les Habsbourg sont vaincus et abandonnent l'Espagne. La France gagne l'Alsace. L'Angleterre, elle, en profite pour mettre la main sur nombre de colonies américaines. Le visage du monde moderne commence à se dessiner.

Mais observez le nouveau roi d'Espagne. Ce n'est pas un phénix non plus. Il est instable, dépressif, et parle volontiers tout seul. Il faut dire que son père est le fils de Louis XIV et de sa cousine double-germaine, et que sa mère est la fille d'une cousine germaine de Louis XIV. Quand il se sent trop mal, ce pauvre garçon écoute le chant gracieux du castrat Farinelli. Pendant ce temps, ses épouses règnent à sa place.

Ses descendants sont toujours sur le trône d'Espagne.

Versailles, histoires d'eaux

Tournons maintenant nos jumelles vers le sud de Paris. Louis XIII, fou de gibier, se fait construire un petit pavillon de chasse en pleine forêt. Regardez, c'est par là : sur un terrain insalubre de la seigneurie de Versailles. Louis XIII prend soin de ne prévoir de chambre ni pour sa mère ni pour sa femme, et se plaît beaucoup dans sa cahute.

Une fois sur le trône, son fils habite quelque temps au Louvre, aux Tuileries et à Vincennes. Mais ces lourdes bâtisses emplies de courants d'air lui pèsent. À vingt ans, il a le coup de foudre pour le pavillon de chasse de son père.

Le marais de Versailles est pourtant l'anus du monde civilisé. Mais justement : depuis la Fronde, Louis XIV se méfie de tout le monde et surtout des Parisiens. Or Versailles est difficilement accessible. Comment un roi méfiant résisterait-il à un tel charme ? Dès la mort de Mazarin, Louis XIV se lance dans des travaux horriblement dispendieux.

Évidemment, construire en zone marécageuse implique un long et pénible travail d'assainissement. Beaucoup d'ouvriers y laissent leur vie. « Versailles, lieu ingrat, soupire Saint-Simon, triste, sans vue, sans bois, sans eaux, sans terre, parce que tout est sable mouvant et marécage. »

Sitôt le lieu assaini, Louis XIV décide d'orner le parc d'innombrables jets d'eau. Il adore ça. Les dépenses engagées pour amener de l'eau à Versailles sont encore plus énormes que celles faites pour son assèchement.

Pendant des années, Louis XIV construit, change d'avis, démolit, reconstruit et redémolit. Il ne peut emménager à Versailles que vingt ans après le début des travaux. Et il passe le reste de sa vie au milieu des gravats, des échafaudages et des coups de marteau. Trente mille ouvriers en même temps, admirez ça…

Les bougeoirs de Versailles

Mais qui donc vit dans ce château immense ? Eh bien, la Cour. Et celle de Louis XIV regroupe à peu près toute la noblesse de France. Il faut qu'elle soit au château tous les matins car la journée du roi est rythmée par l'Étiquette, et cette Étiquette demande un monde fou.

Quand le roi se lève, il faut un noble pour lui tendre ses chaussettes, un autre pour lui passer sa chemise, encore un autre pour lui tenir le bougeoir. Et quand le roi convoque un noble pour venir tenir son bougeoir, le noble vient tenir le bougeoir. Désobéir à un ordre du roi est un crime de lèse-majesté. Sans compter que le roi a l'œil. Avec lui, « une impertinence coûte moins cher qu'une absence ». Le moyen, avec ça, de trouver cinq minutes pour aller dans sa province rassembler des fonds, lever des troupes et se révolter ? Aucun. Louis XIV est un fin renard.

Ce roi distant connaît l'âme humaine par cœur. À la Cour, il y a Ceux qui assistent au Lever du Roy et ceux qui n'y assistent pas, Ceux qui ont accès aux Grands Appartements et ceux qui n'y ont pas accès. Il y a Ceux qui ont une chambre à Versailles et ceux qui doivent dormir dans les couloirs, Ceux qui ont le droit de s'asseoir devant le roi et ceux qui restent debout. On tuerait pour un tabouret ou un matelas. On commente à l'infini les regards du roi, ses soupirs, ses sourires.

Dans son livre *L'Allée du roi*, madame Chandernagor montre très bien l'honneur faramineux que Louis XIV fait à la nourrice de ses enfants en lui adressant cette simple phrase :

« Nous vous savons un gré infini de toutes les choses que vous faites pour notre service, madame de Maintenon. »

Ces vingt mots sont la récompense de toute une vie de dévouement. Louis XIV, à l'époque, c'est un peu notre Loto.

Versailles et le surendettement

Regardez-les, tous ces nobles frondeurs devenus courtisans à plein-temps : ils passent leurs journées debout (on ne s'assied pas en présence du roi), en grande tenue de Cour (on ne se présente pas mal habillé devant le roi). Les genoux cassés par les révérences, ils regardent le roi se laver les mains, choisir ses mouchoirs et mille autres occupations minuscules.

Les frais de représentation à la Cour sont ruineux. Les distractions sont plus ruineuses encore. Bourrelés d'ennui, les courtisans n'ont que quatre occupations : forniquer, boire, cancaner et jouer, jouer, jouer. Ils se ruinent au jeu avec enthousiasme. Pendant ce temps, ils ne surveillent plus leurs terres. Pire : ils les hypothèquent, les vendent et s'endettent. Peu importe : Louis XIV verse des sommes folles aux courtisans fidèles. En fait, il tient toute la noblesse par la bourse. Elle ne se remettra jamais de cet esclavage étincelant.

Versailles, c'est le miroir aux alouettes le plus cher du monde.

Bien sûr, tout cela coûte. Mais Louis XIV a les moyens de se rembourser. Le voir sur sa chaise percée est un honneur qu'il faut payer cent mille écus. De plus, le porteur de chaise paye sa charge sept mille écus et il y a cinquante chaises percées à Versailles. L'argent est une notion étrange à la Cour du Roi-Soleil.

De Hugues à Louis

Tournez vos jumelles et regardez au loin, dans les brumes du passé. Essayez de repérer la silhouette de Hugues Capet...

Mais comment, et quand, est-on passé de ce petit roi qui régnait sur trois villes à Louis XIV, monarque absolu depuis les Flandres jusqu'à la Méditerranée ? Comment est-on passé d'un roitelet à ce souverain magnifique ? Ce despote absolu aux pieds duquel les plus arrogants rejetons des plus riches familles de France se roulent sans vergogne ?

Loin de moi l'idée de jeter le discrédit sur Hugues Capet. Cet homme prudent a su arrondir son avoir tout au long de son règne et le transmettre intact à son fils. Il a aussi su arbitrer entre les grands seigneurs féodaux sans se faire dévorer par l'un d'entre eux. Mais enfin, régner d'Orléans à Senlis, ce n'est pas la même chose qu'être Louis XIV.

L'historien Duby situe cette bascule du pouvoir au milieu du XIIIe siècle. Très exactement entre le début du règne de saint Louis et sa fin, ce qui fait juste quarante années. C'est une théorie, mais elle est magnifiquement exprimée. Tenez, voici son article « Le roman de la rose ». Commencez-le à la phrase « Comme tous les rêves, le premier Roman s'interrompt en plein parcours ». Ces pages sont splendides ! Voulez-vous que je vous en lise un extrait ?

« En quarante ans, le monde en effet bouge. Aussi vite, quoi qu'on pense, au Moyen Âge qu'aujourd'hui. » Auparavant, « l'essor des campagnes entraînait tout. Maintenant l'entraînement vient des villes […]. Toute la vitalité s'est transférée dans l'économie de marché. Les conquérants désormais sont les trafiquants, non plus les défricheurs. Durant ces quarante années les grands progrès ont touché les métiers de la banque, du roulage, de la batellerie, les moyens d'échange : la France a vu reparaître ces pièces d'or que l'on avait cessé sept siècles auparavant de frapper dans la chrétienté latine. […] Le déplacement des ressorts de la croissance depuis les champs vers les routes suffit à changer bien des choses. La nouvelle richesse est instable, hasardée, toute soumise à la Fortune, […] elle se construit en exploitant plus âprement les pauvres. La misère se voit mieux dans la ville ; elle se connaît elle-même, elle incite à la révolte. Les premières grèves de l'histoire vont éclater en 1280 […]. Les structures du pouvoir, de ce fait, se transforment. Avec l'argent, on gouverne autrement. Le roi disparaît derrière ses agents, ses juges, ses percepteurs. Il n'y a plus d'indépendance féodale. »

La suite est fameuse, je vous laisse la lire tranquillement. Vous pouvez vous arrêter à la phrase « Comme Molière ». Le reste de l'article n'est qu'une déclaration d'amour un peu biscornue à Jean de Meung.

Ce Jean de Meung est l'auteur de la seconde partie du *Roman de la Rose*. Sa prose est alerte, mais un peu rêche : il traite notamment toutes les femmes de « putes ». Une de ses collègues, Christine de Pisan, le prend mal. Tremblant d'admiration devant Meung, Duby en arrive à traiter cette pauvre Pisan de « mijaurée ». J'aurais voulu l'y voir.

Mais hâtez-vous de finir votre lecture, car le vent se lève. Nous allons lever l'ancre et quitter les parages de Versailles.

Quitter Versailles

Sans Louis XIV, Versailles s'éteint lentement. Or Louis XIV n'attend pas de mourir pour abandonner son beau château. À la fin de sa vie, la Cour énorme qu'il a lui-même entassée à Versailles le fatigue. Il se rend volontiers dans sa modeste retraite de Marly (treize pavillons, quatre cents jardiniers). Il n'emmène avec lui qu'une modeste suite de cent personnes. Les courtisans se traînent à genoux dans la galerie des Glaces pour être invités à Marly.

Marly était splendide, paraît-il. Il n'en reste rien, hors quatre chevaux de pierre.

Mais voici 1789. Versailles n'est pas assez loin de Paris, finalement. Car les Parisiens y déferlent en rangs serrés, l'injure à la bouche et la fourche à la main. Ils en reviennent avec la famille royale. Celle-ci ne sortira plus de la capitale, sinon en morceaux. Versailles est pillé.

Après la Révolution, les rares survivants d'une noblesse ruinée campent dans les débris du château. Regardez-les errer entre les stucs dédorés et les miroirs ternis. Ils se saluent encore avec la minutie que décrivait Saint-Simon cent ans plus tôt. Dépouillés et déchus, ils jouent encore, boivent encore, cancanent toujours… Le spectacle est dantesque.

Même Napoléon n'ose pas relever ce grand corps de pierre. Sa déchéance inspire des vers humides au poète Samain :

« Comme un grand lys tu meurs, noble et triste, sans bruit ;

Et ton onde épuisée au bord moisi des vasques

S'écoule, douce ainsi qu'un sanglot dans la nuit. »

Finalement, Versailles est restauré et transformé en musée. Mais abandonnons les fantômes du futur. Notre navire a repris sa course, il est temps de braquer à nouveau nos jumelles sur les rives où défilent Louis XIV et son encombrante famille.

Monsieur, frère du roi

Son prénom est Philippe, mais son siècle l'appelle Monsieur.

On dit que Monsieur est élevé comme une fille, sur ordre de sa mère Anne, pour éviter qu'il fasse de l'ombre à son grand frère. On dit que, tandis que Louis XIV découvre l'amour avec les nièces de Mazarin, Monsieur fait de même avec le neveu de Mazarin, le tout sur ordre de Mazarin.

Je ne sais pas ce qu'il y a de vrai là-dedans. Porter des robes en bas âge et fréquenter des homosexuels plus tard ne fait rien à l'orientation sexuelle. Mais considérer l'homosexualité comme une sale manie qu'on peut attraper à la manière d'un champignon au pied semble une sale manie courante au Grand Siècle. Sinon plus tard.

La voyante homosexualité de Monsieur arrange bien Louis XIV, qui remplit les poches de ses amants. Leur mission ? Écarter Monsieur du pouvoir, le maintenir dans un tourbillon de fêtes, de fesses et de futilité. Louis XIV n'a pas oublié Gaston.

Sa tactique fonctionne très bien. Saint-Simon fait de Monsieur un portrait au charbon : « Il n'était capable de rien [...]. Personne de si mou de corps et d'esprit, de plus faible, de plus timide, de plus trompé, de plus gouverné ni de plus méprisé par ses favoris. »

Cependant, Saint-Simon reconnaît une qualité à Monsieur : la valeur militaire. Mis sur un champ de bataille, Monsieur se révèle un excellent chef de guerre. Une fois. Louis XIV le félicite de son succès, et lui ôte définitivement tout commandement. Louis XIV n'a pas oublié le Grand Condé.

Évidemment, si on additionne le fait que seul un noble peut commander une armée, et le fait que Louis XIV écarte du commandement tous les nobles qui possèdent trop de talent militaire, on comprend certaines défaites.

Cela dit, si vous tournez vos jumelles vers l'amont, vous verrez que Louis XIV n'est pas le premier à se tirer de la sorte dans le pied…

La vincible armada

Philippe II d'Espagne n'a pas fait mieux, un siècle plus tôt. Au moment d'envoyer son Invincible Armada écraser l'Angleterre, il met à sa tête le duc de Médina.

Le duc de Médina est un Grand d'Espagne. Disons-le : en matière de grandesse, il n'y a pas plus époustouflant que le duc de Médina. Mais hélas, son ignorance des choses de la mer est tout aussi vertigineuse.

Le pauvre Médina est lucide. Il envoie à Philippe II des lettres dans lesquelles il supplie qu'on lui retire le poste. Il explique que, dès qu'il met un pied sur un bateau, il vomit ses tripes et « prend toujours froid ». Hélas, Philippe II n'est pas homme à changer d'avis. Il répond sèchement à Médina que « notre cause étant La cause de Dieu, vous n'échouerez pas ». C'est ainsi que la triomphale flotte espagnole, menée par un incompétent, s'abîme toute seule dans les flots, sous les yeux étonnés des Anglais. Sur cent trente vaisseaux, soixante seulement rentrent en Espagne. Et sur ces cent trente vaisseaux, il y avait trente mille hommes… Quittons ces flots sanglants et revenons au bord de la Seine, où Monsieur traîne une existence futile.

À la fin de sa vie, Monsieur réalise qu'il a été sciemment réduit au rôle de poule de luxe. Il en crève de colère ! Après une engueulade homérique avec son frère, il est victime d'une attaque dont il ne se relèvera pas.

Mais n'allons pas trop vite. Regardons Monsieur en ses vertes années : poudré, fardé, couvert de bijoux et d'amants, il fait scandale. Alors Louis XIV décide de le marier.

Monsieur et Madame : première

Monsieur et sa première épouse, Henriette, sont cousins germains, bien sûr. Ils ne s'aiment pas. Ils font quand même trois enfants.

Impossible de savoir ce que vaut cette Henriette. Est-elle pleine de grâces ? Ou bossue, boiteuse et hargneuse ? Les avis divergent. Mais il est possible que cette pauvre fille de sang très noble ait un problème à la jambe ou au dos. Pour le reste, elle est maigre et cultivée, elle a le goût du luxe et le sens de la fête.

Sa jeunesse n'est pas glamour. Son père est un roi d'Angleterre qui se fait raccourcir. Sa mère doit se réfugier en France. Elle campe au Louvre dans le dénuement le plus complet, et vend sa vaisselle pour pouvoir manger. Son amant est un ivrogne qui la bat. Henriette n'est alors qu'une gamine pauvre et osseuse.

Personne à la Cour n'a l'idée d'adresser la parole à cette souillon quand, surprise ! le frère d'Henriette reprend *manu militari* le trône d'Angleterre. On s'intéresse soudain à Henriette, et on la marie à Monsieur. Elle devient Madame. Il est possible qu'elle prenne alors plaisir à traiter les courtisans de haut.

Le reste de sa courte vie est une succession de fêtes aux côtés de son royal beau-frère.

Henriette meurt à vingt-six ans. Il s'agit probablement d'une péritonite, peut-être d'un empoisonnement perpétré par un des amants de son mari. Le prêcheur Bossuet clame en chaire : « Madame se meurt ! Madame est morte ! » Cette exclamation célèbre est la seule chose ici-bas qui persiste de la brève existence d'Henriette d'Angleterre.

Monsieur et Madame : seconde

Un an plus tard, Monsieur épouse le négatif de sa première épouse : la princesse Palatine. C'est une masse. Une armoire ! Une énorme Allemande avec une face d'adjudant et la plus grande des bouches. Elle déteste la Cour, le luxe, l'Étiquette, les ragots et les manières. Les deux époux s'entendent immédiatement très bien.

Cette grenadière est fine épistolière. Au cours de sa vie, elle écrit soixante mille lettres, rien que ça. Il *faut* lire ces lettres. Sa lettre dite « De la merde » est un chef-d'œuvre. Tenez, en voici un extrait :

« Vous êtes bien heureuse d'aller chier quand vous voulez ; chiez donc tout votre chien de soûl. Nous n'en sommes pas de même ici, où je suis obligée de garder mon étron pour le soir ; il n'y a point de frottoir aux maisons du côté de la forêt. J'ai le malheur d'en habiter une, et par conséquent le chagrin d'aller chier dehors, ce qui me fâche, parce que j'aime chier à mon aise, et je ne chie pas à mon aise quand mon cul ne porte sur rien. Item, tout le monde nous voit chier ; il y passe des hommes, des femmes, des filles, des garçons, des abbés et des Suisses. [...] Il est très chagrinant que mes plaisirs soient traversés par des étrons. Je voudrais que celui qui a le premier inventé de chier ne pût chier, lui et toute sa race, qu'à coups de bâton ! Comment, mordi ! qu'il faille qu'on ne puisse vivre sans chier ? [...] Je le pardonne à des crocheteurs, à des soldats, aux gardes, à des porteurs de chaise et à des gens de ce calibre-là. Mais les empereurs chient, les impératrices chient, les rois chient, les reines chient, le pape chie, les cardinaux chient, les princes chient, les archevêques et les évêques chient, les généraux d'ordre chient, les curés et les vicaires chient. Avouez donc que le monde est rempli de vilaines gens ! Car enfin, on chie en l'air, on chie sur la terre, on chie dans la mer. Tout l'univers est rempli de chieurs, et les rues de Fontainebleau de merde, principalement de la merde de Suisse, car ils font des étrons gros comme vous, madame. »

Pipi, caca, cracra

Il est vrai que la propreté n'est pas l'apanage du Grand Siècle. Regardez ce tableau : il représente un homme drapé dans des fourrures blanches mouchetées de noir. On appelle ces fourrures « hermines ». L'hermine signale que vous êtes en présence d'un modèle de sang royal. Eh bien, observez attentivement… Voyez-vous le lent mouvement qui agite la fourrure ? Le vêtement bouge tout seul sous l'effet de la vermine qui l'habite. Et pour tuer cette vermine, la seule solution, c'est de ranger les vêtements d'apparat dans les lieux d'aisance. Leur atmosphère chargée de méthane neutralise les bestioles. C'est la raison pour laquelle nos W-C ont longtemps été appelés « garderobe ». Heureusement, les tableaux n'ont pas d'odeur…

Ce n'est qu'un exemple entre mille de la saleté du temps. En voulez-vous un autre ? Agrippa d'Aubigné, un poète du début du Grand Siècle, dit que le vrai noble se reconnaît à ce qu'il a « l'aisselle surette et les pieds fumants ». Berk.

La grâce palatine

L'état des sanitaires n'est pas le seul sujet de plainte de Madame Palatine. Elle étouffe de rage à l'idée que Louis XIV, après son veuvage, se soit remarié avec la nourrice de ses enfants. Le roi de France épousant une ancienne gardienne de dindons ! Avec son habituelle vigueur, la Palatine évoque sa belle-sœur en termes choisis : « vieille touffe » ou « vieille conne ». La vérité, c'est qu'elle aurait bien voulu la place.

Mais il faut qu'elle vive avec l'époux que le destin lui a donné. Celui-ci, malgré tous ses défauts, est un homme de devoir. Il a fait trois enfants à sa première épouse, il en fait autant à la seconde. Pour se donner du courage au lit, il promène ses médailles de la Vierge dans des lieux inhabituels. Ce qui fait beaucoup rire la Palatine.

Sur leurs trois enfants, un fils atteint l'âge adulte. Soulagés, les deux époux tombent d'accord pour faire chambre à part.

Le chagrin de la Palatine à la mort de son premier fils est touchant. Il est rare d'entendre s'exprimer ce genre de douleur en ce temps où pleurer les enfants morts revient à se condamner à pleurer tout le temps.

Deux gouttes d'eau

Toujours à l'affût de ce qui peut nuire à son frère, Louis XIV oblige le fils survivant de la Palatine à épouser une de ses bâtardes. Ivre de colère, la Palatine donne une grosse claque à son fils devant toute la Cour. Ensuite, elle écrit rageusement que sa

« belle-fille ressemble à un cul comme deux gouttes d'eau ».

En effet, la donzelle est laide. De plus, elle est désagréable. Pour couronner le tout, c'est une limace. Elle passe son existence (soixante-douze ans, quand même) vautrée sur un canapé. Ce qui ne l'empêche pas de faire huit enfants dont sept filles, toutes mal élevées.

Son mari, le fils de la Palatine et de Monsieur, n'est pas n'importe qui. On le nommera « le Régent ». Il donnera son nom à un diamant (quatre cent dix carats) et à une époque. Mais plus tard.

Quant à son épouse malgracieuse, du fond de son canapé, elle se fait construire un château au milieu d'un parc gigantesque.

Celui-ci s'étend depuis Charonne jusqu'à Bagnolet, dans l'est de Paris. Si vous passez un jour du côté de l'échangeur de l'autoroute A3, penchez-vous au-dessus du flot gris du boulevard périphérique. Essayez d'imaginer, à la place, des hectares de pelouses couvertes de bosquets et parsemées de petits pavillons de pierre blanche dans le style antique… Moi, je n'y suis jamais parvenue.

Les maîtresses de Louis XIV

Il faut bien en dire un mot. Parler de ce roi sans parler de femmes, c'est comme ôter la mer de la Côte d'Azur.

Louis XIV couche abondamment, mais il est assez monogame. Disons qu'il l'est successivement. Il ne déteste pas passer cinq minutes avec une jeune fille, mais il lui faut une femme qu'il engrosse régulièrement et chez qui il va, le soir, boire un verre de vin avant de se coucher.

Il aura trois liaisons de ce genre. Elles lui fourniront de nombreux bâtards qu'il mariera avec jubilation à ses cousins, pour les déshonorer.

1650. Louis XIV est, paraît-il, déniaisé par une dame surnommée « Cateau la borgnesse », ce qui n'est pas très joli. Il existe aussi des ragots bizarres concernant Louis XIV, Mazarin et une histoire de gland rouge ou d'anus irrité. Le témoin est un valet nommé La Porte. Je vous laisse enquêter. Passons ces premiers émois.

Au sortir de l'adolescence, Louis XIV s'amourache des nièces de Mazarin les unes après les autres. Mais il les laisse toutes choir pour se marier.

1660. Une fois au pouvoir, Louis XIV marie son frère, le très homosexuel Monsieur, à une Henriette d'Angleterre. Il en profite pour lui conter fleurette.

Dans un souci de discrétion, les deux amants choisissent un paravent. C'est-à-dire qu'en public Louis XIV flirte avec une autre femme. Cette autre femme est une timide créature : Louise de La Vallière. Ce qui devait arriver arrive : Louis XIV quitte Henriette pour Louise. Première liaison sérieuse, premiers bâtards légitimés.

Cinq ans plus tard, la pauvre Louise sert à nouveau de paravent à une nouvelle maîtresse : Athénaïs de Montespan. Deuxième liaison sérieuse. Celle-là durera douze ans.

La Montespan

Nous voilà naviguant à hauteur de 1670. Madame de Montespan est une jolie femme de beaucoup d'esprit. Hélas, elle est affligée d'un mari horrible-ment jaloux. Au lieu de se réjouir de la faveur royale, celui-ci crie au scandale. Admirez comme il fait détruire le linteau des portes sur son passage, pour laisser passer ses cornes. Il accroche des bois de cerf aux quatre coins de son carrosse. Pire ! Il va au bordel attraper une chaude-pisse. Ensuite il fait irruption chez son épouse et tente de la violer. Son but ? Lui infliger ses microbes afin qu'elle infecte le roi. Madame de Montespan réussit à s'enfuir. Alors monsieur de Montespan apprend des gros mots à sa perruche pour qu'elle les piaille à tous vents.

Il finira sa vie en exil.

Avec un mari aussi encombrant, madame de Montespan est obligée de cacher les huit bâtards que lui fait le roi. Elle les confie à une nourrice discrète. Ce qui devait arriver arrive : le roi offre à la nourrice la place de madame de Montespan. Troisième et dernière liaison.

Il faut dire que, après sept grossesses, madame de Montespan est bien défraîchie. N'ayant jamais eu d'enfants, la nourrice gagne à la comparaison. Mais surtout, l'amour que le roi porte encore à madame de Montespan fait naufrage sur un des plus horribles écueils du Grand Siècle : l'affaire des Poisons. Carguons les voiles et essayons d'en approcher. Pas trop près, quand même…

L'affaire des Poisons

Cette affaire est plus que croustillante : elle est atroce.

Elle commence par madame de Brinvilliers. C'est une calme jeune femme qui empoisonne son père, sa sœur, ses frères et un de ses enfants. Elle est méticuleuse : avant d'empoisonner sa famille, elle prend soin de tester ses potions sur les pauvres qui viennent lui mendier du pain. Quand les pauvres se font rares, elle va à l'hôpital assassiner des malades.

Madame de Brinvilliers a un mari qu'elle tente d'empoisonner. Elle a aussi un amant qui contrepoisonne le mari de peur d'avoir un jour à épouser sa maîtresse.

Cet amant méfiant accumule, dans une cassette, des preuves écrites contre la Brinvilliers. Il marque sur le couvercle : « À ouvrir si je meurs avant madame de Brinvilliers ». Pas bête. Mais inefficace : il meurt quand même. La cassette est ouverte, madame de Brinvilliers est perdue.

Arrêtée, la Brinvilliers avoue. Torturée, étonnamment, elle n'avoue rien de plus. Pourtant la torture, alors nommée *question* et menée par un *questionnaire*, n'est pas une partie de plaisir. Très codifiée, elle commence par le supplice de l'eau. S'ensuivent les brodequins, un supplice qui consiste à faire éclater les os des jambes, puis l'estrapade, le fouet, le fer rouge et suivants. Rares sont ceux qui, sous la *question ordinaire* puis *extraordinaire*, n'avouent pas tout et son contraire.

Condamnée, la Brinvilliers part en fumée. Est-ce la fin de l'histoire ? Que nenni : c'est le début. Telle Pandore, la Brinvilliers vient d'ouvrir une boîte emplie de monstres. En fouillant dans ses relations, la police tire un fil monstrueusement long : Vivonne, Soissons, Bouillon, Gramont, Luxembourg, Polignac, toute la Cour y est accrochée ! Louis XIV apprend que ses proches ont, depuis des années, l'habitude d'aller consulter une femme nommée La Voisin.

La Voisin

Cette La Voisin est une voyante, mais c'est aussi une sorcière, une avorteuse et une empoisonneuse. Pitoyables et crédules, les beaux messieurs et les belles dames de la Cour assistent tout nus à ses messes noires. À la sortie, La Voisin leur vend des philtres d'amour, des purges abortives et de la « poudre de succession ». C'est le nom qu'on donne alors au poison. D'ailleurs, de toutes les tisanes que vend La Voisin, c'est la seule qui fonctionne. Les autres sont des mélanges inopérants de cendres de pendu et de rognure d'ongles de nonne.

Si les messes noires de La Voisin sont immondes, ce n'est pas parce qu'elles sont récitées à l'envers par un prêtre défroqué sur un ventre de femme dénudé. Dieu en a vu d'autres. Si elles sont immondes, c'est qu'on y saigne à mort des nouveau-nés. Ensuite, on mêle leur sang aux tisanes de La Voisin.

L'histoire, pathétique et infâme, est jugée par une cour de justice spéciale : la Chambre ardente. La Voisin est condamnée à être brûlée.

Cette grosse dame forte en gueule passe sa dernière nuit à se goinfrer et à chanter. Regardez-la : il faut s'y mettre à plusieurs pour la traîner jusqu'au bûcher et la convaincre de rester dessus jusqu'à ce que mort s'ensuive.

1680, l'affaire se complique

Nous avons dérivé jusqu'à 1680. L'affaire des Poisons dure depuis dix ans. Soudain, les aveux des prévenus s'enrichissent d'un nom encore plus gênant que tous les autres : Montespan.

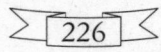

Louis XIV apprend que, pendant des années, sa belle maîtresse lui a servi, mélangé à son vin du soir, un philtre d'amour à base de sperme de curé et de poils de fesse de ribaude. Immédiatement, il ferme la Chambre ardente, brûle ses archives et quitte sa maîtresse. Il ne peut pas faire plus : elle lui a donné huit enfants. Tous élevés avec amour par sa nouvelle favorite.

La plupart des gens arrêtés dans le cadre de l'affaire des Poisons sont envoyés au bûcher, sauf ceux qui ont cité le nom de Montespan dans leurs aveux. Ceux-là ont la vie sauve, pour éviter le scandale. Par conséquent, l'ancienne favorite est dénoncée à tort et à travers par tous ceux qui veulent sauver leur peau. Ils l'accusent d'une effarante quantité de crimes, notamment d'avoir empoisonné une jeune maîtresse du roi.

Le triomphe de la nourrice

Nous avons franchi le début des années 1680. La vilaine porte espagnole décède. Au soupir de Louis XIV (« C'est le premier chagrin qu'elle me cause ») répondent les derniers mots de cette épouse mille fois trompée :

« Depuis que je suis reine, je n'ai eu qu'un seul jour heureux. »

Hélas, elle oublie de préciser lequel.

Sur ces entrefaites, le fils unique de Louis XIV devient père d'un petit garçon. Louis XIV estime qu'il a fait son devoir et se paye le luxe d'épouser la femme qu'il aime : la nourrice des sept enfants qu'il a eus avec Athénaïs de Montespan. Il offre à cette dame dévouée un titre de noblesse : elle se nomme désormais madame de Maintenon.

La chair est triste, hélas

Ce remariage marque, chez Louis XIV, la volonté de changer radicalement de façon de vivre. L'affaire des Poisons pèse probablement très lourd dans cette décision. Nous pouvons imaginer le sentiment de dégoût qui envahit cet homme. Par là-dessus, sa santé s'altère de plus en plus. Non seulement il n'a plus de dents, mais, en les lui arrachant, son dentiste lui a aussi arraché la moitié du palais. Et ce n'est qu'une douleur parmi d'autres. De sa bouche cariée à ses pieds goutteux en passant par sa vessie emplie de calculs, son anus détruit et son sexe rongé par la blennorragie, le malheureux Roi-Soleil n'est qu'une plaie.

Le cœur et le corps meurtris, il renonce à ses innombrables maîtresses et à ses fêtes brillantes. À la place, il prend une nouvelle épouse et multiplie les messes. Finalement, pour complaire à l'Église, il révoque l'édit de Nantes qui protégeait les protestants. C'est la plus belle bourde de son règne.

Quand le diable n'en veut plus

Il existe un vieil adage qui dit que les gens se tournent vers Dieu quand le diable ne veut plus d'eux. Vérifiant ce proverbe en même temps que Louis XIV, madame de Montespan sombre à son tour dans la prière. La fin de cette grosse dame déchue est bien triste.

Renvoyée de la Cour, elle tente un moment de se rapprocher de son époux légitime. Mais l'ancien jaloux l'envoie promener. Quant à ses enfants, ils ne la connaissent pas. Les légitimes ont été élevés par leur père et les illégitimes, par sa rivale. C'est madame de Maintenon qu'ils traitent comme une mère.

Quels cauchemars hantent madame de Montespan ? Peut-être que les âmes des bébés dont La Voisin a percé le petit cœur sur son large ventre nu viennent lui grignoter les doigts de pied quand elle dort… Regardez-la tirer ses couvertures par-dessus sa tête : son sommeil est agité. Elle ne supporte ni l'obscurité, ni la solitude. Chaque nuit, il faut que quelqu'un lui lise des histoires pendant des heures. Sa peur de la mort est extrême. Elle meurt quand même, un peu avant Louis XIV.

On l'enterre comme une dame de qualité. Et comme chez toute dame de qualité, ses entrailles sont retirées. Elles doivent être inhumées dans une autre église. Alors on en fait un paquet, et on le confie à un porteur. Mais, chemin faisant, le porteur trouve son bagage trop puant. Il le jette dans un fossé où des chiens (variante : des cochons) le dévorent.

Un contemporain, un peu aigri, lâche :

« Des entrailles ? J'ignorais qu'elle en eut. »

Madame de Maintenon

Observons un instant cette femme qui partage la moitié de la vie de Louis XIV.

C'est la petite-fille d'Agrippa d'Aubigné, un poète soldat protestant, ami d'Henri IV. C'est aussi la fille d'un assassin. Elle naît en prison. Son enfance est misérable, elle garde les dindons et mendie si nécessaire. Elle considère comme une chance de pouvoir épouser, à seize ans, un poète pauvre et difforme.

Il s'appelle monsieur Scarron. Ce malheureux garçon est atteint d'une tuberculose osseuse. Il soigne ses douleurs en rédigeant, contre Mazarin, les célèbres mazarinades :

« Bougre bougrant, bougre bougré, bougre au suprême degré,

Bougre sodomisant l'État, et bougre au plus haut carat,

Bougre à chèvre et bougre à garçons et bougre de toutes les façons. »

Quand on sait que bougre est synonyme d'homosexuel, on comprend que Scarron n'aime pas Mazarin, et que l'homosexualité n'a toujours pas bonne presse.

Le salon de monsieur Scarron est bien fréquenté. Son épouse y rencontre du beau monde, dont madame de Montespan et Ninon de Lenclos. Essayez de trouver une biographie de Ninon de Lenclos : cette putain magnifique a une vie de roman.

Madame Scarron est jolie, très pieuse et pleine d'esprit. L'esprit lui sert à exister dans les salons de l'époque (il faudra que nous en visitions quelquesuns). La religion lui sert à s'attirer l'amitié de dévots haut placés. Quant à la joliesse, elle ne lui nuit pas.

Trompe-t-elle Scarron ? Il semble qu'elle n'accorde à ses soupirants que la « petite oye », ce qui me fait bien rire. Un poète explique qu'on trouve

« Dessous la soye,

Jambes, bras, et la petite oye. »

Un fin gourmet dit que « la petite oye » est le meilleur morceau de l'oie. On peut en déduire qu'« accorder la petite oye » recouvre plus ou moins tout, sauf la pénétration. Nous traduirions peut-être cette expression par « touche-pipi ». Le Grand Siècle préfère « menues faveurs ». Le siècle suivant parlera de « minuties ». En tout cas, c'est une activité étrange chez une dame pieuse. Le diable est vraiment dans les détails.

Les salons précieux

À nouveau, jetons l'ancre un moment et allons ensemble découvrir les salons du Grand Siècle, plus particulièrement ceux des Précieuses. Car le Grand Siècle est celui des Précieuses. Et elles ne sont pas toutes ridicules.

Allongées sur leur lit en grande robe, les dames de la haute société reçoivent dans leur *ruelle*, c'est-à-dire à leur chevet. Elles y invitent tous les beaux esprits du temps. Ils passent l'après-midi à grignoter des gâteaux en discutant. Ils lisent des livres à haute voix ou chantent en s'accompagnant d'un instrument. Voilà ce que c'est, un salon.

C'est dans ces salons que, peu à peu, la noblesse apprend à ne plus morver bruyamment, cracher à tous vents, forniquer comme on pisse et pisser dans le premier vase venu.

Mais de quoi parle-t-on, dans ces salons ? Ni d'affaires, ni de politique. On parle d'amour.

Ces dames et ces messieurs ergotent à n'en plus finir sur la tendresse, l'estime, l'amitié, le penchant et autres nuances. Ils dessinent la carte du Tendre et se promènent ensemble entre le lac de l'Indifférence, les cataractes de la Passion et les marécages putrides de la Jalousie. Quand ils sont fatigués, ils s'arrêtent dans les villages de Jolis-Vers et Billet-Doux. Ils versifient, ils écrivent, et inventent cette langue précise qu'est le français classique. Je ne résiste pas au plaisir de vous citer un extrait d'une œuvre emblématique : *La Princesse de Clèves*.

La princesse à son galant : « Je ne vous dirai point que je n'ai pas vu l'attachement que vous avez eu pour moi ; peut-être ne me croiriez-vous pas quand je vous le dirais. Je vous avoue donc, non seulement que je l'ai vu, mais que je l'ai vu tel que vous pouvez souhaiter qu'il m'ait paru.

Son galant : Et si vous l'avez vu, Madame, est-il possible que vous n'en ayez point été touchée ? Et oserais-je vous demander s'il n'a fait aucune impression dans votre cœur ?

Elle : Vous en avez dû juger par ma conduite, mais je voudrais bien savoir ce que vous en avez pensé.

Lui : Il faudrait que je fusse dans un état plus heureux pour vous l'oser dire, et ma destinée a trop peu de rapport à ce que je vous dirais. Tout ce que je puis vous apprendre, Madame, c'est que j'ai souhaité ardemment que vous n'eussiez pas avoué à monsieur de Clèves ce que vous me cachiez, et que vous lui eussiez caché ce que vous m'eussiez laissé voir. »

Évidemment, il faut aimer ce style.

Finalement, au bout de deux cent cinquante pages, la princesse meurt sans avoir jamais effleuré la main de son galant.

Dans la vraie vie, les Précieuses sont à peine moins pires. La belle Julie d'Angennes fait attendre son soupirant, le duc de Montausier, pendant quatorze ans. Le soir des noces, Montausier se rue dans la chambre conjugale en arrachant son peignoir.

Best-sellers

Un autre livre emblématique de l'époque précieuse est *L'Astrée,* un roman à épisodes édité de 1607 à 1627 – la chute s'est fait attendre. Composé de soixante volumes totalisant 5 399 pages, c'est le best-seller absolu du Grand Siècle. Voici ce que votre ancêtre lisait à la lueur des chandelles, il y a quatre cents ans, en essuyant ses yeux humides :

« Ignorant donc son prochain malheur, après avoir choisi pour ses brebis le lieu plus commode près de celles de sa bergère, le berger lui vint donner le bon-jour, plein de contentement de l'avoir rencontrée, à quoi elle répondit, et de visage et de parole, si froi-dement que l'hiver ne porte point tant de froideurs ni de glaçons. »

Notez qu'il ne s'agit là que d'une phrase.

Pour se représenter l'évolution des mœurs, lisons dans la foulée un extrait d'un best-seller du siècle précédent. Prenons le *Gargantua* de Rabelais, 1530 :

« Ce petit paillard toujours tripotait ses gouvernantes sens dessus dessous, sens devant derrière, et déjà com-mençait à exercer sa braguette. Laquelle chaque jour ses gouvernantes ornaient de beaux bouquets, de beaux rubans, de belles fleurs, et passaient leur temps à la faire revenir entre leurs mains. Puis elles s'esclaffaient de rire quand elle levait les oreilles, comme si le jeu leur eût plu. L'une la nommait "ma petite fille", l'autre "ma pine", l'autre "ma branche de corail", l'autre "mon bouchon, mon vilebrequin, ma tarière, ma pendilloche, mon dressoir, ma petite andouille vermeille, ma petite couille bredouille". »

On sent la différence.

Conflit de générations

Malgré ce qu'en dit Molière, les salons des Pré-cieuses ne sont pas des endroits ennuyeux. Dans ces salons, on est jeune, on est riche, on fait la fête et on rit beaucoup. Mais voilà : les salons accueillent beau-coup de femmes. Des femmes qui aiment lire et écrire. Il n'en faut pas plus pour jeter le ridicule sur ce mouvement culturel.

Si vous voulez vous faire votre propre opinion, lisez les *Historiettes* de Tallemant des Réaux. Ensuite, lisez *La Princesse de Clèves* de madame de Lafayette. Vous verrez que les manières précieuses ne sont que le contre-pied rageur d'une génération qui vomit la brutalité des générations précédentes.

Au début du XVIIe siècle, l'homme viole son épouse de onze ans, la bat en présence de leurs enfants, tond ses valets pour se fabriquer une perruque, crache dans les plats pour les manger tout seul, vide son nez dans la cheminée et son intestin dans les boîtes de gâteaux. Et quand il est sur son lit de mort, ses serviteurs lui mordent les doigts pour lui voler ses bagues. Son épouse, elle, s'amuse à bâtonner sa femme de chambre, fouetter son grand-père impotent et montrer ses seins au curé. Cette violence n'épargne aucun milieu : Henri IV ayant donné à une dame la responsabilité d'une abbaye, la dame doit commencer par interdire aux religieuses de se prostituer. Mécontentes, les bonnes sœurs tentent de l'empoisonner (deux fois) puis de la poignarder.

À la fin du XVIIe siècle, monsieur courtise madame pendant des années. Et madame n'ose même plus prononcer le mot « poitrine ». Quant aux religieuses, elles connaissent leur psautier par cœur.

À l'époque, cette évolution est vécue comme un progrès éblouissant. C'est la rigueur de Louis XIII et Louis XIV contre le désordre qui a caractérisé les règnes précédents et, surtout, contre la violence des guerres de religion.

De la même façon, la pruderie du XIXe siècle ne sera qu'une réaction exaspérée contre le libertinage du XVIIIe siècle. Quand un siècle s'amuse à profiter du coma éthylique d'une femme pour fourrer un pétard dans son fondement (l'anecdote date du début du XVIIIe, dans l'entourage même du roi), vous pouvez parier votre clairon que le siècle suivant mettra un point d'honneur à ne même plus prononcer le mot « fesse ».

La veuve Scarron

Nous pouvons ranger nos livres, refermer la porte du salon et remonter sur notre bateau. Suivons à la voile la future madame de Maintenon, qui est encore madame Scarron. Son pauvre mari meurt après des années de souffrances épouvantables. Sur sa tombe, il fait inscrire :

« Passant, ne fais pas de bruit,
Garde-toi que tu ne l'éveilles,
Car voici la première nuit
Que le pauvre Scarron sommeille. »

Il laisse une veuve de vingt-quatre ans. Elle n'a pas un sou mais des relations. Pendant quelques années, elle vivote à leurs crochets. C'est madame de Montespan qui la tire définitivement d'affaire : la maîtresse royale a besoin d'une femme discrète pour s'occuper de ses bâtards. Vous connaissez la suite : Louis XIV tombe amoureux de la nourrice, lui donne un titre de noblesse et l'épouse. Pendant les trente années qu'il lui reste à vivre, il impose à cette pauvre femme docile une existence pénible soumise à l'Étiquette. De son côté madame de Maintenon, qui est pieuse à bâiller, entraîne la brillante Cour du Roi-Soleil dans un ennui sans fond. Entre deux messes, les princesses royales n'ont pas d'autre distraction que de se saouler. Elles errent dans les couloirs puants de Versailles en se vidant par tous les bouts.

On dit que la politique de Louis XIV est influencée par madame de Maintenon. Que cette femme bornée finit par obtenir du roi la révocation de l'édit de Nantes. Cette belle bourde vide la France d'une partie de ses forces : les protestants fuient en masse les persécutions et s'en vont peupler l'Allemagne, les Pays-Bas, l'Amérique.

Mais peut-on vraiment croire une chose pareille ? Toute la vie de Louis XIV est dominée par la volonté de détruire toute influence étrangère à la sienne. C'est plus qu'une volonté : c'est un système, une obsession, une névrose. C'est une force assez puissante pour tirer d'un marécage malsain le plus imposant palais du monde. Louis XIV a-t-il fait tout ça pour, ensuite, se laisser dicter sa conduite ? On a déjà vu des choses plus étranges sous le ciel.

La Grande Poisse

La fin du règne de Louis XIV est marquée par une poisse aussi grande que lui.

Le pays est fatigué par les guerres. Par là-dessus, il subit pendant quelques années une minuscule ère glaciaire. Sur la table du roi, à Versailles, le vin gèle dans les carafes. Les Français meurent de faim et de froid par millions.

Le climat finit par se réchauffer, mais la malchance s'obstine sur la famille royale.

Pourtant, au début des années 1700, Louis XIV est à peu près sûr de lui. Il a un fils (Louis) qui en a trois. L'aîné (Louis) a aussi trois fils (Louis, Louis et Louis). Nous voilà avec sept successeurs possibles. Mais regardez plutôt cet enchaînement de catastrophes : le premier successeur, en montant sur le trône d'Espagne, renonce au trône de France. Le deuxième meurt en bas âge. Le troisième meurt de la variole. Le quatrième meurt de la rougeole en contaminant le cinquième qui meurt aussi. Et le sixième, vlan ! se flanque à bas de son cheval.

En 1714, un an avant sa mort, Louis XIV ne peut plus compter que sur le septième. C'est un petit garçon de quatre ans (Louis). De plus, il est malade. Sa gouvernante est une femme sage : elle l'arrache des mains des médecins avant qu'ils ne le saignent à blanc et ne le purgent à mort. Cette courageuse initiative permettra au bambin de devenir Louis XV.

1715, la fin de Louis le Grand

1715. Regardez Louis XIV sur son lit de mort. Le vieux roi est atteint d'une gangrène à la jambe et son agonie est interminable. Pourrissant tout vif, il souffre et il pue. Mais il reste calme. Et quand il voit quelqu'un pleurer, il lâche avec un bel humour macabre : « M'aviez-vous cru immortel ? »

Quand on ouvre le caveau des Bourbons, en 1793, son corps apparaît reconnaissable « par ses grands traits, mais il était noir comme de l'encre ». La gangrène a envahi le cadavre.

Le corps de son père, Louis XIII, est bien conservé et « reconnaissable à sa moustache ». Par contre, ceux de sa grand-mère Marie de Médicis, de sa mère Anne d'Autriche, de son épouse Marie-Thérèse et de son fils Louis ne sont plus que « putréfaction liquide ». Ils dégagent « une vapeur noire et épaisse d'une odeur infecte, qu'on chassait à force de vinaigre et de poudre ». On les verse, plus qu'on ne les jette, dans la fosse commune.

Le Régent

À la mort de Louis XIV, Louis XV a cinq ans. Alors on désigne un régent. Il restera dans l'histoire sous ce nom. Quand on vous parle de « fauteuil Régence » ou de « style Régence », c'est de lui qu'on parle.

Ce gros petit homme est le fils de la Palatine et de Monsieur.

Regardons-le en ses jeunes années. Au physique, il est borgne et souriant. Au moral, il a à peu près tous les défauts. Il est intelligent, actif et cultivé dans une Cour d'oisifs ignares. Il danse comme un fer à cheval et monte à cheval comme un fer à repasser, dans une Cour qui ne fait que danser et chevaucher. Il n'aime pas la chasse, ce qui est quasiment un crime de lèse-noblesse. Et il ne croit pas en Dieu, ce qui est un crime de lèse-majesté. À la place, il croit aux femmes et aime le vin. Et pour finir, c'est un excellent chef de guerre. Au point qu'on le compare au Grand Condé. Vous imaginez bien qu'il s'attire très tôt la haine de Louis XIV. Celui-ci le traite de « fanfaron de vices ».

Quand le futur Régent atteint dix-huit ans, Louis XIV le marie de force à une de ses bâtardes. Malgré leur dégoût réciproque, les deux époux couchent quand même ensemble au moins huit fois, puisqu'ils font un fils et sept filles. Disons mieux : sept calamités.

Les sept calamités : Joufflote

Jolie procession que les filles du Régent. Laissez-moi vous les présenter. Voici l'aînée, Joufflote. C'est une petite rousse qui se tue de grossesses : six avant vingt-quatre ans. À l'autopsie, elle se révèle encore enceinte.

En attendant de mourir, sa vie n'est que fêtes. Son père l'adore. Elle participe à ses dîners, connus sous le nom de « petits dîners du Régent ».

La légende dit que dans ces petits dîners, au dessert, tout le monde couche avec tout le monde. Le Régent met le nom des participants dans un chapeau, et chacun tire son partenaire au sort. Venimeuse, la légende ajoute : quand le Régent sort le nom de sa fille du chapeau, il ne recule pas devant la tâche. On donne à ces desserts bizarres le nom de *lotherie*. Car Loth est un personnage biblique connu pour avoir couché avec ses filles.

Évidemment, ce n'est qu'un racontar horrible. Il n'empêche que le terme *lotherie* est arrivé jusqu'à nous, à défaut de la pratique.

La vérité, c'est que, après l'ennui profond de la fin du règne de Louis XIV, les gens de la régence s'amusent bruyamment. Et la calomnie, maniée par les bigots de la vieille Cour, ne les rate pas. Au premier rang des médisants, vous pouvez apercevoir Saint-Simon.

Les sept calamités : suivantes

Je vous épargne les autres filles du Régent, son fils et ses enfants naturels. Notez simplement qu'un de ses descendants illégitimes rendra très malheureuse la fameuse comtesse de Ségur. Elle se consolera en écrivant d'affreuses petites histoires pour les enfants.

La régence

Le Régent est progressiste. Il essaye de gouverner de façon moins autoritaire que Louis XIV et s'entoure de conseils d'experts. Tout ça part de très bonnes intentions. Mais, hélas, des querelles de personnes infinies aboutissent au blocage.

Le Régent lance aussi le « système de Law » (dites « Lasse »). C'est le premier système de boursicotage. Il aboutit en peu d'années à la première grosse crise boursière. Les petits actionnaires sont ruinés, bien entendu. Par contre, les finances de l'État en sortent en pleine forme. Ce qui est très rare.

Les finances de l'État

Il faut savoir que, pendant des siècles, la France a un souci constant : son surendettement chronique. Les finances sont toujours à sec.

Régulièrement, les rois essayent d'y mettre bon ordre. Ils demandent tout simplement aux plus riches de mettre la main à la poche. Les plus riches, ce sont l'Église et la noblesse. Mais l'Église et la noblesse s'y refusent. Alors les rois de France convoquent, toujours régulièrement, une assemblée nommée *États généraux*. Cette assemblée réunit des représentants des trois états : la noblesse, le clergé et le tiers état (tous les autres).

Le plus souvent, les rois parviennent à tirer de ces États généraux assez d'argent pour combler les trous dans les finances. Jusqu'à la prochaine crise financière. Ça a été le cas de Philippe le Bel et de ses fils, ça a été le cas de Philippe VI et de Jean le Bon... En fait, presque tous les rois ont convoqué des États généraux. Sauf Louis XIV, bien sûr. Mais nous reparlerons des États généraux dans soixante-dix ans…

Les roués du Régent

Reprenons nos jumelles et revenons au Régent. Comme beaucoup de ses prédécesseurs à la tête de la France, le Régent est assisté dans sa lourde tâche par un cardinal. Celui-là s'appelle Dubois. Il est aussi subtil que les cardinaux précédents. Car le Régent sait s'entourer.

Mais la plus utile qualité du Régent est sa gentillesse. Le petit Louis XV l'aime follement.

Son plus grand défaut est l'absence d'hypocrisie. Il essaye de faire son paradis sur terre et ne s'en cache pas. Regardez-le, là-bas, boire et rire avec des mécréants portés sur la bouteille et les plaisanteries épaisses. S'ils n'étaient pas de haute naissance, ces messieurs rougeauds seraient traînés en place de Grève. Là, ils se feraient rouer (casser les membres) pour débauche et impiété. Voilà pourquoi on les appelle « les roués du Régent ». Ce sont les invités des fameux petits dîners du même nom.

Non, non, vous ne verrez rien de ces petits dîners ! À moins d'avoir des jumelles qui traversent les murs. Car le soir, quand le Régent se retire avec ses amis, les portes du Palais-Royal se ferment hermétiquement. Par conséquent, il n'est pas bien facile de savoir ce qui se passe *vraiment* entre roués. Il n'est pas facile non plus de savoir qui sont *vraiment* ces roués. On parle du duc de Noailles, du comte de Nocé, de l'abbé de Vendôme, bref, du beau linge. Mais d'autres témoignages assurent que Nocé et Noailles font plutôt partie des gens vertueux qui essayent de modérer le Régent. Ils tentent de le retenir quand il part ivre mort pour le bal de l'Opéra. Ou quand il exige, toujours ivre mort, qu'on lui tranche la main.

Car le Régent, comme tous les Bourbons, est un peu bizarre.

En tout cas, on sait que l'abbé de Vendôme est un roué du Régent. Cet ecclésiastique complètement athée se vante de ne pas s'être couché une seule fois à jeun en quarante ans.

On sait aussi ce que boivent ces ivrognes. Ils mettent à la mode un vin qui deviendra célèbre : le champagne.

Bien sûr, il n'y a pas que des hommes, à ces dîners. On y trouve des femmes, notamment les maîtresses du Régent. Car le Régent consomme beaucoup. On raconte même qu'une fois… Mais ajustez plutôt vos jumelles : le Régent vient d'apercevoir, sur un sofa, une belle endormie. Il se jette sur elle ! La fille se réveille en hurlant, repousse son agresseur et, d'un bon coup de talon, lui crève un œil ! C'est de cette façon que le Régent est devenu borgne.

La Régence est une époque pleine d'allant. Mais elle n'est pas pleine de bon goût.

Le vent qui enfle nos voiles est vif, nous voici déjà en 1723. Louis XV fête sa majorité. Il a treize ans. Aussitôt, le cardinal Dubois et le Régent lui cèdent le pouvoir. Cela fait, ils meurent tous les deux, comme d'habitude.

Le Régent avait quarante-neuf ans, et trop de champagne dans la bedaine.

Louis XV, introït

Regardez-le : c'est un assez bel homme pour un roi de France.

Impossible de savoir si ce roi est un bon roi ou seulement un très, très long roi (cinquante ans de règne).

Il paraît qu'il est intelligent mais paresseux. Qu'il est intellectuellement libéral mais fait des crises d'autorité. Qu'il est à la fois bon vivant et dépressif. Qu'il veut bien faire, mais vit loin de la réalité. Qu'il comprend vite, mais décide lentement.

De quoi sommes-nous certains ? Au quotidien, Louis XV est un esprit curieux, friand de nouveautés scientifiques et culinaires.

Politiquement, Louis XV est secret jusqu'à la fourberie. Il double ses ordres officiels d'ordres officieux. Les seconds sont souvent contradictoires avec les premiers, de sorte que ses ministres vont de sueurs froides en suées brûlantes. Louis XV, c'est le roi de l'agent double et du réseau triple.

Sexuellement, Louis XV reste longtemps prude. Il devient assidûment fornicateur à vingt-trois ans, mais ne s'aventure au-delà du tout-venant qu'après cinquante ans. Vous pouvez le dire : voilà encore un homme de contraste.

De ses ancêtres, il a hérité son goût pour la chasse, son amour pour Dieu et son ingratitude. Et il n'a pas échappé à ce nez.

Louis XV, première partie

Sitôt couronné, Louis XV remet en place les vieilles coutumes autoritaires de Louis XIV. C'est la fin du libéralisme du Régent.

Fidèle à la tradition, Louis XV nomme à ses côtés un cardinal : le cardinal Fleury. Comme les autres, Fleury est intelligent et dur à la peine. Loin des fastes ruineux du Grand Siècle, il équilibre le budget, flatte l'Angleterre d'une main et l'Espagne de l'autre.

Pendant ce temps, Louis XV se laisse rattraper par la traditionnelle *angoisse du fils*. Il renvoie chez elle sa trop jeune fiancée, une Espagnole de sept ans, et épouse au plus vite une fille nubile.

Il choisit une quasi-vieillarde de vingt-deux ans, pauvre et obscure. Elle se nomme Marie Leszczynska. C'est la fille d'un roi de Pologne détrôné. Quand on vient lui demander sa main au fond de sa mansarde, Marie met cinq minutes à croire à une proposition de mariage aussi extravagante.

D'abord, le mariage est heureux. Le roi, qui a quinze ans, découvre les plaisirs de la chair. Il apprécie beaucoup.

Enthousiaste, Marie Leszczynska enfante en 1727 (deux filles), puis en 28, 29, 30, 32, 33, 34, 36 et 37. Les filles sont si nombreuses qu'on les numérote. On s'en débarrasse au couvent. La pauvre petite madame Sixième y entre à l'âge de deux ans et y meurt à huit ans, sans jamais avoir revu ses parents. Par contre, mesdames Troisième et Quatrième survivront même à la Révolution française.

Sur cet océan de filles, deux garçons surnagent. L'un engendrera les trois derniers rois de la lignée Bourbon.

Regardez cette pauvre Marie Leszczynska. Épuisée, elle gémit : « Quoi ? Toujours coucher, toujours grosse, toujours accoucher ? » Et elle met le roi à la porte de sa chambre.

Louis XV se console (successivement) dans les bras de Louise, Pauline, Diane et Marie-Anne de Mailly. Quatre sœurs. L'ambiance, à la table des Mailly, doit être étrange. Mais la famille a l'habitude : elle descend de Mazarin et Louis XIV, en son temps, s'était aussi épris des nièces Mazarin les unes après les autres.

Louis XV, deuxième partie

Notre navire cingle vers 1743. Le cardinal Fleury est mort. Louis XV décide, une fois de plus, de copier Louis XIV. Désormais, il gouvernera seul. Hélas, il n'a pas la névrose de son arrière-grand-père ou sa volonté féroce, si vous préférez. Il est constamment ballotté entre deux partis, que nous appellerons « les réactionnaires » et « les progressistes ».

Le parti réactionnaire est le continuateur de la Sainte Ligue. C'est le parti des dévots et de la noblesse. Il est mené par le Dauphin. Ce bigot confit s'oppose en tout à son père.

L'autre parti est celui des philosophes des Lumières. Il est mené par la favorite en titre : madame de Pompadour.

La marquise de Pompadour

Ajustez vos jumelles pour mieux admirer cette jolie bourgeoise, née Jeanne Poisson. Ses cheveux bouclés enserrent un visage pâle et souriant. Sous le corset à rubans, sa taille est fine et ses seins sont blancs. Rieuse et cultivée, elle réussit à distraire le très blasé Louis XV. Pour la remercier, il la fait marquise. La Cour étouffe de rage et, pour se venger, fredonne des chansons qui célèbrent les pertes vaginales de la favorite :

« La Marquise a bien des appas,
Ses traits sont fins, ses grâces franches,
Et les fleurs naissent sous ses pas
Mais hélas ! Ce sont des fleurs blanches. »

En effet, la marquise de Pompadour est atteinte de salpingite. Souffrante, elle a du mal à satisfaire l'appétit royal. Louis XV la traite de *macreuse*, équivalent de *viande froide*. Alors la favorite décide de fournir de la chair fraîche à son amant.

La plus célèbre de ces caillettes s'appelle Louise O'Murphy. Admirez son portrait peint par Boucher : il met l'eau à la bouche. Allongée sur le ventre, sur un divan couvert de draps froissés, la petite Louise de quinze ans ne porte rien d'autre qu'un ruban bleu dans ses cheveux blonds. En appui sur ses coudes, les cuisses écartées et le dos cambré, elle regarde devant elle on ne sait quoi. Elle est blanche comme un muguet et ronde comme une pêche. Louis XV en mangera jusqu'à ce qu'elle ait fêté ses dix-sept ans.

Mais de caille en caille, le roi reste quand même attaché à la Pompadour.

Finances, toujours

Quand il ne batifole pas, Louis XV essaye de résoudre l'éternel problème des rois de France : le trésor royal est à sec.

Comme tout le monde, Louis XV estime que le clergé et la noblesse devraient se décider à payer l'impôt. Il essaye de les y contraindre. Il négocie, il ordonne, il tempête ! Mais il échoue.

Si je vous parle tant de ces histoires de finance, c'est qu'au bout de cet interminable déficit, tout là-bas, c'est la Révolution française que nous voyons monter.

Hélas, cet échec financier n'est qu'un des multiples ratages de Louis XV. Sa déconfiture militaire est tout aussi lamentable.

Guerres, encore

Quand Louis XV se bat, il perd. Et quand il gagne, il négocie si mal le traité de paix qu'on croirait qu'il a perdu. Au point qu'on invente l'expression « bête comme la paix ».

En fait, ce roi n'a aucun appétit pour la conquête. Il préfère gérer un bon petit pays plutôt qu'une guirlande de colonies lointaines.

La malchance militaire de Louis XV culmine dans la guerre de Sept Ans (1756-1763). Cette guerre oubliée est pourtant la première guerre mondiale (Europe, Amériques, Inde). Les batailles sont innombrables et les massacres de civils sont horribles.

Au bout du compte, la France perd les Pays-Bas et la plus grande partie de son empire colonial. Ses possessions en Amérique du Nord, en Amérique centrale et en Inde passent aux mains de la Grande-Bretagne. En termes de puissance territoriale, c'est une fessée. En termes économiques, c'est la ruine.

1760, deuils et favorites

Le temps passe sous notre bateau. Nous sommes en 1760 et il a neigé sur la chevelure du roi. Le joli petit Louis XV est devenu un homme de cinquante ans. Dans les dix années à venir, il perdra sa femme, sa favorite, son fils aîné et son petit-fils aîné.

Mais bast ! Il en a vu d'autres. Toujours fringant, il installe à la Cour une nouvelle favorite d'origine roturière : madame du Barry. Comme le monde est petit, cette jolie vendeuse de rubans descend de la cuisinière d'une des maîtresses de Louis XIV.

Elle enseigne au vieux roi des subtilités jusque-là inconnues. De plus, elle a du goût et de l'entrain. Ce regain de jeunesse donne à Louis XV le courage de s'opposer enfin au parlement de Paris.

Ah, le parlement ! C'est une assemblée de riches notables qui se donne des allures de défenseur du peuple pour bloquer toute réforme et conserver ses privilèges.

À soixante ans, ayant enfin réussi à faire taire le parlement, Louis XV se lance dans des réformes utiles. Par exemple, il ordonne qu'on nomme les juges en fonction de leurs connaissances juridiques plutôt qu'en fonction de leur fortune. C'est une grande innovation.

Mais hélas, Louis XV est désormais trop vieux pour pouvoir changer grand-chose. Il est trop détesté pour être obéi, et trop usé pour y croire. Au lieu d'être applaudies, ses bonnes idées sont moquées. Elles seront abolies par son successeur.

Drame d'embaumeur

Nous sommes au large de 1774. Que se passe-t-il à Versailles ? Un silence étrange règne. Sur le rebord de la fenêtre de la chambre du roi, une chandelle brûle. Louis XV est à l'agonie. Il est en train de mourir de la variole. Regardez ce carrosse qui s'éloigne ! C'est la du Barry qui fuit la Cour.

Quelques instants plus tard, sur le rebord de la fenêtre, la chandelle est éteinte. Le vieux Louis XV a cessé de souffrir. Il est allongé dans son linceul de pustules.

Le temps est venu de l'embaumer. Le médecin qui s'en chargera est certain d'y laisser sa peau, car la variole est une maladie terriblement contagieuse. Impitoyable, le premier gentilhomme de la chambre ordonne au premier chirurgien de pratiquer l'opération. Écoutez ce que le premier chirurgien répond :

« Je suis prêt à le faire ; mais pendant que j'opérerai, vous tiendrez la tête. Votre charge vous l'ordonne. »

Le premier gentilhomme renonce à l'embaumement.

En 1793, on retrouve Louis XV « dans une espèce de niche pratiquée dans l'épaisseur du mur. C'était là qu'était déposé le corps du dernier roi, en attendant que son successeur vînt pour le remplacer et alors on le portait à son rang dans le caveau. » « Le corps, retiré du cercueil de plomb, bien enveloppé de linges et de bandelettes, paraissait tout entier et bien conservé ; mais dégagé de tout ce qui l'enveloppait, il n'offrait pas la figure d'un cadavre ; tout le corps tomba en putréfaction et il en sortit une odeur si infecte qu'il ne fut pas possible de rester présent. » « On le jeta bien vite dans la fosse. »

Peu de temps après, madame du Barry est condamnée à la guillotine. Entendez-vous ce vacarme ? Au contraire de nombreuses victimes qui montent à la guillotine avec ce qu'elles peuvent de courage, la du Barry ne fait preuve d'aucune dignité. Elle hurle, donne des coups de pied à ses tortionnaires et, au pied même de l'échafaud, elle supplie le bourreau : « Encore un instant, monsieur, s'il vous plaît. » Ce qui me la rend plutôt sympathique.

Quant à la Pompadour, elle repose devant l'hôtel Westminster, rue de la Paix. Sous vos pieds.

Gazons et frondaisons

Mais nous voilà déjà à la fin du XVIIIe siècle ? À la manœuvre, carguez les voiles ! Battons en arrière ! Il serait dommage de traverser si vite un siècle si beau.

Regardez ses rives verdoyantes. Elles sont peuplées de jolies filles poudrées et de charmants garçons bouclés. Ils dansent sur le gazon et font l'amour sous les frondaisons. On voit aussi des joyeux lurons qui se battent contre des curés à coups de pamphlets, des savants fous qui font voler des montgolfières, et de grands seigneurs libertins qui courent après des actrices.

Braquons notre jumelle sur le plus célèbre d'entre eux : le très galant duc de Richelieu. Que les âmes sensibles mettent un voile au bout de leur lorgnette : cet homme a une sexualité débridée.

Le duc de Richelieu

Né avec le siècle, le duc de Richelieu aura l'intelligence de mourir juste avant la Révolution.

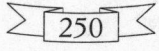

Observons-le de près. Il est assez laid. Campé sur ses talons rouges, il dégouline de dentelles et de poudre. D'après la Palatine, c'est un « gnome archidébauché, faux, fourbe ». Mais d'après ces dames, il est irrésistible ! Certaines se battent en duel pour ses beaux yeux.

Richelieu en fait un peu trop, d'ailleurs. Le soir, il va souvent garer son carrosse sous les fenêtres de la chambre d'une dame. C'est une façon de faire croire qu'il est là pour la nuit. Ensuite, il rentre tranquillement chez lui à pied, parce qu'il faut bien dormir de temps en temps.

Évidemment, quand on en fait trop, on obtient souvent l'inverse de l'effet recherché. Les romans libertins de l'époque grouillent d'allusions à l'impuissance de Richelieu. Le duc, chuchotent-ils, a « le cœur faible ».

Il n'empêche, quand Richelieu veut vraiment une femme, il ne recule devant rien. Si la belle ferme sa porte, il passe par la fenêtre. Et si elle ferme aussi sa fenêtre, il passe par la cheminée. Ce qui vaut à la dame de se faire trousser par un ramoneur. Car dans la mentalité libertine, quand un homme se donne beaucoup de peine pour conquérir une femme, la femme doit se laisser conquérir. Ouvrez un des délicieux romans que je viens de vous montrer. Vous y trouverez une apologie pure et simple du viol.

La trappe et la cheminée

Jetons l'ancre et allons nous promener ensemble dans le Paris du XVIIIe siècle. Les rues sont sinueuses et boueuses, le vacarme est épouvantable. Essayons de tendre l'oreille. De quoi parlent les Parisiens ? De cheminée ? Écoutons mieux…

On murmure que le duc de Richelieu a loué une maison contiguë à celle de sa maîtresse, la jolie madame de La Pouplinière. Il a fait poser une trappe au fond de la cheminée de la chambre de sa belle, afin de la rejoindre la nuit. Mais voilà que le mari vient de trouver la trappe ! Furieux, il a convoqué des huissiers afin qu'ils constatent l'existence de l'issue scélérate. Pour supporter cette épreuve, il demande à un ami de l'accompagner. Il s'agit de Vaucanson, un petit génie du bricolage, célèbre pour ses ravissants automates (notamment le fameux « canard qui digère »).

Courons voir la scène : Vaucanson, La Pouplinière et les huissiers s'approchent de la cheminée coupable. Vaucanson se penche, il aperçoit le mécanisme :

« Ah, monsieur, le bel ouvrage que je vois là ! La charnière est d'une délicatesse ! Rien n'est plus merveilleux ! »

Et Vaucanson d'applaudir en criant au génie ! Hélas, La Pouplinière n'arrive pas à partager son enthousiasme. Ivre de rage, il bat sa femme si durement que « le sang coule de partout ».

Dans Paris, on rit de l'aventure à gorge déployée. Les boutiquiers font des affaires en vendant de petites cheminées en carton percées d'une trappe articulée. Les joailliers fabriquent des bijoux « à la cheminée ». Et Richelieu éclate de fierté.

Comploteur et fornicateur

Richelieu est aussi comploteur que fornicateur. Mais il n'est pas plus discret là qu'ailleurs : il laisse d'innombrables traces écrites. Elles tombent entre les mains du Régent. Philosophe, celui-ci déclare :

« Si M. de Richelieu avait quatre têtes, j'aurais dans ma poche de quoi les faire couper toutes les quatre. »

Lucide, il soupire :

« Si seulement il en avait une… »

Richelieu, sous la Régence, ne fait qu'entrer et sortir de prison. Revenu en grâce sous Louis XV, Richelieu se montre bon diplomate, bon courtisan, bon homme de guerre, bon ami de Voltaire et bon amateur de vin rouge. Il favorise le théâtre, même si ce n'est que pour coucher avec les actrices. Il sait à peine écrire, ce qui ne l'empêche pas d'être élu à l'Académie française et d'y mener grand tapage.

Ce seigneur fastueux représente l'archétype des grands libertins du XVIIIe siècle.

Prince, duc, maréchal

Mettez ce beau gilet de velours, cette perruque poudrée, et entrez avec moi dans le club des grands seigneurs libertins.

Dans ce club, on est prince, duc, maréchal ou tout à la fois. On s'appelle Richelieu, Saxe, Conti, Soubise, Lauraguais ou Lauzun. On aime la guerre, les femmes, la table, la bouteille, le luxe, les arts et dire du mal du roi, un peu dans le désordre.

Ces hauts messieurs à tête de linotte sont terriblement fiers de leurs titres. Et pourtant, ils fréquentent les salons des Lumières, où on dit beaucoup de mal de la noblesse. Ils versent des pensions aux philosophes des Lumières et font de la publicité à leurs livres.

En fait, les grands libertins ne voient dans la philosophie des Lumières qu'une bonne occasion de médire du monarque en place, passe-temps habituel pour tout noble qui se respecte.

C'est de cette façon qu'en toute splendeur et toute candeur, menant grand train et faisant grand scandale, de plus en plus coûteux et de plus en plus inutiles, nourrissant leurs pires ennemis dans le seul but de faire enrager leur unique protecteur, ils creusent eux-mêmes leur propre tombe.

Ceux qui n'auront pas l'intelligence de mourir avant la Révolution seront assassinés par les sans-culottes.

Les Lumières

Mais qu'est-ce que c'est, les Lumières ? C'est un grand vent d'esprit qui souffle sur toute l'Europe. Il traverse la mer Méditerranée et finit sa course de l'autre côté de l'océan Pacifique !

À son contact, les cerveaux s'enflamment. Des génies jaillissent dans toutes les disciplines. Regardez ce magnifique défilé ! Bach et Mozart, Lavoisier (le chimiste qui a compris le feu et la respiration), Émilie du Châtelet (la mathématicienne qui a compris Newton), Beaumarchais (auteur de pièces de théâtre scandaleuses attaquant la noblesse), Olympe de Gouges (auteur de pièces de théâtre scandaleuses attaquant l'esclavage), Washington (le fondateur des États-Unis, c'est lui), Goethe (écrivain allemand), Casanova (séducteur italien et globe-trotter), Montesquieu (lisez ses *Lettres persanes*, elles sont très drôles), Germaine de Staël (écrivain politique et globe-trotteuse), Kant (philosophe qui dissèque les rouages de l'esprit),

Watteau (peintre de la lumière noyée dans la chair), Boucher (peintre de la chair gonflée de lumière), Élisabeth Vigée-Lebrun (peintre de la chair s'abritant de la lumière), en avez-vous assez vu ? Tous ceux-là sont des hommes et des femmes de génie du XVIIIe siècle.

On révolutionne la philosophie, la politique, les mathématiques et l'agriculture. On navigue tout autour de la terre et on se fait manger par des sauvages aux îles Sandwich. On invente l'eau de Javel, la montgolfière, la guillotine, la machine à vapeur, le piano, le vaccin et l'économie. On se met à classer les plantes, les animaux, les maladies et même, les savoirs. L'*Encyclopédie* de Diderot et d'Alembert est un fanal dans l'histoire de la vulgarisation des connaissances.

Le savoir se diffuse. Les salons, clubs et cercles scientifiques se multiplient. Au grand dam de l'Église, qui trouve que l'on pénètre un peu trop les voies impénétrables de Dieu. Alors la guerre est lancée entre les Lumières et la religion. Or le bras armé de Dieu sur terre, c'est le roi.

Alors la guerre est lancée entre les Lumières et la monarchie.

Remontons sur notre navire, c'est plus prudent.

Les salonnards du XVIIIe siècle

À quoi ressemble l'homme des Lumières ? C'est un homme curieux, souvent cultivé, qui hante les salons philosophiques. Écoutons le témoignage de Victor Euphémien Philarète Chasles, homme du XIXe siècle. Trempant sa plume dans le citron, il décrit le salonnard du siècle précédent :

« Il avait de l'esprit et surtout la repartie facile, et un beau gilet de velours. [...] Il était frivole comme le vent, léger comme la paille, amoureux de toute chose nouvelle, incapable de sérieux en rien, et surtout dans le mal. »

Ce que Philarète Chasles oublie de dire, c'est que les salonnards du XVIIIe siècle ne sont pas tous inoffensifs...

Voltaire

Admirez ce petit homme aux traits anguleux. Ce n'est pas le meilleur auteur du XVIIIe siècle. Mais c'en est l'âme.

Voltaire est le chef de file du parti philosophique des Lumières. Toute sa vie, il lutte pied à pied contre ce qu'il appelle l'Infâme. Comprenez : le fanatisme religieux.

Partout où il passe, on l'acclame, on l'adore. Il faut dire qu'il est très drôle. En fait, il réussit à saper la puissance de l'Église catholique par la seule force de son humour.

C'est un humour qui ne nous fait plus rire : il est très antisémite. Pour Voltaire, la religion catholique est grotesque parce qu'elle est d'origine juive.

Mais Voltaire n'est pas qu'un plaisantin de mauvais goût : il défend des causes très sérieuses.

Regardez ce petit Picard de vingt et un ans qui marche dans la campagne, avec deux amis de son âge. Il s'appelle le chevalier de La Barre. Voilà qu'il croise une procession religieuse. La bonne éducation voudrait qu'il ôte son chapeau. Mais c'est un effronté : il garde son chapeau vissé sur sa tête. Alors on l'arrête. On l'accuse d'avoir chanté des chansons cochonnes. De son côté, il avoue lire Voltaire. Pour la peine, on lui coupe la langue, on lui coupe le poing, on lui coupe la tête et on brûle le tout !

Ulcéré, Voltaire crache son venin sur l'Infâme. L'affaire connaît un retentissement terrible en Europe. Le temps où l'Église pouvait brûler les gens par centaines sans que nul ne bronche est révolu.

Rohan et Arouet

Une petite anecdote explique en partie la carrière furieuse de Voltaire. Il faut dire, avant de commencer, que le vrai nom de Voltaire est Arouet. Il n'a pas une goutte de sang noble dans les veines.

Tournez vos jumelles vers 1726. Voltaire est jeune. C'est le chéri des messieurs et dames de la haute société. Il les fait beaucoup rire, aussi est-il de toutes les fêtes.

Regardez-le : il a une belle tête, un fin sourire, de hautes pommettes, de grands yeux intelligents, et il porte le fameux « beau gilet de velours ». Rien ne le distingue d'un Richelieu, d'un Lauzun. Ou d'un Rohan-Chabot, une très vieille famille qui remonte à la Peste Noire.

Un jour, Rohan-Chabot agresse Voltaire :

« Monsieur de Voltaire ? Ou faut-il dire monsieur Arouet ? Comment vous appelez-vous donc ?

— Voltaire ! répond Voltaire. Je commence mon nom tandis que vous finissez le vôtre. »

Rohan-Chabot n'est pas content de cette réponse. Il envoie ses valets bastonner Voltaire. Assis dans son carrosse, il regarde la scène de loin en ricanant.

Voltaire, bien sûr, veut porter plainte. Il a besoin de témoins. Et là, il se heurte à un mur qu'il n'avait pas prévu. Aucun de ses amis de la noblesse n'accepte de l'aider. Enfin, voyons ! On ne soutient pas la plainte d'un roturier contre un Rohan-Chabot.

Pire ! Les amis de Voltaire se moquent de lui. Conti fait des plaisanteries sur son dos. Et Rohan-Chabot ne daigne même pas répondre à ses provocations en duel. Voltaire est placé trop bas dans l'échelle sociale.

Pire encore ! Fatigué par les cris de Voltaire, Rohan-Chabot demande qu'on l'embastille. Et Voltaire est embastillé. Puis exilé. Chassé de France.

Voltaire en gardera une haine furieuse contre les inégalités. Au-delà de son affairisme, au-delà de son snobisme, au-delà de son arrivisme, Voltaire restera toujours le petit amuseur sur lequel n'importe quel fils de bonne famille peut essuyer son bâton en toute impunité.

À la Révolution, la famille Rohan sera obligée de s'exiler sans tambours ni trompettes. C'est une belle vengeance.

Une vie colossale

En attendant cette Révolution qu'il ne verra pas, Voltaire galope d'un bout à l'autre de l'Europe. Il devient difficile de le suivre à la jumelle. De Londres à Berlin, il multiplie les amitiés célèbres, les maîtresses et les livres. Il finit par s'établir à Genève, où il reçoit la terre entière. Sa fortune devient colossale, aussi colossale que sa célébrité.

Il meurt très vieux. Les bigots disent que pendant son agonie, pris de démence, il en arrive à manger son propre caca. Il faut bien se venger de celui qui a écrit :

« Si Dieu nous a faits à Son image, nous le Lui avons bien rendu. »

La douceur de vivre

Mais le XVIII\ :fix\: siècle n'est pas que lutte de clans et de classes. C'est aussi une certaine idée du bonheur. D'un bout à l'autre du siècle, le niveau de vie s'élève et le temps est délicieux. Alors les Français font des enfants. À la fin du siècle, la France est dans ses frontières comme un bon mangeur dans son pantalon. La déflagration sera violente.

En attendant, on s'amuse. D'après Talleyrand, autre grand seigneur libertin, « celui qui n'a pas vécu au dix-huitième siècle avant la Révolution ne connaît pas la douceur de vivre. »

Regardez le parc de ce château : les jardins rectilignes *à la française,* si chers à Louis XIV, vont se perdre dans les chemins sinueux du jardin *à l'anglaise.*

Regardez à l'intérieur du château, maintenant. Les fauteuils raides de Louis XIV s'affaissent et s'allongent. Ils prennent des courbes fondantes et se couvrent de soies aux coloris poétiques : cuisse-de-nymphe-émue, ventre-de-puce-en-fièvre-de-lait, baise-moi-mignonne ou entrailles-de-petit-maître. Et le XVIIIᵉ siècle inventa le canapé…

Louis XVI

Holà, réveillez-vous ! Il est temps de pousser jusqu'à 1774. Louis XV vient d'être déposé dans sa dernière demeure, à Saint-Denis. Place à Louis XVI.

Observons ce roi de vingt ans. C'est un gros garçon myope et timide. Ne vous fiez pas à son air pataud : il est cultivé et intelligent.

Hélas, Louis XVI a trois défauts. Il a du cœur, du mal à prendre des décisions et une famille. Plus exactement, il est affligé de deux frères affreusement méchants et d'un cousin qui est pire. Ces trois défauts lui coûteront son royaume, sa femme, son fils et sa vie.

Sept ans de réflexion

Tout jeune, Louis XVI épouse une petite Autrichienne pas vilaine. Elle se nomme Marie-Antoinette. La voyez-vous ? Oh, je ne dis pas que c'est une beauté, mais elle est gracieuse.

Hélas, la consommation du mariage tarde. Car Louis est affligé d'un défaut si mal placé que je ne peux pas vous le montrer. Il faut opérer. Louis prend le temps de la réflexion. Elle dure sept ans…

Finalement, Marie-Antoinette fait deux filles et deux fils. Quand la Révolution éclate, il lui en reste un de chaque.

Ah ! La famille

Louis XVI aime beaucoup sa femme. Elle est rieuse, elle a de l'énergie. Malheureusement, elle n'a pas la tête à la politique. Ni à grand-chose, d'ailleurs : c'est tout juste si elle sait lire et écrire. Alors elle envoie promener la vieille Cour et son Étiquette rigide. Elle préfère s'amuser avec ses amies.

La noblesse, vexée, fuit Versailles. Or la noblesse, bon an mal an, c'est quand même la garde rapprochée du roi. Au moment de la Révolution, trop peu d'hommes d'armes seront près de la famille royale pour la défendre.

Comme d'habitude, les proches du roi convoitent le trône. Pour parvenir à leurs fins, ils lancent contre Louis XVI et Marie-Antoinette une énorme campagne de calomnie. Rien de neuf là-dedans. Cette avalanche de ragots obscènes rappelle l'époque d'Henri III et de la reine Margot.

On dépeint la reine comme une folle qui couche partout, et d'abord avec ses amies. Et avec son fils, tant qu'à faire. Le roi, lui, est appelé « le gros cochon ». Ne regardez pas les dessins qui illustrent ces pamphlets : ils sont moches.

La Révolution doit beaucoup à cette campagne de calomnie. Quand 1789 arrive, la monarchie est comme un fruit pourri de mépris : prête à tomber.

Louis XIV faisait couper le poing des chansonniers avant de les brûler en place de Grève. Louis XV, lui, les envoyait en exil ou en cage. Et Louis XVI ? Ah, Louis XVI est un brave homme : il ne fait rien.

Cracher en l'air

Cela dit, les proches du roi auront tout loisir de regretter leur fourberie. Ils se regarderont brûler dans le feu qu'ils ont eux-mêmes allumé.

Les deux frères de Louis XVI devront fuir pendant vingt ans. Ils deviendront rois tous deux mais tardivement, peu et mal. Quant au cousin, il sera guillotiné. La première cause de la chute de la monarchie est en elle.

Quand on crache en l'air, ça vous retombe sur le nez.

Un roi bon

Louis XVI abolit la torture, la fameuse *question*. Il abolit le servage. Il refuse absolument qu'on persécute les juifs et les protestants. Il améliore la condition féminine. Bref, c'est un homme bon.

Au début de la Révolution, il refusera qu'on tire sur les Parisiens. Ils en profiteront pour lui couper la tête.

Un bon roi ?

Louis XVI, avec acharnement, poursuit un vieux rêve : rétablir les finances du royaume en créant un impôt égalitaire. Devant les résistances de la noblesse et du clergé, Louis XVI finit par convoquer les États généraux. Cette assemblée, dominée par un tiers État pléthorique et revendicatif, prend le pouvoir. C'est ça, la Révolution.

Il est dommage que la monarchie se soit brisée entre les mains du roi le plus humain qu'ait connu la France. Mais ce n'est pas étrange. Louis XVI n'a pas le centième de la volonté, de l'égocentrisme et de la « délicieuse sournoiserie » nécessaires à son métier.

VII

Les écueils de la Révolution

1789, le jour de la liberté

Il fait chaud, n'est-ce pas ? Mettez votre casquette, c'est plus prudent. Nous sommes en juillet 1789. Le temps est magnifique, mais Versailles est en deuil. Le roi et la reine pleurent le petit Dauphin. Il a été emporté par la tuberculose qu'il a bue dans le lait de sa nourrice, madame Poitrine.

Le peuple, lui, crève de faim. Mais comme il rêve ! Car il a rédigé des cahiers de doléances et les a confiés à des représentants élus. Ceux-ci sont montés à Paris pour exposer les plaintes et les espoirs du peuple à la tribune des États généraux. Forcément, mettre ses désirs noir sur blanc crée de l'attente... Tout le pays aspire à une révolution.

Oh, vous les connaissez, les représentants du peuple. Ce sont de jeunes juristes pleins de fougue qui se nomment Robespierre ou Mirabeau.

Ils se promènent dans la capitale et admirent les Parisiennes. Vêtues de grands bonnets blancs et de robes légères, souriant sous leurs boucles dénouées, elles atteignent une perfection de simplicité. En ce bel été, toute la France leur ressemble : elle est jeune, belle et remplie d'idéaux. Elle est aussi affamée, surpeuplée et surendettée.

Quelques années auparavant, Voltaire est mort. Mais ses idées ont germé. Les Français n'ont à la bouche que les mots de liberté, d'égalité et de fraternité. Même la noblesse est d'accord pour abandonner ses privilèges vermoulus. Le jeune duc de Lauzun est d'un enthousiasme fou pour la Révolution, et ce n'est pas le seul. Parmi les enthousiastes, on trouve aussi un Richelieu, un Clermont-Tonnerre, un Noailles…

L'histoire s'emballe le 14 juillet. La Bastille, vieille prison royale, est prise d'assaut. Elle est mise à sac, mise à bas ! De toute façon, elle était promise à la démolition et gardée par une poignée d'invalides. Dans ses cellules, on ne trouve que sept prisonniers et des papiers appartenant au marquis de Sade. Mais en ouvrant les portes de la Bastille, c'est vingt-cinq millions de Français qu'on libère !

Premiers grincements

Malheureusement, si la lourde porte de la geôle monarchique s'ouvre, c'est en grinçant. Regardez mieux. Il y a des détails qui saignent, dans cette fête.

Voyez, là-bas, le gouverneur de la Bastille : le pauvre Launay se fait malmener par la foule. Elle y va à coups de poing et de pied ! Sous le nombre, Launay crie, tombe et meurt. Sa tête est découpée au couteau de cuisine. Ensuite, elle est plantée en haut d'une pique et portée en triomphe, parmi des hurlements de joie.

Louis XVI va-t-il punir ce crime ? Ce jour-là, il est à la chasse. Il rentre bredouille. Posément, il ouvre son calepin et note :

« 14 juillet : rien. »

Toute la Révolution est là. De belles idées noyées dans le sang et, à la tête de l'État, « rien ».

Des lendemains qui déchantent

À partir de là, l'histoire dérape. Ou plutôt, elle bégaye. La sauvagerie monte d'un cran chaque jour. Les massacres se multiplient, les idéaux se noient dans la tripe. Et le roi ? Rien.

Avec une inertie de bœuf mené à l'abattoir, hostile et muet, Louis XVI se laisse emprisonner, séparer de sa famille, juger et guillotiner. Sa femme le suit sur l'échafaud, puis sa sœur, puis tous ses proches. Son petit garçon est arraché à sa mère, battu et emmuré vif.

Regardez ce bambin de dix ans roulé en boule au fond d'un cachot. Il est assis au milieu d'une flaque de ses propres déjections. Depuis six mois, personne ne lui adresse la parole. Il est devenu fou. Il mourra bientôt, de tuberculose, de solitude et de tristesse.

Seule sa sœur survivra à la Révolution. Mais elle restera un peu bizarre.

À toute allure

À partir de 1789, autour de nous les eaux deviennent tumultueuses ! Les dates défilent à toute allure, comme des écueils. Entre le bel été 1789 et l'atroce printemps 1794, il s'écoule si peu de temps... Agrippez-vous au bastingage, accrochez-vous à vos jumelles et suivez bien.

Premier écueil, tout chevelu d'écume : le 4 août. Ce jour-là, les privilèges de la noblesse sont abolis. L'Ancien Régime est tombé. Le royaume hurle de joie !

Attention, sur votre droite : c'est le 26 août. Déclaration des droits de l'homme et du citoyen. Elle commence par une phrase qui deviendra fameuse :

« Les hommes naissent et demeurent libres et égaux en droit. »

Barre à tribord, toute ! Voici le 5 octobre. Une foule de femmes du peuple, certaines assez mal rasées, se rend à Versailles. Hurlant et agitant des fourches, elle revient avec la famille royale sous le bras. Celle-ci est désormais séquestrée à Paris.

En 1790, le courant semble se calmer. On entend même la musique d'une fête. C'est l'anniversaire du 14 juillet. Le Champ-de-Mars est noir de monde ! Plus de cent mille tambours et drapeaux défilent sous le regard morne de Louis XVI. Talleyrand célèbre une grand-messe, La Fayette caracole sur son beau cheval blanc. Sous une fine pluie d'été, le roi et la Révolution semblent s'aimer d'amour tendre.

Car la Révolution ne rêve pas de république, loin de là. Elle aime son monarque. Mais Louis XVI déteste la Révolution. Et il ne réussira plus à le cacher très longtemps. Alors le courant reprend de plus belle.

Été 1791. Droit devant, faites attention ! Ce rocher est minuscule, mais il va envoyer par le fond le vaisseau millénaire de la monarchie capétienne. Il se nomme Varennes. C'est un village de l'Est.

Varennes

À force de maladresses, Louis XVI a réussi à se mettre la Révolution à dos. Il lui faut fuir la France. Et comme d'habitude, il fait les choses à moitié.

Mais regardez-le : il vient de monter dans une berline avec toute sa famille. Croyez-vous qu'il se précipite vers la frontière ? Pas du tout. Il muse, il s'attarde, il prend son temps, il déjeune longuement. Et il a son portrait partout. Sur toutes les pièces de monnaie. Il est reconnu et arrêté à Varennes.

Une foule haineuse le ramène à Paris. Sous les crachats, le voyage dure deux jours. À l'arrivée, les cheveux blonds de Marie-Antoinette sont devenus blancs comme la neige.

La famille royale est emprisonnée. Sa longue agonie commence.

Laissez tomber les petits papiers

Mais que se passe-t-il ? Voilà qu'il pleut des papiers ! Le pont en est couvert. Attrapez-en un ! Ce sont les lois et décrets de l'Assemblée. Il en sort tous les jours. Car, depuis que le roi ne gouverne plus, le pouvoir est aux mains d'une assemblée élue.

L'œuvre accomplie par cette assemblée est énorme. Absolument énorme. Elle réforme tout, de l'administration au clergé en passant par la presse, avec un seul mot d'ordre : Liberté. Elle laïcise le pays, abolit l'esclavage et autorise le divorce.

Cela dit, si l'Assemblée est composée de libéraux, elle reste une assemblée de notables. Elle libère la presse, mais elle libère aussi la production industrielle. C'est-à-dire qu'elle interdit la grève. Cette interdiction pèsera lourd sur les ouvriers du siècle suivant.

Tenez, ramassons un décret au hasard. Celui-ci date du 9 septembre 1791. Il annonce que le fait de voter ne sera pas rémunéré. Il y a de quoi rire, non ? Pour nous, voter est un acte gratuit, c'est une évidence. Mais à l'époque, rien n'est évident. Il faut tout inventer. Alors l'Assemblée se pose mille questions. Suivre ses travaux est émouvant, car notre démocratie repose encore sur les réponses qu'elle a trouvées.

Allons donc, voici une autre tornade de petits papiers ! Ce sont des assignats, nos premiers billets de banque. La Révolution les a inventés pour venir à bout de la crise financière qui ronge le pays. Mais elle ne s'en sort pas mieux que la monarchie. Oh, vous pouvez remplir vos poches d'assignats : ils vous serviront à emballer des marrons chauds.

Attention, 1792 en vue ! Ça sent la poudre ! Et l'eau devient rouge…

La guerre

Autour de la France, les monarchies européennes ont suivi le spectacle révolutionnaire avec une inquiétude croissante. Au printemps 1792, ça y est ! C'est la guerre. Contre l'Autriche et la Prusse.

Sur notre pont, la pluie de papiers continue. Et cette fois, ce sont des affiches qui nous dégringolent sur la tête. Ah, lisez ce torchon. C'est le manifeste de Brunswick. Il a été placardé dans tout Paris. Que dit-il ? Qu'il y aura « une exécution militaire et une subversion totale » s'il est fait « la moindre violence, le moindre outrage à Leurs Majestés le roi et la reine ». C'est signé par un duc prussien. Comme preuve de collusion entre le roi et l'ennemi, on ne peut guère trouver mieux. Comme le dit le proverbe :

« Seigneur, protège-moi de mes amis ! Mes ennemis, je m'en charge. »

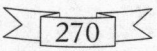

Évidemment, Louis XVI est démis de ses fonctions et accusé de haute trahison. La monarchie est renversée. C'est la République. La première.

Dernière nouvelle ! Ce texte pathétique serait l'œuvre de Louis XVI et de son épouse. Ces deux-là auront été maladroits jusqu'au bout.

Les septembriseurs

L'odeur de sang devient lourde. Et nous commençons à entendre des cris atroces. Septembre 1792. L'ennemi est aux portes de Paris. Écoutez Danton, énorme figure à la voix de stentor. Il clame :

« De l'audace, encore de l'audace, toujours de l'audace et la Patrie sera sauvée ! »

Son plan est simple : que ceux qui le peuvent rejoignent l'armée et que les autres creusent des tranchées défensives autour de la capitale. Mais le peuple parisien trouve plus amusant d'aller dans les prisons massacrer tous ceux qui s'y trouvent. Nobles, curés, nonnes, fous, prostituées, orphelins, faux-monnayeurs, mendiants, voleurs et galériens sont tués à coups de sabre et de bûche. Au passage, on viole un peu les femmes et on détrousse les cadavres. Ou l'inverse. Ce sont les massacres de septembre.

Ne regardez pas ! La princesse de Lamballe, une amie de la reine, vient d'être décapitée. Sa tête est plantée au bout d'une pique. Un coiffeur refait soigneusement son chignon. Il remet de la poudre sur ses joues livides. Puis la foule va agiter cette pauvre tête juste devant la fenêtre de Marie-Antoinette. Le corps est découpé en morceaux, certains sont mangés sur place. Un minable arrache le pubis et s'en fait une moustache. Pendant ce temps, les enfants enfermés à

Bicêtre pour crime de pauvreté ont le crâne fracassé à coups de batte. Encore aujourd'hui, on retrouve des charniers septembristes au fond des jardins.

En trois ans, la Révolution a basculé de l'espoir dans l'horreur.

Les nuits de Nicolas

Si vous êtes adepte de tourisme extrême, vous pouvez descendre à terre. Soyez discret… Ce soir, un guide vous attendra au bas de la promenade des Champs-Élysées. Il s'appelle Nicolas Restif de la Bretonne. Depuis trente ans, il arpente Paris la nuit. Il saura vous épargner bien des dangers et vous montrer quelques personnages célèbres. Mais ne lui parlez surtout pas du marquis de Sade ! Les deux hommes se détestent cordialement. Et rien n'amuse plus Restif que de faire irruption avec la police au milieu des parties fines du marquis.

À l'aube, pour le remercier, emmenez Restif boire du bon lait frais dans une des fermes du mont Parnasse. Ensuite, revenez à bord. Notre route est encore longue.

Si vous préférez, vous pouvez rester à l'abri sur le pont et lire *Les Nuits de Paris* du même Restif. C'est un fatras de notes, de comptes d'apothicaire et de galanteries un peu niaises, mais il n'existe pas meilleur témoignage sur cette époque « emplie de terreur et de grâces ».

Avez-vous fini de trembler ? Au loin, une trompette sonne la victoire. Nous passons septembre 1792. L'armée française vient de sauver sa peau à Valmy.

La première république

Fin 1792. Ce n'est plus une houle, c'est une tempête !

À Paris, à l'Assemblée, des orateurs célèbres multiplient les appels au meurtre. Vous les connaissez : ils se nomment Danton, Marat, Robespierre ou Saint-Just. Pour commencer, ils envoient le roi à la guillotine.

Pauvre Louis XVI. Même son cousin vote sa mort. Cette lâcheté n'empêchera pas le cousin d'être guillotiné à son tour. Par contre l'avocat de Louis XVI, Malesherbes, se conduit de façon admirable. Comme il s'obstine à appeler le roi « Votre Majesté » au lieu de « citoyen Capet », un député l'apostrophe :

« Qui vous rend si hardi de prononcer ici des mots proscrits ? »

Royal, Malesherbes répond :

« Le mépris de vous, Monsieur, et celui de la vie. »

Évidemment, il sera guillotiné.

En province, les troupes révolutionnaires commencent par massacrer les troupes royalistes et continuent avec les civils. Depuis la Vendée, Westermann écrit :

« Suivant les ordres que vous m'aviez donnés, j'ai écrasé les enfants sous les sabots des chevaux, massacré les femmes. »

Très fier, il ajoute :

« Je n'ai pas un prisonnier à me reprocher ! »

À Nantes, on jette les gens à l'eau par paquets de mille. Et maintenant, accrochez-vous bien : nous abordons les hauts-fonds de la Grande Terreur.

La Grande Terreur

À l'été 1793, l'Assemblée décrète la *Grande Terreur*. C'est-à-dire qu'elle autorise les arrestations arbitraires et les condamnations à mort automatiques. La reine en meurt, puis toute la noblesse et enfin, tout ce qui bouge.

La voyez-vous, cette Assemblée ? Les monarchistes sont assis à droite. Les républicains, à gauche. Au milieu, les modérés. C'est de cette façon de s'asseoir que vient notre manie de distinguer les partis politiques de droite et de gauche.

Les députés de droite sont envoyés à la guillotine en premier. Ensuite vient le tour de l'extrême gauche. Puis de la droite de la gauche. Après tout ça, que reste-t-il ? La gauche de gauche pas tout à fait à gauche. Logique avec elle-même, elle monte à son tour à la guillotine. Faute de combattants, la Grande Terreur est abolie à l'été 1794. Vous pouvez lâcher le bastingage : les eaux s'apaisent.

De bien jolis jeunes gens

Cette Révolution pleine d'espoirs et de meurtres, qui l'a faite ? De grosses brutes avinées ? De vieux imbéciles cyniques ? Oh non ! De bien jolis jeunes gens cultivés et idéalistes. Ils ont la tête remplie de latin, de grec et de Lumières. Il faut que je vous montre à quoi elle ressemble avant qu'elle ne roule au fond d'un panier.

Le doux

Dans sa geôle au bord de la Seine, André Chénier écrit hâtivement ses plus beaux vers. Trois ans auparavant, c'était un enthousiaste de la Révolution. Aujourd'hui, c'est un condamné à mort. C'est surtout le premier poète romantique.

En prison, ce doux jeune homme est tombé amoureux d'Aimée de Coigny, une ravissante codétenue. Pour distraire ses compagnons de geôle, Aimée s'amuse à mimer le mouvement de la tête du condamné s'engageant dans la planche trouée de la guillotine. Cette pantomime semble faire rire tout le monde, sauf André. Paralysé par la timidité, il n'ose pas adresser la parole à Aimée. Alors il lui écrit « La Jeune Captive » :

« Et moi, comme lui belle, et jeune comme lui,
Quoi que l'heure présente ait de trouble et d'ennui,
Je ne veux point mourir encore.
Ô Mort ! Tu peux attendre. Éloigne, éloigne-toi !
Va consoler les cœurs que la honte, l'effroi,
Le pâle désespoir dévore.
Je ne veux pas mourir encore. »

Il essuie sa plume et essaye de dormir un peu. Le lendemain, il est exécuté. Il avait trente-deux ans. Deux jours plus tard, la Grande Terreur est terminée.

Aimée mourra vieille, bigote et tenant salon.

La brute

Marguerite Yourcenar dit que la notoriété de Saint-Just, comme celle de Rimbaud, doit beaucoup à sa beauté angélique. Et c'est vrai, sur les portraits de l'époque, Saint-Just paraît très beau. Longues boucles, bouche pulpeuse, regard ardent. Avec un délicieux frisson, ceux qui ne l'ont pas connu le surnomment « l'archange de la Terreur ». Ses contemporains sont moins admiratifs…

Comme Chénier, Saint-Just est nourri de grec et de latin. C'est-à-dire qu'il a de belles idées : il rêve de République antique, de Vertu virile, de Pureté. Mais ces idées sont un peu éloignées de la réalité. Et pour faire entrer la réalité dans son rêve, Saint-Just est prêt à couper tout ce qui dépasse : « Une nation ne se régénère que sur des monceaux de cadavres », écrit-il. Voilà, il a lui-même résumé son programme politique.

En 1789, il a vingt-deux ans. Il a déjà fait un peu de droit, beaucoup de peine à sa famille en volant l'argenterie et un mauvais poème cochon, « L'Organt » :

« Et fa main rude, en ces fougueux tranfports,
De fe beau fein meurtriffait les tréfors. »

(À l'époque, le s s'écrit comme un f.)

Le moins qu'on en puisse dire, c'est que Saint-Just est un révolutionnaire enthousiaste. Quand il rencontre Robespierre, il fait une crise d'adoration :

« Vous que je ne connais, comme Dieu, que par des merveilles ! »

Sitôt qu'il a l'âge d'entrer à l'Assemblée, Saint-Just s'y précipite. Il parle très bien et trouve une argumentation implacable pour envoyer le roi à la guillotine. Cela fait, il prend les armes et part se battre dans le Nord.

Comme chef d'opérations militaires, Saint-Just est un fou furieux qui attaque à outrance. Et qui gagne.

Ayant remporté la guerre, il revient sur Paris fin juin 1794. Nous sommes au pire de la Grande Terreur.

Avec Robespierre, Saint-Just forme un duo terrifiant. Ils sont pétris d'idéaux, aspirent à la Pureté, ne parlent que de Vertu, et ne voient rien de plus Beau que de Tuer et Mourir pour la Révolution. Ils expédient sur l'échafaud les révolutionnaires trop acharnés et ceux qui ne le sont pas assez, ceux qui parlent trop et ceux qui se taisent, et même ceux qui rient trop fort. Accablés par la peur et l'épuisement, les députés survivants se guettent les uns et les autres en se demandant qui va dénoncer qui.

Nous sommes à la fin du mois de juillet 1794. Il fait nuit sur Paris. Regardez cette scène hallucinante. Voyez-vous ce jeune homme de vingt-sept ans aux traits creusés par la fatigue ? C'est Saint-Just. Assis à un coin de table, il rédige un de ses célèbres discours. La veille, Robespierre a promis une nouvelle liste de traîtres à exécuter.

Suant d'angoisse, les autres députés regardent Saint-Just écrire. « Est-ce mon nom que cet illuminé est en train d'inscrire sur sa feuille ? » se demande chacun dans un vertige.

Au milieu de la nuit, deux d'entre eux trouvent le courage de se rebiffer contre « la dictature de la Vertu ». Ils apostrophent Saint-Just. Mais celui-ci s'en moque. Sûr de son bon droit, sûr de leur lâcheté, il les envoie promener et, tranquillement, continue à écrire leur acte d'accusation. Pire : il ricane et les met au défi de l'arrêter. La nuit s'étire, interminable, entre ces hommes paralysés par la peur et ce garçon qui les envoie à la mort sous leurs yeux.

Le lendemain midi, Saint-Just monte à la tribune et commence sa diatribe. Mais soudain, un député l'interrompt et le couvre d'injures ! Robespierre essaye de le défendre, en vain. Dans un sursaut, les députés trouvent enfin le courage de mettre en accusation leurs accusateurs.

Cette scène aussi est stupéfiante, car Saint-Just ne se défend pas. Ce grand orateur se tait. Au lieu de faire bloc avec Robespierre, il regarde la meute hurlante d'un air écœuré et se mure dans le silence.

Il se laisse accuser et emprisonner. Libéré, puis repris, il ne se défend toujours pas. À côté de lui, la mâchoire fracturée par un coup de pistolet, Robespierre retire calmement des morceaux de dents et d'os de sa bouche ensanglantée.

En fin d'après-midi, Saint-Just monte à l'échafaud. En passant devant Robespierre, il lâche : « Adieu. » Il se laisse guillotiner sans ajouter un mot.

Le beau

Si la beauté de Saint-Just n'a jamais frappé ses contemporains, celle de Hérault de Séchelles les a marqués. Ils ne l'appellent que « le beau Hérault ».

Hérault de Séchelles sort du même moule que Chénier et Saint-Just. C'est-à-dire qu'il est issu d'une bonne famille, nourri de Lumières modernes et de classiques grecs. Et comme eux, c'est un révolutionnaire enthousiaste qui sera abattu par la Grande Terreur.

Que lui reproche-t-elle ? Eh bien, d'être beau. D'avoir mille maîtresses. Et d'être gai. Car « le beau Hérault » est rieur. Il profite de la vie. Il semble ne rien prendre au sérieux. Et ça, la Vertu révolutionnaire ne le pardonne pas. Saint-Just l'écrit noir sur blanc : la faute de Hérault, c'est d'être « bouffon » et de « rire sans cesse ». Les plus fervents révolutionnaires sont mortellement sérieux. C'est une étrange vérité historique.

C'est pourtant au beau Hérault, guillotiné à trente-quatre ans pour ses éclats de rire, que nous devons la Déclaration des droits de l'homme. Elle est si belle qu'on en a fait une chanson :

« Les hommes naissent libres et égaux en droit
Et le restent tout au long de leur vie
Leur volonté s'exprime par la loi
Et la loi les protège ou les punit.
Tout homme est libre de ses opinions
Ses pensées religieuses et civiques
Du moins tant que leurs manifestations
Ne mettent pas en péril l'ordre public.
Retenez ces mots-là
Que le temps n'effacera pas. »

1800, Napoléon

Le temps s'éclaircit. Vous êtes un peu fatigué par toute cette agitation ? Moi aussi. Respirez la douce brise post-révolutionnaire et détendez-vous. Sur la berge, les Français réapprennent à vivre sans l'ombre de la guillotine.

Cinq ans plus tard, la Révolution ayant échoué à se donner un gouvernement stable, le pouvoir tombe aux mains d'une junte militaire menée par un général. Il se nomme Napoléon Bonaparte.

1804. Oui, Napoléon est là-bas, en train de se faire sacrer empereur. Vous ne savez pas où donner de la jumelle ? Moi non plus. Sur la rive, la fumée des batailles est si épaisse ! Napoléon conquiert toute l'Europe, puis réforme toute la France, et perd tout en trois ans.

N'essayez pas de savoir si cet homme est un héros, ou un monstre. Après plus de cent soixante-dix mille livres consacrés au sujet, personne n'est tombé d'accord. C'est un stratège génial, mais ses guerres carnivores lui valent le surnom d'Ogre de Corse. Son racisme est aussi violent que son sexisme, mais il n'est pas antisémite et construit un ascenseur social qui fonctionne au mérite. Il maltraite les ouvriers mais développe l'éducation, l'économie, les infrastructures, les arts et les sciences. Il instaure une nouvelle Étiquette de Cour aussi snob que l'ancienne, mais il se charge lui-même de dire à Talleyrand qu'il n'est que « de la merde dans un bas de soie ». Disons qu'il inspire une « immense admiration navrée ».

Son règne est bref : 1800-1815. Vaincu dans la morne plaine belge de Waterloo, il finit sa vie sur l'île de Sainte-Hélène. Ce minuscule point de terre est punaisé entre l'Afrique et l'Amérique du Sud, à deux mille kilomètres de l'une et à trois mille cinq cents kilomètres de l'autre. Cinq mille cinq cents kilomètres d'eau salée, c'est assez montrer combien l'homme est craint.

L'Aiglon

Son fils unique, le blond duc de Reichstadt, est surnommé Napoléon II. Mais il meurt de la tuberculose à vingt et un ans, sans avoir fait grand-chose d'autre que tousser. Ses derniers mots sont, selon les uns : « Donnez-moi l'épée de mon père ! », selon les autres : « Ma mère ! Je sombre ! », et selon un troisième : « Compresses ! Cataplasmes ! » Le père et le fils sont enterrés aux Invalides, à Paris, dans un mausolée d'une laideur mortelle.

Regardez cette brunette de vingt-six ans qui sanglote. Elle était très proche de Napoléon II. On dit d'elle qu'elle a été son grand et unique amour. Elle deviendra la méchante belle-mère de Sissi l'Impératrice.

Et qui est ce gros bonhomme qui rentre à Paris, alors que Napoléon Ier part tout juste pour Sainte-Hélène ? C'est le frère de Louis XVI. Il vient récupérer le trône capétien et se fait sacrer sous le nom de Louis XVIII. Oui, ce sexagénaire qui sniffe du tabac, c'est le nouveau roi.

Le XIXe siècle a alors quinze ans. Il sera le théâtre de la plus grande révolution de tous les temps.

VIII

Arrivée au port

L'étrange XIXe siècle

C'est un siècle étrange. C'est peut-être même *le* siècle étrange. On ne sait comment le qualifier. « Siècle petit ? Non. Grand mais étroit », a-t-on dit de lui. Pour certains historiens, le Moyen Âge se termine là.

C'est le siècle de l'industrialisation. Les grandes découvertes technologiques se multiplient. Elles vont de la teinture des vêtements à l'électricité en passant par le chemin de fer, le téléphone, l'anesthésie, la photographie et les rayons X. Dans ce monde qui accélère comme jamais, les vieilles structures rurales éclatent. Les campagnes se vident et les taudis se multiplient. Car le XIXe siècle, c'est aussi le siècle de l'explosion démographique et du capitalisme sans frein.

C'est encore le siècle des nations. On invente la guerre totale et le nationalisme.

C'est surtout le siècle de toutes les ruptures mentales.

Avant le XIXe siècle, dans l'esprit des hommes, le temps est cyclique. Au rythme des saisons, les cycles se succèdent. Comme une roue, le temps des hommes descend la longue pente qui mène de l'âge d'or jusqu'à la fin du monde promise par l'Église. Car il n'est d'espoir qu'en Dieu. Comme le dit l'historien Baschet, « l'horizon d'attente est entièrement projeté dans l'au-delà ».

Pour les hommes d'avant le XIXᵉ siècle, une chose est certaine : tout était mieux avant. Seul le passé est beau, seuls les ancêtres sont respectables et le temps n'est que dégradation. Le clerc Map, au XIIᵉ siècle, le dit avec force : « Les hommes méprisent toujours leur propre temps. » Et quand on change quelque chose à l'ordre établi, ce n'est pas pour créer du nouveau mais pour restaurer un ordre ancien. Ce n'est jamais une naissance, c'est une renaissance. Ce n'est jamais une nouvelle forme, c'est une réforme. Six siècles après Map, trois siècles après la Renaissance et la Réforme, cette mentalité a toujours cours : quand on fait la Révolution, ce n'est pas pour inventer quelque chose de neuf, mais pour revenir à la République grecque.

Au XIXᵉ siècle, la rupture est totale. Le temps n'est plus un cycle, mais une ligne droite. Il ne dégringole plus vers la fin du monde, mais monte la pente étincelante du Progrès. L'historien Baschet parle de « l'impatience d'un futur neuf ». L'homme devient libre d'inventer son destin. Mais à quel prix ? Au prix d'un sentiment pénible : la déchéance.

Autrefois, l'Homme était une créature divine qui vivait au centre du monde. Au XIXᵉ siècle, les travaux scientifiques prouvent que l'homme n'est qu'un singe nu sur une petite planète qui tourne autour d'un banal soleil dans la banlieue d'une galaxie parmi d'autres. L'homme est libre, mais il est déchu. Ou l'inverse.

L'art pour l'art

Il y a mille exemples de ce changement radical des mentalités. Regardez l'art.

Pendant longtemps, l'art reste le serviteur du pouvoir. Être artiste, c'est être protégé par un riche mécène. Vinci peint pour les papes, Voltaire écrit pour un empereur. Tous deux vivent confortablement.

Mais au XIXe siècle, soudain, l'artiste se sépare de son protecteur. Voyez-vous apparaître, là-bas, la silhouette de l'artiste maudit ? Poètes loqueteux ou peintres miséreux, Rimbaud ou Van Gogh, ces créateurs indépendants obtiennent un succès démentiel, mais posthume.

Au XXe siècle, les artistes s'arracheront définitivement de leurs racines et exploseront en formes folles. Ils défricheront des champs artistiques entiers : peinture non figurative, musique non harmonique, photographie, cinéma et vidéo, installations et happenings, emballage de ponts et nanosculptures, BD et tours de verre, jazz, rock et techno, l'imagination humaine se lâche.

Mais, pendant que nous causons, le paysage défile ! Bordons les voiles et reprenons nos jumelles.

En 1824, le gros Louis XVIII meurt d'une attaque. Tout en agonisant, il s'excuse auprès de son entourage :

« Quand on meurt, madame, on ne sait pas très bien ce qu'on fait... »

Regardez un peu plus loin : vous verrez son frère se faire couronner sous le nom de Charles X. Comme le dit Talleyrand, à ce sacre-là, tout le monde est vieux : le roi, le prêtre et tous les invités. Talleyrand a lui-même soixante-dix ans.

1830, Charles X et ses Glorieuses

Ce vieux roi élevé à la Cour de Louis XV est totalement incapable de comprendre son époque. Il se fait jeter à bas du trône en trois jours de révolte populaire : les Trois Glorieuses de 1830.

Pour remplacer Charles X, on fait appel à un cousin : Louis-Philippe. Cet homme bonasse et ennuyeux, flanqué d'une reine plus ennuyeuse encore, garde le trône jusqu'en 1848. Il se fait lui aussi mettre dehors par un arriviste : Louis-Napoléon Bonaparte, le neveu de Napoléon Ier.

Napoléon III

Louis-Napoléon Bonaparte fomente un coup d'État et instaure la IIe République. Trois ans plus tard, il mène un nouveau coup d'État et devient l'empereur Napoléon III. Ivre de rage, un auteur populaire nommé Victor Hugo le surnomme « Napoléon le Petit ». Il n'empêche que le règne de Napoléon III voit surgir des nouveautés comme le droit de grève pour les ouvriers, le droit de baccalauréat pour les femmes et le chemin de fer pour tout le territoire.

Napoléon III reste sur le trône jusqu'en 1870. C'est alors un homme vieilli et fatigué. Sans trop de conviction, il part en guerre contre la Prusse. Il perd et se fait mettre dehors à son tour. Ainsi disparaît le dernier autocrate français. Place à la IIIe République ! Elle naît dans le sang de la Commune, une insurrection populaire réprimée de façon horrible.

1870, la Commune

La révolte populaire qui a jeté Charles X à la porte, en 1830, a été mise à profit par Louis-Philippe qui s'est emparé du pouvoir. La révolte populaire qui a jeté Louis-Philippe à la porte, en 1848, a été mise à profit par Napoléon III qui s'est lui aussi emparé du pouvoir. En 1870, le peuple jette Napoléon III à la porte et décide que, cette fois, on ne lui confisquera pas le pouvoir. Dans une dizaine de grandes villes françaises, il proclame la Commune. C'est un gouvernement du peuple par le peuple.

La Commune lance des réformes innombrables : séparation de l'Église et de l'État, émancipation des femmes, reconnaissance des enfants nés hors mariage, suppression de la censure, création du salaire minimum.

La Commune parisienne est celle qui dure le plus longtemps. Deux mois. Elle est écrasée dans le sang par la classe dirigeante. Dans les allées du cimetière du Père-Lachaise, on se bat au couteau entre les tombes. Les communards capturés sont alignés contre un mur et abattus. Regardez ce mur, qu'on nomme aujourd'hui « mur des Fédérés » : il porte encore les impacts des balles.

Les survivants de la Commune sont déportés dans des wagons à bestiaux. Des tribunaux militaires traquent les sympathisants. Les dénonciations, pour la plupart anonymes, sont innombrables. Les temps modernes sont bien en marche.

Toutes les réformes de la Commune sont abolies. Elles seront rétablies les unes après les autres, certaines dix ans plus tard, d'autres cinquante voire cent ans après. Il ne fait pas bon avoir raison trop tôt.

Thiers

Si le XIXe siècle politique vous passionne, alors suivez les pas de ce petit homme chauve. Il s'appelle Thiers. Le voyez-vous avant 1830, en train de combattre Charles X ? Et là, le voyez-vous après 1870, premier président de la IIIe République ? Bouillant et intrigant d'un bout à l'autre du siècle, Thiers donne l'impression de ne jamais vieillir.

Détail amusant : quand Napoléon futur III est élu président de la République en 1848, Thiers l'appelle « ce crétin que nous mènerons ». Ce qui prouve que Napoléon futur III est parvenu à ses fins de la même façon qu'Anne d'Autriche ou Louis XIV : en jouant les ahuris.

Mais l'intérêt du XIXe siècle ne réside pas dans ses dirigeants. Il est partout ailleurs ! Tout bouge, craque et mute. Coup de chance : des génies sont là pour le raconter.

Le temps des colosses

Vous connaissez ces génies. Ils se nomment Chateaubriand, Stendhal, Balzac, Hugo, Sand, Flaubert, Zola, Maupassant. D'accord, leurs livres sont interminables et parfois verbeux, mais ils ont un souffle de forge industrielle. C'est la respiration bruyante des militants convaincus. Le public ne s'y trompe pas et fait de ces hommes de lettres des leaders moraux. Hugo et Zola, notamment, ouvrent les yeux de leurs contemporains sur bien des scandales sociaux, politiques et humains.

À l'ombre grandissante des usines, la littérature n'est pas seule à fleurir. La poésie aussi élève jusqu'au ciel des frondaisons denses et magnifiques. Marceline Desbordes-Valmore, Lamartine, Vigny, Baudelaire, Verlaine, Rimbaud, aux prises avec un siècle dur et matérialiste, rompent avec le langage maniéré du XVIIIᵉ siècle. Ils retrouvent la perfection claire de la Renaissance. Quand Marguerite d'Écosse, en 1445, soupire sur son lit de mort : « Fi de la vie ! Qu'on ne m'en parle plus », Renée Vivien lui répond en 1895 : « Est-ce que cette existence n'est pas une pure emmerdation ? » Villon en 1460 et Rimbaud en 1870 composent tous deux sur le même thème : « Le bal des pendus », et leurs vers s'entrelacent si bien qu'on pourrait les confondre :

« Jamais un seul instant nous ne sommes assis ; de-ci de-là, selon que le vent tourne, il ne cesse de nous ballotter à son gré, plus becquetés d'oiseaux que dés à coudre. Hourrah ! La bise siffle au grand bal des squelettes ! Le gibet noir mugit comme un orgue de fer. Les loups vont répondant des forêts violettes : à l'horizon, le ciel est d'un rouge d'enfer… » Et l'année 1900 se profile.

Un XXᵉ siècle en éclats

Regardez ! Nous abordons le dernier méandre. Nous allons quitter le fleuve de l'histoire pour la rade des temps présents.

Devant nous, le paysage est déchiqueté. Première Guerre mondiale, crise de 29, Deuxième Guerre mondiale, guerres de décolonisation… Mais il est inutile que je vous en parle : vous connaissez déjà. Et si vous êtes trop jeune pour connaître, demandez à votre entourage. « La mémoire orale remonte cent ans en arrière », affirme l'historien

Baschet. Comme notre port d'arrivée se situe au début du XXIe siècle, vous trouverez, en interrogeant vos proches, des informations sur le XXe siècle bien plus précises que toutes celles que je pourrais vous donner.

Et puis, il y a des endroits où on ne peut décemment pas faire de la plaisance.

Fin de croisière

Attention à l'accostage. Sortez les pare-battes ! Nous voilà de retour au présent.

Sentez-vous cette bonne odeur de CO_2 ? Oh, mais que les gens sont grands ! Qu'ils ont de belles dents et semblent en bonne santé ! Nos contemporains sont vraiment magnifiques.

Au-dessus de nos têtes se croisent les ondes et les avions. Autour de nous s'élèvent des tours de verre que parcourent des flux de lumière. Que cherchez-vous ?

Êtes-vous un peu désorienté ? C'est le mal de terre. Vous demandez-vous où sont tous les héros et les fous que nous avons croisés ? Toutes les foules que nous avons observées ? Ils sont morts, oui. Tous. Ils sont la poussière sous nos pieds. Mais pas seulement.

Nous nous servons tous les jours d'outils politiques qu'ils ont forgés il y a deux siècles. Notre droit remonte à l'empereur Napoléon Ier, voire à l'empereur Justinien, nos villages portent le même nom depuis le XIe siècle et nos villes ont été baptisées du temps de Rome. Nos ancêtres sont partout : ils ont laissé leur sueur et la marque de leurs mains sur les pavés des rues, les pierres des caves, les poutres des charpentes, les statues et les graffitis des monuments. Ils nous ont légué leurs gènes et leurs atomes. Ils sont aussi dans ce vieil homme qui geint « C'était mieux avant ! » et dans cette jeune fille qui regarde au loin en rêvant du bout du monde.

Mais la nuit tombe. Venez avec moi, je veux vous montrer quelque chose.

Crèche royale

Savez-vous que la nuit, à la basilique Saint-Denis, les enfants royaux sortent de leur ossuaire ? Je vous assure ! Ils vont jouer sur les dalles du chœur, à la lumière de la lune colorée par les vitraux de Suger. Chut, nous y voilà… cachons-nous derrière le gisant de Dagobert.

Voyez-vous cette petite fille ? C'est Isabelle, cinq ans, qui discute avec Louise-Marie, quatre ans. L'une est fille de Charles V, et l'autre, de Louis XV. Plus de trois siècles séparent leur décès, mais elles s'en moquent éperdument. Et là, voilà Louis-Joseph qui joue aux billes avec Robert, mort sept cents ans avant lui. Marie-Zéphirine, presque deux ans depuis 1748, essaye de voler le hochet de Jean-Gaston, qui a fêté ses deux ans un siècle avant elle. Conçue l'année de la Saint-Barthélemy, une petite Élisabeth de six ans erre dans la crypte en pleurant.

On entend aussi crier les nourrissons : le petit roi Jean qui n'a vécu que quelques jours en 1314, Jeanne et Victoire, nées et mortes ensemble en 1556, et tous ces enfants qui n'ont jamais eu droit à un prénom, hors le N de Noble : le Noble fils d'Henri IV, la Noble fille de Monsieur, et les innombrables enfants d'Anne de Bretagne.

Revoilà Louis-Joseph, qui est venu ramasser la poupée de sa petite sœur Sophie. Il l'aime tendrement : quand elle est morte, à l'âge d'un an, il en avait cinq et il a beaucoup pleuré.

Il faudrait vraiment ouvrir une crèche : à Saint-Denis sont enterrés près de cent marmots dont plus de la moitié ne sait pas marcher.

Un café en terrasse

Vous avez une mine affreuse. Allons boire un verre avant de nous quitter. Les bistrots de Saint-Denis sont justement en train d'ouvrir. Voulez-vous un chocolat à la santé de Louis XIV ? Ou un café à la santé de Voltaire ? Asseyons-nous en terrasse.

Vous rappelez-vous ce gamin qui vendait ses journaux aux clients du café Procope en hurlant : « Demandez *L'Ami du peuple* ! Le roi en fuite arrêté à Varennes ! » ? Il n'y a plus de petits vendeurs de journaux, aujourd'hui. Mais regardez la une de ce journal télévisé : « Déficit de l'État : le nouveau défi du gouvernement. » Vous pouvez rire, oui. Nous savons tous les deux que ce défi n'a rien de nouveau.

Finissons notre café en nous moquant des passants. Celui-là a le menton en galoche de Jean le Bon, non ? Et celui-là a les mêmes poches sous les yeux que Charles VII. Tiens, voici les bajoues de la reine Margot ! Observez-les bien, tous ces héritiers et toutes ces héritières du passé. Ils marchent en équilibre sur le fil étroit du présent, portant le futur dans leur bas-ventre.

FIN

TREIZE AUTEURS…

Jérôme BASCHET, *La Civilisation féodale. De l'an mil à la colonisation de l'Amérique,* Aubier, 2003.

Georges BATAILLE, *Procès de Gilles de Rais*, Club français du livre, 1959.

Marc BLOCH, *La Société féodale* (1939), Albin Michel, 1968.

Peter BROWN, *L'Essor du christianisme occidental. Triomphe et diversité (200-1000),* Le Seuil, 1997.

Philippe CHARLIER, *Médecin des morts,* Fayard, 2006.

Françoise CHANDERNAGOR, *L'Allée du roi,* Julliard, 1981.

Alain DÉMURGER, *Temps de crises, temps d'espoirs*, Le Seuil, coll. « Points »,1990.

Georges DUBY, toute son œuvre.

Bruno DUMÉZIL, *La Reine Brunehaut*, Fayard, 2008.

Jacques LE GOFF, *Pour un autre Moyen Âge*, Gallimard, 1977.

Emmanuel LE ROY LADURIE, *Montaillou, village occitan de 1294 à 1324*, Gallimard, 1975.

Paul VEYNE, *Comment on écrit l'histoire*, Le Seuil, 1970.

Marguerite YOURCENAR, *Le Labyrinthe du monde. I, Souvenirs pieux,* Gallimard, 1974, et *Le Labyrinthe du monde. II, Archives du Nord,* Gallimard, 1977.

VINGT-SEPT RENCONTRES...

Anne d'Autriche (gouverne dans les années 1650) — Veuve de Louis XIII, régente assez intelligente pour reconnaître le génie de Mazarin.

Brunehaut (gouverne dans les années 600) — Reine mérovingienne à la triste réputation. Voir Frédégonde.

Catherine de Médicis (années 1560) — Veuve d'Henri II et mère de trois rois. Intermittente de la régence. Échoue à faire cesser les guerres de religion.

Charlemagne (années 800) — Empereur franco-germano-italien tirant vers le Danemark.

Charles V (années 1370) — Roi habile et tuberculeux, armé de Du Guesclin contre les Anglais.

Charles VI (années 1400) — Roi fou affligé d'un frère maladroit. Ne fait pas le poids face aux Anglais.

Charles VII (années 1450) — Roi subtil sous son air dépressif. Évacue les Anglais. Encombré d'un fils pénible (voir Louis XI).

Clovis (années 500)	Roi des Francs.
François Ier (1re moitié du XVIe siècle)	Roi de la Renaissance. Lance l'art nouveau et les guerres de religion.
Frédégonde (vers 600)	Reine mérovingienne à la triste réputation. Voir Brunehaut.
Henri III (années 1580)	Roi assassiné sur sa chaise percée pendant les guerres de religion.
Henri IV (années 1600)	Roi assassiné dans son carrosse après avoir terminé les guerres de religion.
Hugues Capet (an Mil)	Roi ectoplasmique.
Jeanne d'Arc (1412-1431)	Capitaine charismatique.
Louis XI (années 1470)	Roi aussi adroit que grincheux. Termine la guerre de Cent Ans contre les Anglais.
Louis XIII (1re moitié du XVIIe siècle)	Roi assez intelligent pour reconnaître le génie de Richelieu.
Louis XIV (2e moitié du XVIIe siècle)	Monarque absolu. Roi du Grand Siècle.
Louis XV (presque tout le XVIIIe siècle)	Despote éclairé. Roi de la « douceur de vivre ».
Louis XVI (années 1780)	Roi bon, assassiné sur une planche.

Louis-Philippe (années 1840)	Dernier roi, mis dehors par Napoléon III, dernier empereur.
Marie de Médicis (années 1610)	Veuve d'Henri IV et régente. Dira des jurons italiens jusqu'à son lit de mort.
Napoléon Ier (de 1800 à 1815)	Empereur admirable autant que haïssable. Les avis sont partagés.
Napoléon III (de 1850 à 1870)	« Napoléon le Petit », grand réformateur.
Philippe Auguste (années 1200)	Premier roi de France digne de ce nom. A inventé la guerre moderne.
Philippe le Bel (années 1300)	Roi de glace aux méthodes cuisantes.
Philippe VI (années 1340)	Roi malencontreux. Entame la guerre de Cent Ans et découvre la peste noire.
Thiers (Tout le XIXe siècle)	Premier président de la République quand celle-ci devient autre chose qu'un entracte entre deux despotes.

VINGT ET UN NŒUDS À VOTRE MOUCHOIR…

0   Début de notre histoire, choisi arbitrairement. Rome règne.

500   Rome ne règne plus. Clovis est roi des Francs. Ses descendants s'entretuent.

800   Charlemagne est empereur. Ses descendants s'entr'égorgent.

1000   L'an Mil, année charnière. Hugues Capet, premier roi capétien.

1100   Début des croisades.

1200   Philippe Auguste, premier roi de France de quelque consistance.

1300   Philippe le Bel sonne la fin des croisades.

1350   La guerre de Cent Ans en a vingt, la Peste Noire est de retour.

1430   Jeanne d'Arc passe et trépasse, mais sauve la France de l'Anglois.

1475   Louis XI termine la guerre de Cent Ans.

1515	À Marignan, victoire du splendide François Iᵉʳ. La Renaissance arrive en France. Les guerres de religion aussi.
1572	Massacre de la Saint-Barthélemy, pinacle des guerres de religion.
1610	Mort d'Henri IV, son fils Louis XIII a neuf ans.
1643	Mort de Louis XIII, son fils Louis XIV a cinq ans.
1660	Louis XIV se marie et prend les rênes du pouvoir.
1715	Mort de Louis XIV, son arrière-petit-fils Louis XV a cinq ans.
1777	Mort de Louis XV, son petit-fils Louis XVI a vingt ans.
1789	Révolution française.
1804	Un Bonaparte se couronne empereur.
1852	*Idem.*
1870	Fin de la guerre contre la Prusse, fin de l'Empire, fin de la Commune. La République viendra un an plus tard.

Table

Images, sources, et inédits sur catherinedufour.net

Catherine Dufour
dans Le Livre de Poche

Le Goût de l'immortalité   n° 27032

Mandchourie, en l'an 2213 : la ville de Ha Rebin dresse des tours de huit kilomètres de haut dans un ciel jaune de pollution. Dans les caves grouille la multitude des damnés de la société, les suburbains. Une maladie qu'on croyait éradiquée réapparaît. Cmatic est chargé par une transnationale d'enquêter sur trois cas. Une adolescente étrange le conduira à travers l'enfer d'un monde déliquescent, vers ce qui pourrait être un rêve d'immortalité. Mais vaut-il la peine d'être immortel sur une Terre en perdition ?

QUAND LES DIEUX BUVAIENT

1. *Blanche Neige et les lance-missiles*   n° 31148

Tous les contes commencent par « il était une fois » et finissent par « ils se marièrent et eurent beaucoup d'enfants ». Oui mais… et après ? Et si le règne de Blanche Neige avait été une horrible dictature ? Et si le miroir magique était devenu gâteux ? Et si Peau d'Âne était tombée amoureuse du prince de Cendrillon ? Une poignée de fées du bois de Boulogne, une bande de spectres, le père Noël et sa fille, l'Ankou et sa faux, le Petit Chaperon rouge et l'affreux démon Bille Guette suffiront-ils à sauver le monde du chaos ?

Tout le monde connaît Merlin. Tout le monde sait qu'il est amoureux de la Dame du Lac. Mais savez-vous que c'est un ange ? Qu'il est d'une beauté sans pareille ? Qu'il a une voix merveilleuse ? Et l'âme la plus noire qu'on puisse trouver, plus noire même que celle de Blanche Neige... Et savez-vous que c'est un vampire ?